Frederick Fischer

- POETENTRAUM -

Buch

Im Westen Irlands trifft der irische Literaturstudent und Träumer Kelvin an der Universität Galway auf die fast doppelt so alte deutsche Gastdozentin Shannon.

Zum ersten Mal hat er in seinem Leben die Gewissheit, dass sie seine unwiderstehliche Traumfrau sein muss. Aber wie vorgehen, um ihre Liebe zu gewinnen?

Denn diese Gefühle stehen scheinbar unter einem ungünstigen Stern. Darf diese Liebe überhaupt sein? Und auch Shannon muss sich ihren erwachenden Gefühlen klarwerden. Keine leichte Situation für beide ...

Kelvins Herzblut und poetische Überzeugungskräfte sind gefordert. Mit aller Leidenschaft widmet er sich seiner Schicksalsaufgabe.

Autor

Frederick Fischer, 1977 in Dublin/Irland geboren, hat neben dem Studium der Wirtschafts- und Sozialwissenschaften, Ausbildung und dem beruflichen Schreiben als Webmarketer und Onlineredakteur ein besonderes Faible für poesiegewaltige Texte entwickelt. *Poetentraum* ist sein Debütroman.

Er hat sich bewusst für das Land der Dichter und Denker entschieden und fühlt sich dort an vielen Orten ausgesprochen heimisch. Derzeit befindet sich sein Lebensmittelpunkt in der ländlichen Umgebung von Bonn.

Frederick Fischer

- POETENTRAUM -

ROMAN

Bibliografische Information der Deutschen Nationalbibliothek:
Die Deutsche Nationalbibliothek verzeichnet diese Publikation in
der Deutschen Nationalbibliografie; detaillierte bibliografische
Daten sind im Internet über http://dnb.dnb.de abrufbar.

1. Auflage 2018

© 2018 Frederick Fischer

Herstellung und Verlag:

BoD – Books on Demand, Norderstedt

ISBN: 978-3-7528-3332-4

Für mich

Es muss von Herzen kommen, was auf Herzen wirken soll.
Johann Wolfgang von Goethe

Teil Eins

PROLOG

Traum I – Schwebezustand

„Geblendet von all Deiner strahlenden Schönheit und beglückt durch den Klang Deiner unnachahmlichen Stimme, die Worte zum Ausdruck bringt, welche mein Herz für immer rühren. Ist das der Gipfel des Glücks? Habe ich ihn erreicht? Mit Dir. Dank Dir.

Es ist eine unvergessliche, sinnliche Zeit mit Dir. Wie kann ich diesen Augenblick bewahren? Immer wieder abrufen. Das Gefühl in mir lebendig halten. Das ist eine Kunstform und als Künstler habe ich mich immer gesehen. Also könnte es mir doch eigentlich gelingen. Nur nicht aufgeben und die eigene Meisterschaft erlangen. Daran will ich mich gerne halten und beherzt ans Werk gehen.

Vor den Erfolg haben Götter den Schweiß gesetzt, zum einen den Arbeitsschweiß und zum anderen auch den Angstschweiß. Beide sind in mir miteinander verbunden. Wie sonderbar, dass ich von beidem so stark gelenkt werde.

Als Zärtling, wie ich mein Wesen gerne bezeichne, bin ich in die Welt gekommen. Die feine Seele kann ein berauschender Segen und ein aufdringlicher Fluch zugleich sein. Manchmal wechseln sie sich auch ab.

Doch gerade ist mir, als ob ich Dich besser denn je kenne. Was habe ich diesen Zeitpunkt herbeigesehnt und Deine Nähe gesucht. Deine schillernde Aura hat mich in ihren Bann gezogen. Allzu gern gebe ich mich dieser Kraft hin. Ist es doch, was ein jeder für sich erstrebt: die Erfüllung seiner Träume. Für mich bist Du nicht einfach ein Traum unter vielen, nein Du bist die elysische Erscheinung, die mich zum Leuchten und zum Schweben bringt. In dieser Welt der Träume kann ich mich sehr gut bewegen. Doch wieder einmal ist es an der Zeit, die Gedanken abreißen zu lassen und dem Dämmerzustand, wo Verschwommenheit und Benommenheit regieren, die Bewusstseinsebene zu überlassen."

Kelvin O´Brien

Und genau an der Stelle komme ich ins Spiel ...

Ich leite Dich auszugsweise durch diese Geschichte der Familie O´Brien – besonders der von Kelvin.

Irland ist bekannt für seine Kobolde und Geister und im Geiste bin ich mit den O´Briens verbunden. Eine geistreiche Erscheinung bin ich tatsächlich. Doch das wirst Du noch merken.

Lass uns auf die fantastische Reise zu meinen Liebsten gehen. Du wirst sie bestimmt schnell mögen ...

1.

Draußen ist es ziemlich ungemütlich. Herbstlicher Wind fegt in kurzen Abständen einige Haufen welker Laubblätter durch die winkligen Altstadtgassen Galways. In der belebten Trinity Lane reihen sich zahlreiche Pubs aneinander. Man könnte sie auch die Partymeile im Kleinformat nennen. Die Abenddämmerung hat eingesetzt. Ebenso typischer irischer Regen – fast die ganze Zeit rieselt das feuchte Nass, um die grüne Insel auch ja immergrün zu halten. Was wären wir Iren bloß ohne Petrus´ permanentes Pinkeln? Bei diesem Niveau sollte man am besten einen heben, also ab, rein in den Pub, vor dem ich just in diesem Augenblick stehe.

Über der schweren grünen Holztür mit den Messinggriffen prangt das Schild „The Golden Shamrock". Bis hin auf die Straße hört man fröhliche Musik und angeregte Unterhaltungen. Ich öffne die Tür, ziehe die dunklen Windfänger auf und trete in eine gut gefüllte Pubgesellschaft. Jeder Platz ist besetzt. Viele Leute müssen mit einem Glas in der Hand in den Gängen oder an der langen nussbraunen Theke stehen. Die robusten Tische sind mit bunten Tropfkerzen dekoriert. Der brennende Torf im offenen Kamin verbreitet wohltuende Wärme und seinen unverkennbaren erdigen Rauchgeruch. An der Decke sind alte Fischernetze mit Lichtstrahlern arrangiert. Auf der erhöhten Bühne spielt heute Abend eine Folk-Band irische Pubsongs.

Ich werde sofort freundlich von einem lieben und zutraulichen, gescheckten Shetland Sheepdog mit wedelndem Schwanz und Geschnupper erkannt und begrüßt. Sehr auffällig an der Hütehündin sind zweierlei Augenfarben: Ihr linkes Auge ist eisblau und das rechte ist dunkel. Mir drängt sich immer mehr die Ahnung auf, dass die Hündin damit sowohl die sichtbaren als auch die verborgenen Dinge und Wesen dahinter erkennen kann. Gerade ich müsste das am besten wissen …

Ich lasse den Blick durch die Räume schweifen und sehe Mitch, den Barbesitzer, der alle Hände voll zu tun hat, um der großen Guinnessnachfrage am Zapfhahn nachzukommen. Er sieht so gut aus wie eh und je.

Die hübsche, mit vielen Leberflecken besprenkelte Cathleen und andere Bedienungen wuseln emsig zwischen den Gästen umher. Cathleen ist sowas wie die gute Seele des Hauses. Sie kümmert sich rührend um Mitch und seine zahlreichen Pubgäste. Es verwundert mich nach wie vor, dass Mitch noch nicht bemerkt hat, wie Cathleen ihm Avancen macht. Sie würde ihm sicher sehr guttun.

Gerade endet ein Musikstück und die Menge klatscht und feuert die Band an. Sie stimmen als Nächstes das Lied „The Town I Loved So Well" an.

Am anderen Ende in einer durch zwei Steinstufen abgesenkten Nische warten Kelvin O´Brien und Flynn McGee auf ihr nächstes Guinness-Pint. Die besten Freunde blicken auf Vivienne, die die Nachschubgläser direkt und bevorzugt aus Mitchs Händen in Empfang nimmt. Schließlich ist sie seine Tochter. Der sehr alte und ergraute Connor McCormick, der wohl schon seit Menschengedenken seinen Platz auf dem Barhocker auf Augenhöhe der Zapfanlagen innehat und stets über einem Pint gebeugt ist, erwacht aus seiner Trinkstarre. „Miss Viv, Sie machen wieder eine tolle

Figur heute Abend! Wenn meine Augen Sie erblicken, werde ich gleich um 100 Jahre jünger!"

„Ach Connor, du alter Schmeichler!", entgegnet ihm Vivienne lachend und kehrt mit beschwingtem Gang und wehendem Haar an den Shamrock-Stammtisch zu Kelvin und Flynn zurück.

Kelvin ist übrigens der Zwillingsbruder von Vivienne. Beide haben die strähnigen und dunkelblonden Haare ihrer längst verstorbenen Mutter und die unzähligen Sommersprossen ihres Vaters geerbt. Kelvin hat tiefsinnige, azurblaue Augen, im Gegensatz zu Vivienne, die einen leuchtend-grünen Blick hat und gerade den beiden Jungs am Tisch zuprostet: „Auf das morgen beginnende, neue Uni-Semester! Möge es eine unvergessliche Zeit werden."

„Genau und auf heiße Girls...", ruft Flynn, der mit kleinem Haarzopf und seinem orangeroten Ziegen- und gepflegten Drei-Tage-Backen-Bart wie ein entflammter Pirat wirkt.

„Auf...hm... auf was eigentlich...hm...auf unser Shamrock!!", fällt Kelvin ein.

Und dann werden die durstigen Kehlen endlich versorgt. Das Guinness mit der cremefarbenen Schaumkrone kann fließen. Mit dem Absetzen der Gläser grinsen sich die Drei mit weißem Oberlippenschaumbart an. Tut das gut!

Ach, ist das eine gemütliche Stimmung. So ein heimeliger Platz, der Gemeinschaft, Genuss und Gemütlichkeit verspricht.

Der wohlerzogene Sheepdog kehrt zu seinem Frauchen Vivienne zurück, die ihn gleich am Nacken krault und zum Dank dafür prompt die Hand abgeleckt bekommt.

„Flynn, gehst du wieder auf die Semesteranfangsparty am Donnerstag?", fragt Vivienne. Der partyverrückte Flynn antwortet: „Aber klaro! Kommst du mit?"

„Jo, das habe ich vor."

Der träumende Kelvin schüttelt den Kopf. Das bedeutet wohl ein Nein zu der Party. Alles andere wäre auch eine große Überraschung gewesen. Die großen Partys sind einfach nicht so sein Ding.

Er sinniert gerade über sein Lieblingsthema Liebe: „Meint ihr, ich lerne bald meine Traumfrau kennen?"

„Ach Kelvie, fang doch erst mal mit einer normalen Frau an, mit der du eine längere Beziehung als bisher aufbauen kannst. Es muss ja nicht gleich die Traumfrau sein, oder?", gibt Flynn zu Bedenken.

„Na ja, ich als eingefleischter Romantiker glaube aber immer noch an die große Liebe im Leben."

„Ja, und dieser Glaube hat dich bisher nicht so 100%ig glücklich gemacht."

„Mit Sicherheit lag das daran, dass die Richtige einfach noch nicht dabei war."

„Die Richtige, die Richtige, wenn ich das schon höre... Bei dir muss ich unweigerlich immer an Ozzy Osbourne´s Refrain von Dreamer denken:

I'm just a dreamer
I dream my life away
I'm just a dreamer
Who dreams of better days

du verträumst noch dein ganzes Leben, Alter. Ich kenne niemanden, der seinen Kopf so hoch in die Wolken hält wie du", meint Flynn wohlmeinend. „Wie lange willst du denn noch warten? Du bist jetzt 23 und morgen fängt dein letztes Unijahr an. Das ist doch Verschwendung an Lebenssinn und -freude. Was ist denn eigentlich mit deiner Kommilitonin Aislinn, von der du uns schon öfters erzählt hast? Wäre die nicht gut für dich?"

„Mit Aislinn habe ich mich tatsächlich schon ein paar Mal auf einen Drink getroffen. Ich schätze ihren Intellekt. Nicht umsonst ist sie in unseren gemeinsamen Kursen fast immer die Beste. Und außerdem – und da kriegt Flynn bestimmt große Augen, wenn ich´s nur erwähne: Aislinn ist von ätherischer beziehungsweise feengleicher Schönheit mit ihren langen glatten weißblonden Haaren. Die fällt auf."

„Und wo ist das aber?"

„Der Funke ist nicht übergesprungen."

Vivienne tätschelt ihrem Bruder verständnisvoll den Kopf. „Ich glaube, dieses Semester wird bei dir alles anders, Brüderchen. Ich kann nicht sagen, wieso. Ist nur so eine Ahnung, mein lieber Kelvie!"

„Danke Vivie!", gibt Kelvin leise von sich und nippt nochmal an seinem Guinness.

Es werden noch einige Pints bei ihrem Vater geholt und selbstverständlich auch ausgetrunken.

Es ist schon seit einigen Jahren zu einem Ritual geworden, das die Drei zum Semesterauftakt an ihren Stammtisch zieht und reichlich Guinness gezischt wird.

Ich schmiege mich an die Lehne einer freigewordenen Sitzbank, lausche der stimmungs- und schwungvollen Folkloremusik und denke: „Ach, wie ist das schön irisch zu sein." Ich gerate bei gefühlvollen Flute-Klängen – wie kann es auch anders sein - ins Schweben und Träumen ...

2.

Der nächste Tag beginnt mit Sonnenschein und vereinzelten Wolken am Himmel. Ein richtiges Fahrradwetter und Kelvin beschließt mit seinem Bike zur Galwayer National University of Ireland zu fahren. Der Weg ist rasch bewältigt. Denn Galway ist zwar die drittgrößte Stadt Irlands, aber mit etwa 75.000 Einwohnern überschaubar geblieben. Alle schwärmen zu Recht vom juvenilen Charakter dieser Stadt. Fast nirgendwo anders finden sich anteilsmäßig mehr junge Leute auf der grünen Insel. Das fördert auch ein abwechslungsreiches Szene- und Kulturangebot. Die musikgeprägte Familie O´Brien schließt das mit ein. Doch dazu später mehr.

Die noch kühle Luft heute Morgen tut gut und strömt in Kelvins Lungenflügel. *Herrlich diese gesunde Frische. Ja, das ist meine Heimat. Ich bin an diesem Ort groß geworden. Verbunden, ganz sicher! Jedoch weiß ich auch um meine deutschen Wurzeln – eine Generation vor mir. Mum war Deutsche und hat uns – mich und Vivie - zweisprachig aufgezogen. Wir haben das immer als Geschenk aufgefasst.*

Kein Wunder, dass Kelvin daher über den Campus schreitet, um das Seminar „German Literature and Language" aufzusuchen. Er braucht nur noch diesen Kursschein, um für die Masterabschlussarbeit zugelassen zu werden. In einem Jahr könnte er seinen zweiten akademischen Abschluss erlangen. Den Bachelor in „Creative Writing and Arts" hat er ja bereits in der Tasche. Jetzt strebt er den Master in „Literature and Publishing" an. Er ist durchaus ein sprachbegabter und eloquenter junger Mann. Das kann ich dir versichern!

Wie so oft ist er allerdings ein bisschen verträumt und bemerkt erst hinterher, dass ihn eine brünette Frau, bepackt mit einem Stapel Bücher und Manuskripten, versehentlich anrempelt. Er erkennt sie nicht, nimmt immerhin aber ein „Sooo-hooorry" wahr.

Na klar, ist aber wieder typisch, dass ich von der Welt nicht genug Beachtung geschenkt bekomme und offenbar leicht zu übersehen bin.

Ich kann die Bestürzung in Kelvins Gesicht ablesen und würde ihm gerne Mut zusprechen - in der Art: „Eines Tages wirst du der Richtigen begegnen. Da mache ich mir bei dir nach wie vor keine Sorgen. Im Gegenteil. Freu dich auf dein letztes Vorlesungssemester und ich bin mir sicher, du erlebst eine besondere und unvergessliche Zeit." Doch er würde mich nicht hören – höchstens übersinnlich fühlen. Das wäre aber eine ganz andere Geschichte. Lieber zurück zu Kelvin:

Auf dem Campus tummeln sich bereits einige bekannte Gesichter, aber auch Gruppen von Erstsemestern, die hier gerade durch die Uni geführt und begrüßt werden. Im historischen Foyer entdeckt Kelvin eine Kommilitonin: „Hi Aislinn! Hattest du schöne Semesterferien oder zu viele Hausarbeiten zu schreiben?"

„Ach, wir sind ja schon im fortgeschrittenen Semester. So gehen die Hausarbeiten schneller und leichter von der Hand. Die Sommerferien waren bei mir ausgewogen. Gehst du jetzt auch zum „Deutsche Literatur"-Kurs? Ich habe gehört, es gibt eine neue Dozentin aus Germany."

„Ah, das wusste ich gar nicht. Und ja, wir belegen mal wieder denselben Kurs. Ich bin schon gespannt, wer und was uns da geboten wird. Hoffentlich nicht wieder so ein Schnarchzapfen wie Professor Higgins."

Aislinn muss kichern.

Kelvin betritt den Seminarraum und sucht sich einen Platz in den hinteren Reihen. Aislinn hingegen setzt sich – dafür ist sie bekannt – in die erste Reihe und unterstreicht damit ihre herausstechende Person.

Verträumt aus dem Fenster blickend, bekommt Kelvin gar nicht die plötzlich eintretende Stille mit. Leichtes Raunen ist zwischen den Reihen zu hören.

„Guten Morgen und herzlich willkommen im Seminar Deutsche Literatur. Mein Name ist Doktor Shannon Andersen. Und ich leite dieses Seminar. Für ein Jahr bin ich im Rahmen einer Gastdozentur hier an der Universität Galway. Ich komme jedoch entgegen meinem Vornamen nicht aus Irland, sondern wie Sie bestimmt heraushören, aus Deutschland, genauer gesagt, aus Bonn."

Der Klang dieser Worte, das Timbre, Kelvin hört hin und ist infiziert von Wohlgefühlen, von Wonne, denn diese Singstimme erinnert ihn an die melodische Resonanzfarbe einer Katie Melua mit einem gehörigen Adele-Anteil. Nur eben noch stärker akzentuiert und in deutscher Sprache. Wie wundervoll...!

Doch das Wunder wird noch offensichtlicher, als Kelvin nach vorn blickt und sieht, ja was eigentlich genau, er kann seinen Augen gar nicht trauen...:

Von der Silhouette her eindeutig eine Frau. Sie hat große Ähnlichkeit mit einer berühmten Person ... aber mit wem, so genau weiß ich es im Moment nicht.

Es umgibt sie eine Art helle Aureole. Kelvin muss kurz die Augen zusammenkneifen.

Kann das sein? Sehe ich noch ganz richtig? Kelvin hält die Luft an und folgt seiner Faszination, denn der Anblick dieser Frau mit einem Berg Bücher unterm Arm, und der Klang ihrer Stimme sind *wow, wow und nochmals wow.*

Shannon Andersens Auftritt ist ein Sinnenflash für Kelvin. Eine glühende Wärme durchflutet seinen gesamten Körper. *Wie kann es so einen schönen, scheinbar perfekten Menschen geben?* In aufrührender, innerer Aufregung beginnt Kelvin Ms. Andersen genauer zu studieren. Sie hat große hellbraune, bernsteinähnliche Augen mit glasklarem Blick, eine ästhetische Mimik, sanft geschwungene Lippen und sympathische Grübchen. Ihr dunkelbraunes Haar trägt sie seitlich gescheitelt und glatt gebürstet bis zu den Schultern. Noch nie zuvor hat Kelvin solch eine Augenweide und Vollkommenheit der äußeren Menschenaura gesehen. Er ist völlig fix und fertig mit seinen Nerven. Denn er spürt einen neuartigen Drang, einen inneren Impuls, in Richtung von Shannon Andersen. Diesen Namen würde er sich ohne Zweifel merken! Die Umstände dieser unweigerlich irischstämmigen Vornamensgebung würde er gerne genauer kennen. Doch wie soll er das jemals erfahren? Wie sollte er es anstellen, dass diese Ausnahmefrau auf ihn aufmerksam werden würde? In den Seminaren gehört er mehr zu den stillen und ruhigen Vertretern. Flynn hätte jetzt kein Problem, diese Frau anzusprechen. Der hat bei Frauen einfach weniger bis gar keine Hemmungen. Vielleicht lässt sich das erlernen? Unbedingt muss er Flynn treffen und auch seine Schwester Vivie zu Rate ziehen, um besser zu verstehen wie Frauen so ticken. Eigentlich weiß er das schon ganz gut – denn Kelvin ist ein Frauenversteher.

Jetzt würde er aber gerne mehr von Ms. Andersen verstehen. Doch die erzählt gerade etwas über den Seminarablauf und Kelvin kann nur mit einem halben Ohr zuhören: „... und nächste Stunde werden die Referatsthemen verteilt. Ich erwarte einen mündlichen Vortrag und eine schriftliche Ausarbeitung. Die Vorträge werden aber erst am Ende in einer kompakten Sitzung gehalten. Einen besonderen und stilvollen Rahmen stelle ich mir dafür vor."

Von was für einem Rahmen redet sie? Auweia und dann noch ein Referat plus Hausarbeit? Normalerweise können wir doch eins davon auswählen. Ich und ein mündlicher Vortrag? Vor ihr? Schluck... Da kommt eine Herkulesaufgabe auf ihn zu. Denn er ist auf diesen Kursschein angewiesen. Ohne gibt es keine Zulassung zur Masterthesis.

Oh je, der Arme tut mir da schon ein bisschen leid ...

3.

„... und dann könnt ihr euch sicher vorstellen, dass ich voll geflasht war von diesem ersten Auftritt von Ms. Andersen. Sie ist unglaublich...", stellt Kelvin aufgeregt fest.

„Na, das hast du uns doch heute Abend schon bestimmt zwanzig Mal erzählt. Bleib mal auf dem Boden, Kelvie!", meint Vivienne, ihren Bruder wohlmeinend bremsend. „Und Flynn hat noch ein paar Pints organisiert. Die wollen von uns getrunken werden."

Flynn kommt mit drei großen Gläsern Guinness an den Tisch. „Gerade noch rechtzeitig vor der

Sperrstunde gezapft und vor Connor gerettet. Also Slaínte - Prost! Auf die Frauenwelt!"

„Auf ein erfolgreiches und schönes Semester!", ergänzt Vivienne. Dabei wirft sie zwei Erdnüsse in die Luft und fängt eine im Mund auf. Die zweite landet auf dem Dielenfußboden unter dem Stammtisch, bleibt da aber nicht lange liegen, denn ihre treuherzige Sheltiehündin Leenie ist zur Stelle und opfert sich bereitwillig auf.

„Auf Shannon...!", gibt Kelvin vorsichtig von sich.

„Auweia, das kann doch nichts werden, Kelvie! Sie ist Dozentin und du ein Student von ihr. Außerdem ist sie deiner Einschätzung nach 20 Jahre älter als du. Noch ein Punkt der aus meiner Erfahrung dagegen spricht."

„Da gebe ich Flynn recht. Nicht, dass du in Teufelsküche kommst, wenn du mit einer Dozentin anbändelst. Den sehr großen Altersunterschied und dann auch noch aufwärts zu einer Frau sehe ich ebenfalls etwas problematisch – wobei du auf eine Art reifer daherkommst, als man dir zutrauen würde. Aber das weißt du ja, dass ich dich so einschätze. Und dass nicht nur, weil du mein Bruder bist, sondern weil ich davon überzeugt bin. Aber es könnte ja auch sein, dass Ms. Shannon in einer Beziehung steckt", äußert Vivienne ihre Bedenken.

„Genau, orientiere dich doch besser in Sachen Partnerin an Kommilitoninnen. Mach ich auch so oder ich nutze das Internet für Datings. Hattest du nicht vor ein paar Tagen hier an Ort und Stelle erwähnt, dass diese Aislinn eine besondere Erscheinung ist?"

„Das ist sie zweifelsohne. Aber Shannon Andersen ist eine ganz andere Frau. Die hat eine Klasse, wie ich sie noch nie zuvor gesehen habe!"

„Mein lieber Kelvie! Du weißt, dass du manchmal ein ziemlicher Träumer sein kannst. Du lässt häufig genug interessierte Mädchen abblitzen – weil die „Richtige" noch nicht dabei war. Ist das nicht ein bisschen überheblich? Meine Güte, wofür hältst du dich denn?"

„Ach, Flynn und Vivie, ihr habt beide ja irgendwie gar nicht so unrecht. Ich will versuchen, sie mir direkt aus dem Kopf schlagen, okay?", entgegnet Kelvin und deutet einen Klaps auf seinen Hinterkopf an. „Ist wahrscheinlich wirklich besser so... also gut, dann trinken wir auf uns! Auf unser Shamrock!"

Ich weiß gar nicht, wie oft diese drei schon auf ihr ureigenes irisches Kleeblatt angestoßen haben. Ich habe es aufgegeben zu zählen. Kelvie und Vivie kennen sich schon so lange sie leben und ihr bester Freund Flynn gehört zu ihnen seit Kindertagen. Diese drei bilden ein Geschwister-Freundschaftskleeblatt – bestehend aus den in Irland üblichen drei glückbringenden Blättern. Möge das Glück Ihnen in den kommenden Monaten hold sein. Es sind so gute Menschen ...

4.

Von seiner Schwester und seinem Freund kurz verabschiedet, torkelt Kelvin im Mondschein die gepflasterte und mit Nebelschwaden durchzogene Gasse entlang. Er will ein bisschen frische Luft schnappen. Ein paar Atemzüge Sauerstoff in den Körper pumpen. Nur wenige Gäste sind noch nach der Sperrstunde im Pub „The Golden Shamrock" geblieben. Den Alkohol spürt er deutlich in seinem filigranschlanken Körper. Er wankt. Es dreht sich alles. Seine Sinne schwinden. Er muss sie betäuben, damit er nicht zu feinfühlig auf seine Umwelt und Mitmenschen reagiert. Dann ausgerechnet das entscheidende Seminar mit Dr. Shannon Andersen. Oh, das wird eine Menge Alkohol benötigen.

Wie komme ich unbeschadet da durch? Ach, Flynn und Vivienne haben so recht. Ich schlage sie mir gleich aus dem Kopf. Jetzt gleich! Und dann werde ich nicht weiter an sie denken. Das ist der richtige Weg. Der einzig vernünftige Weg ... Und wenn ich nur ein ganz klein bisschen von ihr träume? Na, dagegen gäbe es nichts einzuwenden, finde ich. Wäre ja nur ein Traum. Nicht die Realität. Nur für eine kurze Dauer, ein paar Minuten oder vielleicht auch ein paar Stunden. Ja, das wäre doch in Ordnung ... Viv und Flynn müssen es nicht unbedingt erfahren – denn mit meinen Träumereien langweile ich sie sowieso nur. Falls ich überhaupt von Shannon Andersen träume, behalte ich das erst einmal für mich ... es kann ja auch sein, dass ich sie morgen schon wieder vergessen habe.

Wie sich schon des Öfteren in den vergangenen Jahren abgezeichnet hat, gehört Kelvin zu den Leuten, die sich mit einigen Pints abfüllen und dann einigermaßen auf Spur bleiben können. Das gilt aber nicht, wenn da noch Irish Whiskey oder der noch leckerere Irish Mist, ein Honig-Likör-Whiskey, dazu kommen. Die sind ihm aber heute – wie für gewöhnlich – erspart geblieben. Auch diesmal findet er den Weg zurück in den Pub und streichelt kurz das schwarzweißbraune Fell der dösenden Leenie. Vivienne bekommt einen kleinen Kuss auf die Wange. Er wünscht ihr, Flynn und seinem Vater eine gute Nacht. Seine Studentenbude hat er direkt über dem Pub. Wie praktisch. Dort fällt er gleich leicht benebelt und müde auf sein Couchbett. Er wirft sich noch eine dicke Wolldecke über seinen Körper und dann geht es auch prompt mit ihm ins Reich der Träume: „Shh... schschaaa, schlaaaf, Shh, Shann, schlaaaafeehen, ...Shshannahon...“

5.

Was schon wieder hell?
Kelvin steht auf und zieht die Vorhänge zu.
Ist mir definitiv noch zu früh.
Er legt sich unter seine weiche Decke, um noch weiter zu schlummern.
Ach halt, Ferien sind ja vorbei... also nix wie raus aus den Federn... aargh, mein Kopf. Das war ja wieder was gestern Abend. Obwohl – mit dem Alkohol habe ich's doch nicht total übertrieben.
Dennoch, der vergangene Tag hatte es irgendwie in sich. War auf eine Weise intensiv.
Er beginnt den Tag mit einer warmen Dusche und frühstückt im Anschluss sein Müsli im leeren Pub. An für sich ist das ein normaler Ablauf. Aber was ganz und gar nicht normal ist, sind die wirbelnden Gefühle in seinem Inneren – die wohl seiner neuen Dozentin gelten. Eben das spricht dafür, diese Gefühle zu unterdrücken, ihnen gar keine Bedeutung beizumessen. Vielleicht war das ja nur eine pubertierende

Schwärmerei, die sich genauso schnell wieder legen würde, wie sie gekommen war. Genau, das wird´s gewesen sein. Obwohl er inzwischen 23 Jahre alt ist, darf man dann noch von jugendlicher Gefühlsduselei sprechen? Nun gut, er ist in Liebesdingen noch relativ unerfahren. Doch er erfüllt alle Merkmale eines gewöhnlichen erwachsenen Mannes. Beim Zähneputzen blickt er in den Spiegel und erkennt einen strähnigen Strohkopf – so in etwa wie bei dem hübschen Jon Bon Jovi in dem Musikvideo „Bed of Roses", aber keineswegs strohdoof. Was ihn von einem „harten Rocker" jedoch deutlich trennt, ist der kleine, aber feine Unterschied, ein äußerst sensibles Kerlchen zu sein. Ihm fehlt die raue Schale, an der zahlreiche innere wie äußere Eindrücke abprallen können. Jetzt könnte er sie wahrlich gut gebrauchen.

Die Klamotten für den Tag sind rasch übergezogen. Nichts Besonderes. Casual Look, verwaschene Jeans, farngrünen Rollkragenpulli und ein schwarzes Feincordsakko drüber. An die Füße noch seine bequemen All-Wetter-Sneaker.

Gehe ich doch einfach ganz unbedarft in den Tag. Allerdings steht heute nochmal ein Seminar mit Ms. Andersen an. Oh je, kann ich mich davor heute nicht lieber drücken? Ach hm, ausgerechnet heute nicht. Es werden schließlich die Themen verteilt. Und ich bin auf diesen verdam... Kursschein angewiesen. So ein Mist... andererseits kann ich Shannon wiedersehen... Oh Ms. Shannon, warum seid ihr nur so besonders?

Kelvin macht sich mit sehr gemischten Gefühlen und Grübeleien auf den Weg zur Uni. Unterwegs will er mehrmals wieder umdrehen, doch er hält sich vor Augen, wie wichtig ihm andererseits der Abschluss seines Studiums ist. Diese Aussicht treibt ihn an.

Also würde er Shannon Andersen bestimmt leicht aus seinem Inneren vertreiben können.

Eine Viertelstunde später auf dem Uni-Campus:

„Hallo Aislinn! Alles okay?", begrüßt Kelvin seine nette Kommilitonin, die ihm mit einem Nicken antwortet. Er sucht sich einen Platz in den hinteren Reihen des Seminarraums.

Mit einem sympathischen Lächeln im Gesicht kommt Dr. Andersen in den Raum und setzt sich auf das Pult. Da erst kann Kelvin mit weit aufgerissenen Augen noch mehr von ihrer körperlichen Statur erkennen: eine Frau schätzungsweise in den Vierzigern. Mit wohlproportionierten, femininen Kurven.

Sie trägt beige Wildlederstiefel, eine dunkelblaue Glanz-Leggins und eine indianisch-verzierte Bluse. Ihr leicht gebräuntes Dekolletee wird größtenteils von einem auffälligen, hölzernen Symbol-Schmuckstück bedeckt. Sie wirkt ein bisschen wie eine Mischung aus Cowgirl und Indianersquaw.

Und dann schon nimmt er diesen unverkennbaren, lieblichen Klang ihrer melodischen Stimme wahr.

„So, um Missgunst, Neid und Streitereien vorzubeugen, habe ich in diese Kiste Zettel mit den jeweiligen Referatsthemen gelegt. Jeder zieht einfach einen Zettel und somit hat er sein Thema, das zum Ende des Seminars vorgetragen werden soll. Hier entscheidet je nach Betrachtungsweise der Zufall oder das Glück."

Tja, ein Glück ist es, wenn man so gesegnet auf die Welt kommt wie Sie, Ms. Shannon! Sie ist sowas von charmant. Und die italienische Schauspielikone Sophia Loren drückt es ganz treffend aus: „Charme ist der unsichtbare Teil der Schönheit, ohne den niemand wirklich schön sein kann."

Gemessen an Ms. Shannons Charmeausstrahlung steht für Kelvin sofort fest: Sie ist die Schönste der Schönen ...

Wieso verwundert es mich bei Kelvin nicht zu arg, dass er diesen unsichtbaren Aspekt direkt bemerkt?

Kelvin greift einen Zettel aus der gereichten Kiste, faltet ihn auseinander und überfliegt sein Thema: *Seien Sie ein Streiter der Romantik!* Er liest es gleich viermal durch.

Was ist das denn bitteschön für ein Referatsthema? Und wie soll er damit etwas präsentieren und das vor Shannon Andersen? Ihm rutscht sein schweres Herz in die Hose. Er ist auf den Schein angewiesen, um zur Masterabschlussarbeit zugelassen zu werden. Also, was bleibt ihm anderes übrig, als die Herausforderung anzunehmen ... doch das könnte auch sein Untergang werden.

Was machen die Shannon-Gefühle in ihm? Er ist so fasziniert von ihrer Erscheinung. Diese Faszination geht über die Oberfläche hinaus. Mit Wucht, mit Vehemenz erwacht in ihm eine Wärme der Lieblichkeit und Zuneigung, dass es ihn überströmt und er ein leichtes, leises Glück empfindet. Hier und heute ist für ihn klar, dass er die Liebe seines Lebens vor Augen hat.

Wie stelle ich es bloß an, dass Shannon auch etwas für mich empfindet? Wie lerne ich sie besser kennen? Nicht fachlich, sondern privat? Muss umgehend mein Kleeblatt befragen. „The Shamrock" wird heute Abend zusammenkommen müssen.

Er braucht Vivs und Flynns Rat und Ideen.

Die WhatsApp-Nachricht an Vivienne und Flynn ist schnell geschrieben. Er bittet die beiden um eine abendliche Zusammenkunft in ihren familiären Stammpub.

So wie es in ihm vorgeht, muss er irgendwie handeln. Die entscheidende Frage ist, aber wie? Es würde um viel – um nicht zu sagen, um alles gehen.

6.

Es ist ein lauschiger Abend im „The Golden Shamrock".

„... Ich nenne es nicht das Erwachen der Macht, aber fast genauso mächtig, also spreche ich hier von einem wahren Erwachen der Liebe. Ehrlich, in mir breitet es sich ganz tief aus und so macht´s mich trunkener, womöglich liebestrunkener, als ein Haufen geleerter Pints. Ich dachte in der letzten Woche, dass das vergeht. Stattdessen nimmt es noch an Intensität zu", erklärt Kelvin seinen besten Weggefährten Vivienne und Flynn. „Also, ich kann nicht einfach untätig bleiben, sonst macht mich dieses Gefühl noch ganz wahnsinnig."

„Tja, es scheint dich ja wirklich schwer erwischt zu haben. Da das bei dir keine Eintagsfliege ist, müssen wir das einigermaßen ernst nehmen. Also Flynn, was meinst du?"

Flynn räuspert sich und streicht sich mit der Hand über seinen feuerroten Bart. „Obwohl das aus meinem Mund vermutlich komisch klingt, immerhin nennt ihr mich einen Weiberhelden, aber meine Herangehensweise würde ich im Fall von Kelvin nicht empfehlen."

„Also keine direkte Kontaktaufnahme und nicht das Mädel aufreißen, sondern...?"

„Na ja, wir wissen, dass Kelvin mit Worten umgehen kann wie kein Zweiter. Nicht umsonst leitest du in deiner Freizeit deine Schreibwerkstatt „Wordshop" und bietest eine Spezialisierung in Liebesbriefen an. Daher sollte er meines Erachtens nach diese Stärke ausspielen."

„Und woran denkst du da genau?"

„Ich weiß es – ehrlich gesagt - auch nicht konkret."

„Aber ich", meldet sich Kelvin zu Wort. „Ich finde Flynns Hinweis Gold wert. Wenn mein Amorpfeil in Worte gehüllt sein sollte, dann kann vielleicht und hoffentlich meine Sprache ihr Herz gewinnen? Ein Feuerwerk der Liebe auslösen?"

„Vielleicht, vielleicht, aber bedenke, dass du nicht einfach deine Gefühle von der Seele schreiben kannst. Schließlich ist Shannon auch deine Dozentin. Du brauchst diesen Schein unbedingt– sonst keine Zulassung zur Masterthesis."

Vivienne wirft ein: „Genau. Sie darf nicht wissen, von wem der Amorpfeil kommt. Du musst dich anonym an sie herantasten. Ja. Ein Tasten, ein Annähern muss es sein."

„Klingt plausibel", sagt Flynn. Und Leenie, die Sheepdog-Hündin, bekräftigt ihre Zustimmung durch kurzes Bellen.

Wie gut, dass ich so tolle Menschen um mich habe, sonst wäre ich hier ohne Umweg in mein Verderben gelaufen, denkt sich Kelvin. „Die nächste Pint-Runde geht auf mich und ein Irish Whiskey für euch obendrein." Kelvin geht zu seinem Dad Mitch an den Tresen und lässt sich ein Tablett mit den versprochenen Guinness-Pints und kleineren Gläsern plus eine der teureren Whiskeyflaschen aushändigen. Allerdings gibt Mitch zu Bedenken: „Kelvie, mein Sohn, pass aber auf, dass du es mit dem Whiskey nicht wieder übertreibst. Du weißt ja selbst noch am besten, welche Wirkung der bei dir haben kann."

Der alte Connor, der selbstverständlich wieder an seinem Stammplatz sitzt, und das Geschehen rund um die Theke fest in seinem lebenserfahrenen Blick hat, stupst Kelvin an: „Master Kelvin, sogar ich habe diese Wirkung bei dir noch gut im Kopf. Und das will schon etwas heißen. Hihi."

„Ach, Dad und Connor, ihr seid herzig. Ich werde eure Worte beachten und eurem Rat folgen."

Die drei „Kleeblätter" stoßen auf ihre guten Ideen und ihre gemeinsame Verbundenheit an. Das ein oder andere Pint folgt noch ... und der Whiskey fließt zum Glück in Maßen. Flynn und Vivienne haben jeweils ein Auge auf ihren geliebten Kelvin.

Sie bleiben bis zum Ende und helfen Mitch noch beim Spülen und Aufräumen. Die letzten Spuren eines ausgelassenen Abends werden wie immer stets beseitigt. Mitch weist beim Zubettgehen darauf hin, dass er den nächsten musikalischen Auftritt von Vivienne und Kelvin in einigen Tagen plant.

Die beiden Geschwister ergänzen sich hervorragend, denn Kelvin ist ein begnadeter Gitarrist und Vivienne hat eine ausgebildete, herrliche Gesangsstimme, die auch in ihrem Schauspielstudium gefördert wird. Beide bilden das Duo *Twin Power!* und können sich oft in einen regelrechten Rausch spielen. Ihre – jetzt komme ich ins Spiel - Mutter Isabella war eine Musiklehrerin an einem Galwayer College und Mitch, ihr Ehemann, spielt die Fiddle legendär. Eigentlich könnte daher der Pub auch „The Fiddler´s" heißen. Die ganze Familie O´Brien ist ohnehin sehr stark den musischen Künsten zugewandt. Jedes Familienmitglied hat seine eigenen Richtungen, Prägungen und Stärken herausgebildet. Da kommt oft richtig Leben in die Bude, die aus einem ehemaligen, größeren und bunten Cottage erweitert und umgebaut wurde.

Das Cottage ist das Geburtshaus von Mitch und seinen beiden jüngeren Brüdern Ethan und Nathan. Die Anfangsbuchstaben der drei Brüder ergeben: MEN. Da haben sich die Eltern etwas ganz Spezielles ausgedacht. Mitch also lebt mit seinen beiden Kindern im Cottage. Ethan wohnt und hat ein Architekturbüro in Cork, während Nathan am Stadtrand von Galway eine mittelgroße Farm hat. Wir werden zu einem späteren Zeitpunkt sicher dort vorbeikommen.

Aber angesichts der fortgeschrittenen Stunde legen sich im O´Brienschen Cottage alle schnell Schlummern, um für die Herausforderungen des nächsten Tages, überwiegend des Alltags, ausgeschlafen und gewappnet zu sein.

7.

Am nächsten Morgen kämpft sich Kelvin aus seinem Bett. Er hat miserabel geschlafen, sich auf der Matratze immer wieder gewälzt und seine Gedanken kreisten permanent um Shannon.

So kann das nicht lange weitergehen. Das macht mich sonst völlig fertig und wird zum körperlichen und seelischen K.O.

Wenn du wüsstest, was dich erwartet, Kelvin!

Also ab unter die Morgendusche mit ihm und das Wasser schön warm aufgedreht. Das tut ihm in der Tat ganz gut. Aber nur, weil er die Duschzeit verdoppelt hat – ganz zum Unmut seiner Schwester, die vor dem Bad warten muss.

Er streift sich eine Denimjeans und ein bis zur Brust geknöpftes, schwarzbraun kariertes Hemd über. Heute würde er sich nicht rasieren und die Haare belässt er ebenfalls ihrem eigenen Willen. Heraus kommt ein richtiger Wuschelkopf.

Nachdem er zwei Gläser frisch gepressten Frühstückssaft und ein paar leckere Scheiben Toast zu sich genommen hat, geht es hoffentlich mit kosmischem Beistand ans Werk – bei Katie Meluas´ „Thank You Stars!":

Wie nähere ich mich Ms. Andersen nun also am besten an?

Per Anruf, nein, das traut er sich nicht zu. Außerdem könnte sie ihn vielleicht anhand der Stimme erkennen. Das größte Problem sieht er aber darin, dass die direkte Anrede nicht ginge, er wäre viel zu aufgeregt, um ein passendes Wort herauszubringen. Dafür ist er zu schüchtern.

Nach einigen weiteren Überlegungen legt sich Kelvin fest, dass er sich am besten schriftlich offenbaren muss – jedoch ohne sich zu erkennen zu geben. Es soll zunächst ein vorsichtiger Annäherungsversuch werden: Und zwar nicht direkt mit einem „I love you" ins Haus fallen. Oh mein Gott, was für eine schwere und heikle Aufgabe.

Das Internet ist für eine etwaige Anonymität der Akteure perfekt und zielführend. Kelvin setzt sich an sein Notebook und will eine E-Mail-Adresse anlegen, die einigermaßen unverfänglich, aber seiner Absicht, eine zurückhaltende Aufmerksamkeit zu erreichen, dienlich sein sollte. Da sitzt er und ihm fällt nichts Brauchbares ein. Er bringt nur ein *actually.romantic@hotmail.com* zustande. So ganz glücklich ist er mit diesem E-Mail-Absender aber nicht – womöglich müsste ihm zu einem späteren Zeitpunkt etwas Passenderes einfallen.

Also zäumen wir das Pferd von hinten auf.

Was will ich ausdrücken und was gefällt Shannon Andersen?

Er versucht sich in Shannon hineinzudenken und legt Boyzone´s Song „Words" auf. Es ist alles eine Frage der richtigen Inspiration und Shannon ist seine große Lebensinspiration. Für sie möchte er die richtigen Worte finden, seinen getippten Amorpfeil „schnitzen".

Wie lege ich los? Möchte nach der Devise gehen: Weniger ist mehr? Es soll auf der einen Seite meine weitreichenden Gefühle ausdrücken und auf der anderen Seite einen gewissen Anspruch haben. Aber irgendwie auch ein Eye-Catcher. Und schließlich eine Mischung aus Deutsch- und Englischsprachigem. Schließlich trifft das auf Shannon und auf ihn zu. Insgesamt betrachtet klingt das sehr nach einer Eierlegendenwollmilchsau. Aber ich will und muss unbedingt mein Herzblut anzapfen. Meine künstlerische Seele. Mein verzehrendes, sehnsuchtsvolles Gemüt. Könnte sowas wie mein Sinnspruch sein.

Kelvin vertieft sich zum Unplugged-Album von Bryan Adams mit Songs wie „When You Love Someone" stundenlang in seine Gefühls-„Arbeit" und -Träumereien. In seine Sentenz. Er geht ganz und gar darin auf. Denn hier kommen Kunst und Herz zusammen. Für eine erste Annäherung nicht schlecht. Aber möglicherweise auch zu forsch? Aber er glüht von innen und es brennt ihm unter den Nägeln. Die Botschaft ist klar: Er will Shannon – um jeden Preis! Dafür muss er sich in Perfektion üben.

Ich beginne am besten von vorn und suche einen neuen Absendernamen ...

8.

Shannon Andersen kehrt nach einem fruchtig-erfrischenden Cocktail-Drink-Abend mit einigen ihrer neuen Uni-Kollegen allein in ihr neues Loft-Domizil in der Innenstadt zurück. Ihre rehbraune Lederjacke legt sie ab, zieht das Haargummi aus ihrem Pferdeschwanz, so dass ihre wallenden Haare bis über ihre sportgewöhnten Schultern fallen. Sie wechselt ihr Outfit in dunkle, flauschige Relaxhose und schlabbrigen Kapuzenpulli und macht sich eine Tasse Sahne-Caramel-Rooibush-Tee. Mit einem versonnenen Blick durch das Wohnzimmerpanoramafenster auf die Lichterpunkte der City geht ihr nach langer Zeit ein hoffnungsvoller Gedanke durch den Kopf:

Ist doch ein schöner Auftakt hier in Galway! Vielleicht war es wirklich eine gute Entscheidung für ein Jahr herzukommen. Hier komme ich vielleicht auf andere Gedanken ...

Dann macht sie ihr Tablet an, spielt über ihren Music Player „One More Time" von Laura Pausini ab und schaut nach, ob sie neue E-Mails an ihre privaten und beruflichen Mailadressen bekommen hat ...

Von: **Sentenz-in-a-sentence@yahoo.com**
An: **Shannon.Andersen@nuig.ie**

I nspiration of life

M eant to be my wife
I nseparable we are
S ouls longing from far
S orrow forever gone

Y our charming dear to come
O ur everlasting passion born
U nder roses without a thorn

„Wie bitte??", Shannon wundert sich laut über diese E-Mail ohne Betreff und Namen. „Ist das ein Scherz?" Danach sieht es ihr irgendwie nicht aus. Sie reibt sich das Kinn und liest den Inhalt noch ein paar Mal durch.

Aber warum gibt es hier keinen Absender? Jedenfalls ist das gut. Es ist wirklich gut gemacht. Ich muss zugeben, es gefällt mir mit jedem weiteren Lesen sogar noch ein bisschen besser. Hier gibt irgendjemand seine lyrische und romantische Ader preis. Ist ein kleines Kunstwerk. Hat Larissa die Trennung vielleicht doch nicht richtig überwunden?

Shannon sinniert und alte Bilder tauchen vor ihrem Auge auf. Wie Larissa vor einem Dreivierteljahr völlig verzweifelt über ihr gemeinsames Beziehungsende war. Das hat beiden viel Schmerz bereitet. Doch sie haben sich schlussendlich im Guten und versöhnlich getrennt. Nein, das sieht hier nicht nach Larissas „Handschrift" aus.

Wer aber sonst schreibt mir hier an meine neue Uni-Mailadresse? Und gibt sich dabei nicht zu erkennen?

Die Zeilen sind für Shannon auch irgendwie offensichtlich zu gefühlvoll, um von einem Mann zu kommen. Also ein weibliches Wesen mutmaßt sie gleich. Eine starke feminine Persönlichkeit.

Die anspruchsvolle E-Mail-Adresse *Sentenz-in-a-sentence@yahoo.com* könnte ein Hinweis darauf sein, dass jemand aus dem Universitätsbetrieb schreibt. Sie hätte da auch schon eine Vermutung. Dies auffällige Mädchen aus der ersten Reihe ihres Seminars „Deutsche Literatur" hat eine sehr feminin-intellektuelle Ausstrahlung. Gleich nochmal auf dem Sitzplan nachschauen wie sie heißt: Aislinn Shiffrin.

Da Shannon Einsicht in alle Kursnoten des Fachbereichs hat, kann sie ermitteln, dass Aislinn tatsächlich meistens die Kursbeste ihres Semesters ist. Die Mail könnte also wirklich von ihr verfasst worden sein.

Ja, liebe Aislinn Shiffrin, was hast du dir nur dabei gedacht? Das werde ich nächste Woche gleich mal klären. Und zwar regle ich solche Herzensangelegenheiten auf persönliche Weise. Bestimmt werde ich nicht so dumm sein, um auf eine anonyme E-Mail zu antworten.

Aber ich gebe zu, Aislinn hat einen besonderen Ausdruck in ihren geflügelten Worten.

Shannon macht sich bettfertig. Sie muss dauernd über die Sentenz im sentence lachen, die ihr nicht aus dem Kopf geht:

Das fängt ja wirklich lustig an hier in Galway. Diese Iren!

9.

Am nächsten Abend telefoniert Shannon im Schneidersitz auf einem Stuhl via Skype mit ihrer besten Freundin Letitia aus Hamburg.

„Hi Lia, endlich komme ich dazu mich bei dir zu melden und endlich bist du auch mal zuhause zu erreichen. Also sowas, ich muss mich beschweren, ich bekomme doch sonst Entzugserscheinungen wegen meiner besten Freundin. Nie bist du da."

„Ach, Shannie, du weißt ja, bei mir ist immer viel los. Mit Arbeit. Mit Männern. Mit dem Nachtleben. Haha. Aber eines sei dir gesagt, ich vermisse dich doch sehr. Wird Zeit, dass du dich hier wieder blicken lässt. Wann sehe ich dich das nächste Mal?"

„Im Moment jetzt auf deinem Bildschirm. Ganz im Ernst, wird noch eine kleine Weile dauern. Meine bisherige Planung sieht vor, über die Weihnachtstage nach Deutschland zu kommen. Wenn du nicht verreist, komme ich dich gerne in Hamburg besuchen."

„Hey, das wäre klasse. Ich versuche mir Tage für dich freizuhalten. Aber erzähl, wie ist es so auf der grünen Insel? Vermisst du die Zivilisation?"

„Du wirst es nicht glauben, es ist noch schöner, als ich gedacht habe. Es gibt so viele unterschiedliche, angeblich über 40 Grüntöne in der Landschaft zu entdecken, dass ich mittlerweile nicht mehr mitzähle. Und die Iren sind ein lustiges Völkchen. An der Uni hat man mich herzlich willkommen geheißen. Die Chefs und Kollegen sind unkompliziert und hilfsbereit. Und ob du´s glaubst oder nicht, ich habe sogar schon eine Verehrerin..."

„Nee, das glaube ich jetzt wirklich nicht. Dich darf man aber auch keine fünf Minuten alleine lassen. Wie hast du das denn fertiggebracht?"

„Ehrlich gesagt, weiß ich das auch nicht. Mit einem Male fand ich eine lyrische E-Mail in meinem Uni-Posteingang. Absender ist aber unbekannt."

„Und was schreibt dir die Unbekannte?"

„Hier lies selbst, ich habe einen Ausdruck gemacht."

Shannon hält das bedruckte Papier in ihre Tablet-kamera.

„Wow, da hat sich aber jemand ins Zeug gelegt. Und du weißt wirklich nicht, wer dir sowas schickt?"

„Nee, aber eine Vermutung habe ich schon. Eine Studentin aus meinem Seminar, nehme ich an."

„Wie kommst du überhaupt darauf, dass die Mail von einer Frau kommt? Ich meine, könnte doch genauso gut ein Kerl sein."

„Glaubst du im Ernst, ein männlicher Student würde so etwas schreiben, geschweige denn, zustande bringen?"

„Jedenfalls mir hat noch kein Verehrer so eine nette Mail geschrieben."

„Da hast du´s. In Sachen männlicher Verehrer kann dir keine das Wasser reichen, Lia. Da hast du ein Alleinstellungsmerkmal."

„He, wie frech du wieder bist, aber wo du Recht hast ..."

Die beiden Busenfreundinnen grinsen sich über die digitale Leitung an.

„Und was gedenkst du anlässlich deiner Verehrerin zu tun oder wie willst du dich verhalten? Denn eigentlich wolltest du ja unter anderem in Irland auch Abstand zu deiner letzten Beziehung bekommen. Ich an deiner Stelle würde mich natürlich gleich ins nächste Abenteuer stürzen, aber da sind wir so verschieden wie Yin und Yang."

„Also, mir fällt sowas ja nicht so leicht, aber ich möchte die Absenderin gerne persönlich sprechen, um wenigstens meine Absage etwas freundlicher zu gestalten. Das hat sie verdient. Oder, was meinst du?"

„Auf jeden Fall! Vielleicht sieht das Mädel ja auch noch gut aus. Dann könntest du sie doch zwischendurch vernaschen."

„Oh LIA!!! Manchmal bist du unmöglich - aber deswegen mag ich dich wahrscheinlich auch so. Du bringst mich mit deiner Art und deinen Gedanken so schnell zum Lachen."

„Humor ist mein zweiter Vorname."

„Ja, der manchmal aber zu viel des Guten ist. Wie läuft es gerade mit Dominik?"

„Ach, Dominik ist wieder passé. Passte einfach nicht so gut in mein Lebenskonzept."

„Da passt nie einer, bei dir, Lia."

„Kann schon sein, aber für Nachschub ist schon gesorgt."

„Wer ist es diesmal? Jemand aus einem Königshaus?"

„Nee, ein Reeder aus Hamburg: Tom."

„Hast mir gar keine Nachricht auf mein Smartphone geschickt. Also bitte mit Bild."

„Ich kam leider noch gar nicht dazu. Gut, du bekommst das Foto gleich. Aber dann hätte ich auch gerne ein Bild von deiner Verehrerin. Mich würde interessieren, wie so eine verliebte Irin aussieht."

„Ähm, da sie wohl eine Studentin ist, weiß ich noch nicht so genau, wie ich an ein Foto von ihr kommen soll. Deshalb verlange nicht zu viel. Aber sag mal, nett ist die Mail doch schon, oder?"

„Na klar, selbst ich, würde da weich werden. Willst du´s dir nicht nochmal überlegen, ob sie keine geeignete Kandidatin sein könnte, und sei´s auch nur als Bettwärmerin, in Irland ist es doch kühler als bei uns, …"

„LIA!!"

„Ich mein´ ja nur. Dann könntest du auch bei den Heizungskosten einsparen."

„Also echt, du bist immer noch unmöglich. Erzähl mir lieber, wie und wo du Deinen Tom kennengelernt hast."

Die beiden sprechen noch eine geschlagene Stunde gemeinsam über Gott und die Welt. Und über die Liebe, die die Welt zur Schönsten machen.

10.

Eine knappe Woche später sitzt der liebe Kelvin bedrückt vor seinem Monitor. Immer noch keine Antwort von Shannon Andersen. Entweder hat sie die Mail überlesen und aus Versehen schon gelöscht oder es hat ihr schlicht und ergreifend nicht gefallen. Er rafft sich auf und tippelt über den Flur in Viviennes Zimmer. Dort nimmt ihn Leenie in Empfang und umrundet ihn mehrmals und lässt sich liebend gerne das saubere Fell streicheln.

Viv hockt auf einem hellblauen Sitzsack und lernt gerade Szenentexte für eine Filmrolle im Rahmen ihres Schauspielstudiums auswendig. Für eine irische Produktion darf sie eine junge Rebellin spielen. Sie lugt über ihr Skript zu Kelvin und liest sein Mienenspiel ab:

„Ach, mein lieber Bruder, hat sie dir immer noch nicht geantwortet? Du wirkst ganz bekümmert. Ich würde dich gerne aufmuntern, wenn du mir verrätst, wie?"

„Irgendwie hat das nicht so funktioniert, wie ich mir das vorgestellt habe. Gut möglich, dass ich einer promovierten Dozentin nicht das Wasser reichen kann. Dass ich ihren Ansprüchen nicht genüge."

„Ist doch Quatsch. Du bist ein Goldstück, ein Juwel der Männerwelt! Mich würde aber schon interessieren, was du ... ähm, also, darf ich erfahren, was du genau geschrieben hast?"

Kelvin zitiert die Zeilen, die er an Shannon Andersen fabriziert und versendet hat.

„Oh, oooh.", Viv saugt hörbar Luft ein. „Es ist gelungen, aber für eine erste Kontaktaufnahme zu viel Herzblut... Dennoch nehme ich dir dein Empfinden sofort ab. Aber DAS nennst du vorsichtiges Annähern?"

„Ich habe nichts von `I-love-you´ geschrieben ..."

„Aber `I-miss-you´ wirkt schon recht direkt. Und dann von Frau und Liebsten zu sprechen. Uff. Schon der Hammer."

„Möglicherweise sind im Eifer des Schreibgefechts die Pferde mit mir durchgegangen. Was mach ich denn jetzt bloß? Den ersten Amorpfeil habe ich abgeschossen, jedoch wohl ziemlich daneben."

Viv steht auf und nimmt ihren betrübten Bruder in ihre Arme. Sie drückt ihn fest an sich. Klopft ein paar Mal aufmunternd auf seinen Rücken.

„Du willst immer noch nicht aufgeben, richtig?"

„Ja, will ich und kann ich noch nicht. Ich würde sie so gern kennenlernen, mit ihr reden, lachen, weinen. Das ganze Spektrum einer erfüllten Beziehung erleben. Bin mir total sicher, dass sie meine absolute Traumfrau ist! Da kann ich doch nicht einfach aufhören, um sie zu werben."

„Okay, ich verstehe. Wenn´s mir wie dir gehen würde, könnte ich mich auch nicht so leicht damit abfinden, vor allem, da du ja auch noch keine Abfuhr, keinen Korb bekommen hast. Wir müssen also weiterdenken, Kelvie. Aber vorher, wie wäre es ein bisschen für unseren übermorgigen Auftritt zu proben?"

„Gute Idee, Schwesterherz."

Kelvin schnappt sich eine Gitarre und trifft Vivienne im stilvollen „Musiksaal" der Familie O´Brien. Dort im Pub sind weitere Instrumente und die Technik gelagert. Außerdem wird dieser Raum auch zum Üben und häuslichen Musizieren genutzt. Auf einem Sockel steht die goldene Harfe, die aber seit meinem Tode mit einem großen Tuch abgedeckt ist und folglich nicht mehr gespielt wurde. Ein Jammer ... Der Klang der „Golden Harp" fehlt in diesen Wänden. Die Kinder und besonders Mitch sind immer noch wie paralysiert, dass ich nicht mehr da bin, obwohl schon acht Jahre vergangen sind. Am besten ist immer noch Viv, mein regelrechter Wirbelwind, damit zurechtgekommen. Sie konnte, zwar auch nach Trauerzeit, ihre Energie in ihren schauspielerischen Projekten produktiv entfalten und hat ihren Bruder auch oft mitgezogen. In gemeinsamen Musikauftritten zum Beispiel oder mit Interesse ihn bei seinen schreiberischen Ambitionen unterstützt. Mein liebster Mitch hat sich liebevoll um seine Kinder gekümmert und ihnen ein gutes, friedvolles Zuhause mit vielen Freiheiten geschaffen. Doch für ihn selbst hat es keine Frau nach mir gegeben. Nicht so, dass es keine Interessierten gegeben hätte, ich denke da besonders an Cathleen, aber Mitch hat sein Herz in der Hinsicht zugemacht und nichts zugelassen – obwohl er sich blendend mit ihr versteht. Dabei habe ich ihm und den Kindern immer alles Glück dieser Welt gewünscht. Könnte ich doch nur etwas für meine Lieben tun.

Viv schlägt vor mit dem Song von Jewel „You Were Meant For Me" in die Probesession einzusteigen.

Kurz vor Ende des Lieds hat Vivie einen Geistesblitz und hält inne: „Hey Kelvie, wie wär´s, du holst dir bei jemandem Rat, der die Dr. Andersen ebenfalls kennt oder kennengelernt hat? Und da ist mir eingefallen: Ist nicht diese schlaue Aislinn bei dir im selben Kurs? Hol dir doch bei der ein paar Tipps!"

„Hm, gar keine solche schlechte Idee … Danke, Schwesterherz! Das werde ich nach unserer Session aufgreifen. Ich melde mich nachher bei Aislinn. Ich habe ihre Festnetznummer, die wähle ich später. Mit Aislinn konnte ich bereits einige vertraute Gespräche führen. Sie ist sehr aufgeschlossen und kann gut zuhören."

„Na, das ist doch eine super Voraussetzung für dein Anliegen, oder?!"

„Ja, solche Menschen sind leider sehr rar gesät, dafür umso wertvoller. Und weißt du was, gerade habe ich Lust mit dir Michael Jackson´s „You Are Not Alone" zu spielen. Also drei, vier…"

Mit diesem Song sprechen, spielen und singen sie mir gerade aus dem Herzen. Die Zwillingsgeschwister sind wirklich herzensgute Menschen. Versuche Viv und Kelvie zu berühren, doch meine Hand greift durch sie hindurch. Ich habe euch so lieb!

11.

Ein neuer Tag: In einem zentral gelegenen und schmucken Studentencafé sitzen sich Kelvin und Aislinn gegenüber. Im Hintergrund läuft dezente Musik von Norah Jones. Er erklärt ihr nach etwas Smalltalk in groben Zügen seine Gefühlslage und erzählt von seinem „verschossenen" Amorpfeil. Gerne möchte er einen zweiten Versuch starten, der besser und erfolgreicher ist.

„Du hast ja auch bereits erste Eindrücke von unserer neuen Dozentin und deswegen wollte ich dich heute treffen. Und fragen, ob du mir ein paar Tipps geben könntest, wie es klappen könnte, Ms. Shannon positiv zu berühren. Und zumindest Neugierde oder Interesse an mir zu wecken."

„Gar keine so leichte Aufgabe, fürchte ich. Soll nicht heißen, dass du nicht interessant bist. Doch es gab ja keine Antwort auf deine erste E-Mail. Also würde ich nicht nochmal in die Lyrikkiste greifen. Den Sehnsuchtsaspekt würde ich beibehalten – um eine gewisse Linie zu wahren. Doch ich weiß, dass du aus dir etwas sehr Besonderes holen kannst. Versuche einen Text mit direkter Anrede aufzusetzen und dort das ein oder andere Kompliment zu platzieren. Frauen mögen und hören das gerne, auch wenn die Schmeicheleien nach außen hin meist nicht annehmen wollen. Aber innen löst es fast immer etwas aus. So würde ich an deiner Stelle vorgehen. Die richtigen Komplimente zu finden, das könnte der Schlüssel sein", vermutet Aislinn.

„Tausend Dank, Aislinn! An Komplimenten über Ms. Shannon wird es mir nicht mangeln. Dachte ich mir doch zu Recht, dass du mir eine Hilfe sein würdest. Ich habe jetzt schon eine ungefähre Vorstellung davon, wie ich meiner inneren Lage am besten Ausdruck verleihen kann."

Kelvin spendiert Aislinn und sich einen zweiten Latte Macchiato. Beide löffeln und schlürfen genüsslich an ihren Heißgetränken.

„Meinst du, es wäre ratsam, Ms. Andersen den nächsten Amorpfeil auf Deutsch zu senden?"

„Guter Einfall. Ja, nachdem du englische Zeilen – ohne Rückmeldung - schon ausprobiert hast, kannst du diesmal wirklich komplett in ihrer Muttersprache schreiben. Baut doch eine weitere Brücke zu ihrer Person. Grenzt außerdem den Kreis der möglichen Absender eindeutig auf unseren Deutsch-Literaturkurs ein. Und ein ganz wichtiger Punkt: Dränge Ms. Andersen nicht zu einer Antwort."

„Also besser auch keine Fragen stellen, mit denen sie sich genötigt fühlen könnte, dass ich eine Reaktion und Rückmeldung erzwingen wolle?"

„Ganz genau. Mehr fällt mir gerade auch nicht ein."

„Du bist eine tolle Ratgeberin!"

„Na dann leg mal los! Ich bin schon sehr gespannt, was du dir ausdenkst. Und danke für dein Vertrauen und die beiden Lattes. Ich drück dir die Daumen!"

Wenn Aislinn ihm die Daumen drückt, dann wird´s schon klappen, denkt er sich voller Zuversicht.

12.

Kelvin liebt das Schreiben, besonders kreatives Schreiben. Vor gut einem Jahr hat er seine eigene Schreibwerkstatt „Wordshop" in der Innenstadt gegründet. Nicht nur, dass er damit etwas Geld verdienen kann, nein, es ist eine weitere Möglichkeit, sich rund ums Schreiben zu betätigen, zu lernen und weiterzuentwickeln. Die Idee kam ihm dazu, als er im Rahmen seines Bachelorstudiums „Creative Writing and Arts" einen Workshop in Dublin bei Cecelia Ahern besucht hat. Das war natürlich eine Ausnahmeveranstaltung und hat ihn außerordentlich inspiriert.

Der nächste Workshop in seinem „Wordshop" steht an. Und er will seine Schreiberlinge nicht warten lassen, daher beeilt er sich ein bisschen, um noch pünktlich zu sein.

Vor der Werkstatttür warten bereits zwei seiner Schüler: Pip und Annie – beide sind im selben Alter: Stolze neun Jahre alt sind sie. Und heute will er weiter mit ihnen am Kurs „L-L-L" arbeiten, Triple L. Die jungen Schüler sind ganz begeistert von L-L-L. Jetzt fragst du dich wahrscheinlich wofür L-L-L steht. Die Antwort will ich dir doch gleich geben:

Love-Letter-Licence

Ja, wirklich, Kelvin bietet einen Kurs für eine Liebesbrieflizenz an. Neben ein bisschen Theorie geht es vor allem um das praktische Schreiben von Liebesbriefen. Der Kurs ist bei seinen Schülern sehr beliebt. Er bietet ihn jeweils sowohl für Kinder als auch für verliebte Erwachsene an. Sogar in beinahe familiärer Atmosphäre kann Kelvin solche Kurse durchführen. Da fällt ihm das Reden vor anderen leicht. Wenn es eine vertraute Situation und Umgebung ist, dann fühlt sich Kelvin am wohlsten und hat dann auch wenig Mühe den Kurs zu moderieren und zu leiten.

Heute sind also Pip und Annie da. Beide sind schon ganz gespannt und voller Vorfreunde. Das ist ihnen anzusehen. Kelvin hat ein gutes Händchen im

Umgang mit jungen Menschen. Er kann sich gut in andere hineinversetzen.

„Hi Annie und hi Pip! Dann wollen wir mal loslegen." Kelvin schließt die Werkstätte auf und jeder sucht sich einen Platz. „Wo ist denn Paddy heute?"

„Ach ja, wir sollen dir ausrichten, dass er die nächsten beiden Wochen nicht kann. Irgendwelche Termine beim Kieferorthopäden. Bäh!", antwortet Annie.

„Okay. Gut, habt ihr Eure angefangenen Liebesbriefe dabei? In der letzten Woche haben wir uns besonders um Anrede und Anfang gekümmert. Heute wollen wir uns mit dem Empfänger befassen. Es geht ums Hineindenken, ums Einfühlen in Eure Liebste bzw. in euren Liebsten."

„Versetzt du dich auch in jemanden?", will Annie wissen.

„Und ob. Gerade habe ich jemand ganz besonderes vor Augen", antwortet Kelvin – ein breites Grinsen breitet sich auf seinem Gesicht aus.

„Ich habe auch jemand ganz besonderes vor Augen", meint Pip.

„Annie, du auch?", will Kelvin wissen.

„Klaro! Ich stelle mir Jeremy vor."

„Dann können wir ja beginnen. Und zwar möchte ich euch zuerst auf eine kleine Reise schicken. Stellt euch vor, wo ihr gerade am liebsten mit eurem Liebesbriefempfänger wärt."

Alle überlegen eine kurze Weile und nach der Denkpause fragt Kelvin: „Und was habt ihr für einen Ort vor Augen?"

Pip: „Legoland – das würde mir sehr gefallen."

45

„Hä? Was ist das denn für ein komischer Ort? Ich jedenfalls wäre mit Jeremy am liebsten auf einer Insel", erwidert Annie.

„Das seid ihr doch schon. Irland ist doch eine Insel", entgegnet Pip.

Annie schüttelt den Kopf.

„Ich meine doch eine kleine Insel, so wie in Fluch der Karibik."

„Legoland und eine karibische Insel sind doch gute Orte. Ich habe mir ein Boot vorgestellt."

„Überlegt doch mal, was eurem Liebsten beziehungsweise eurer Liebsten dort besonders gut gefallen würde? Mir zum Beispiel gefällt der Gedanke der Nähe auf einem Boot. Man rutscht dort automatisch näher aneinander."

„Im Legoland gibt es auch Attraktionen, wo es sich zusammenrutschen lässt", fällt Pip auf.

„Und auf meiner kleinen Insel ist man sich eh immer nah. Deshalb muss es auch eine kleine Insel sein. Irland ist dann doch viel zu groß, Pip!"

Bald darauf beginnen Pip und Annie damit an ihren Liebesbriefen weiterzuwerkeln. Kelvin kommt im Wechsel an ihren Platz und hilft bei Formulierungen, gibt Anstöße und die drei haben einfach viel Spaß zusammen.

Das ist doch die Hauptsache. Die Welt ist oft ernst genug. Umso wichtiger sind die fröhlichen Momente. Kelvin ist sehr dankbar für das, was er tun kann und in seinen „Wordshops" erlebt. Hoffentlich hat er auch genügend Spaß in diesem Jahr.

13.

Tags darauf im Dozentenbüro von Dr. Shannon Andersen:

Reagiere ich auf Aislinns E-Mail oder nicht? Einerseits hat sie wirklich ganz besonders geschrieben, andererseits möchte ich mich nicht tiefer in Liebesthemen verstricken. Sollte das abblocken, aber wie mache ich das am besten, dass Aislinn sich nicht völlig schämen muss ...

Shannon lehnt sich in ihrem Bürostuhl nach hinten, spielt mit ihrem Stift und denkt noch eine Weile nach. Dann fasst sie den Entschluss, Aislinn in der gleich anstehenden Seminarstunde zu sich zu bitten. Das wird ihr sicher nicht leichtfallen, scheint aber nötig zu sein. Shannon blickt auf die Zeitanzeige auf ihrem PC-Monitor und erkennt, dass es Zeit für die nächste Lehrstunde ist. Sie geht mit einem flauen Gefühl in den gut gefüllten Seminarraum, begrüßt wie sonst auch ihre Studenten und bietet ihnen das „You" an. Und zwar meint sie ein deutsches „Du", was im angelsächsischen Lehrbetrieb die Regel ist. „Also ich bin für Sie gerne Shannon, darf ich Sie auch mit Vornamen ansprechen? Das liegt ganz bei Ihnen."

Ihre Studenten - darunter auch Kelvin und Aislinn - sind einhellig begeistert und einverstanden. Aufgrund dieser positiven Stimmung geht es Shannon auch schnell wieder besser und sie kann mit dem Seminar wie gewohnt und gekonnt fortfahren.

Am Ende der Kursstunde räuspert sie sich und passt Aislinn ab und bittet sie um ein kurzes Gespräch in ihr Dozentenbüro.

„Ja, also Aislinn, nimm doch bitte Platz! Das ist jetzt nicht so leicht – für dich, aber auch für mich –

vorwegnehmend möchte ich dir sagen, dass du richtiges Talent hast. Also, was ich damit sagen will, du hast mich schon auf eine Weise berührt."

Aislinn schaut ihre Dozentin ungläubig an und fragt sich still in Gedanken: „Womit denn?"

Shannon fährt fort: „Ich kann das nicht erwidern. Du musst das verstehen, ich bin gerade nicht in der Lage, mich darauf einzulassen." *Mensch, ist mir das unangenehm jetzt.* „Aber du bist in meinen Augen bestimmt ein engelhafter Mensch und daher wird dir auch bald neben deinen Studienerfolgen auch privates Glück widerfahren. Glaub mir, du bist eine anziehende Frau! Darf ich deine E-Mail denn behalten, sie hat einen schön eigenwilligen Charakter?!"

Jetzt erst wird Aislinn die Situation klar. Es handelt sich eindeutig um eine Verwechslung. Es muss sich sicherlich um Kelvins Mail handeln. „Aber wie kommen Sie – ähm ich meine du, wie kommst du, darauf, dass ich dir eine Mail geschrieben habe?"

„Wie, hast du etwa nicht...?"

„Nein."

„Hast du mir nicht eine lyrische Sentenz zukommen lassen?"

„Nein, wirklich nicht."

„Ja, dann, es tut mir leid, dann entschuldige bitte. Mir ist das sehr peinlich, dich so belangt zu haben ..."

„Ach, so schlimm finde ich das nicht, Dr. Andersen, ähm Shannon meine ich natürlich." Mit einem schüchternen Lächeln verlässt Aislinn relativ zügig das Büro.

Shannon ist irritiert. *Wenn Aislinn die Sentenz-Mail nicht geschrieben hat – und das glaube ich ihr jetzt auch – wer denn stattdessen? Liebe Unbekannte, wer bist du? Wie kannst du so dichten?*

Shannon packt ihre Sachen zusammen und macht sich nachdenklich auf den Nachhauseweg. Unterwegs überlegt sie, ob sie spontan in einen Pub gehen soll, um dort etwas zu trinken. Aber um die Nachmittagsuhrzeit, das ist wohl doch ein bisschen zu früh. Also ab in Richtung Innenstadt-Loft. Dort lässt sie das Radio mit einem irischen Sender laufen. Gerade wird Tom Odell mit „Another Love" gespielt. Shannon lässt sich ein Bad ein und zündet eine Kerze an. Genau, das Richtige um abzuschalten.

14.

Derweil ist Kelvin ziemlich fleißig gewesen. In den vergangenen beiden Tagen hat er unter Berücksichtigung von Aislinns Tipps an seinem zweiten Poesiewerk für Shannon geschrieben. Es scheint fertig zu sein, nur der Anfang, den passt er noch an. Denn Dr. Andersen hat das „Du" angeboten, daher will er die Anrede an „Shannon" anpassen. Doch er bleibt auf dem Kurs, sich nicht preiszugeben und seine Anonymität zu bewahren. Es kitzelt jedoch in ihm, sich zu zeigen. Er möchte ihr zu gerne seine Liebe gestehen.

Dennoch, der zweite E-Mail-Amorpfeil wird anonym abgeschickt. Ist versendet. Jetzt kann sich Kelvin nur noch eines wünschen: „Good Luck!"

Danach nimmt er - um den Kopf freizubekommen - auf Viviennes Wunsch hin Leenie zu einem Spaziergang ans Meer mit. An eine Hafenmauer gelehnt, beobachtet Kelvin die angeleinten Boote und das Geschehen am Wasser. Leenie ist auch ganz von den vielen Möwen fasziniert und rennt ihnen wie wild am Kai hinterher. Obwohl schon neun Jahre alt, ist Leenie immer noch so verspielt.

Für Kelvin gibt es nichts Schöneres als die (Natur-)Elemente zu erleben. Und in ihm ist ein bislang unbekanntes, neuartiges Element erwacht. Nie hätte er das so intensiv erwartet. Danke, Shannon!

Als er in den heimischen Pub zurückkehrt, gönnt er Leenie ein paar Hundeflocken und sich selbst eine Handvoll Peanuts und ein Gläschen Irish Mist – den leckeren Honig-Likör-Whiskey. Da sich sonst gerade niemand außer Connor im Pub befindet, stoßen die beiden an. „Auf deine gute Gesundheit, Connor!"

„Das will ich meinen. Und ich trinke auf das Leben!"

Passenderweise läuft gerade Queens „Who Wants To Live Forever". Beide müssen lachen. „Ach Connor, ich kenne keinen Menschen, der so lange lebt und am Leben festhält wie du!"

„Ja, das will ich meinen."

Kelvin und Connor, der hier quasi zum Inventar gehört, genießen beide ihr alkoholisches Getränk. Das musste jetzt einfach sein.

Cathleen kommt aus dem Lagerraum dazu und erklärt Kelvin, dass seine Schwester ihn dringend gesucht hat. Er dankt ihr und geht mit Leenie zusammen die alte, knarrende Holztreppe zu Vivies Zimmer hoch.

„Ach Leenie, hast du dich auch gut draußen ausgetobt?", fragt Vivie ihre Hündin. Als diese wie üblich keine Antwort gibt, wendet sich Vivie an ihren Bruder: „Aislinn war eben hier und wollte dich gaaaaanz, ganz dringend sprechen. Du kannst sie, weil sie kein Smartphone besitzt, im Moment nur über Festnetz erreichen."

„Danke, Vivie!“

Kelvin wählt Aislinns Nummer …

„Hi Kelvin, vorhin hat mich Dr. Shannon Andersen zur Rede gestellt. Na ja, sie vermutet, dass ich als Absender hinter deiner E-Mail stecke. Hoffentlich hast du ihr noch nichts Neues geschickt …“

Kelvin reißt die Augen auf und ist wie gelähmt. „Oh, oh…“

„Wie, hast du doch …?“

„Ja, habe ich!“

„Dann haben wir uns unglücklich verpasst. Ich wollte mit dir nämlich nochmal über den zweiten Amorpfeil sprechen.“

„Der ist abgeschossen und entweder gerade in der Luft oder hat schon irgendwo getroffen.“

15.

Wieder eine Nachricht des mysteriösen Absenders, denkt sich Shannon als sie in ihren Posteingang blickt…

Von: **Sentenz-in-a-sentence@yahoo.com**
An: **Shannon.Andersen@nuig.ie**

Betreff: Versuch einer Annäherung:

Sehr geehrte und verehrte Ms. Shannon,

ungewöhnlich und vielleicht auf eine Weise aufdringlich, wofür ich mich gleich zu Beginn entschuldigen möchte. Mir ist es ein Anliegen, nachdem ich bereits Bekanntschaft mit „Shannon" gemacht habe, meine Eindrücke, die mich fördern, mit DIR zu teilen:

Licht umgibt Deine Gestalt. Du versprühst Helligkeit, Wärme und einen Reiz, denen ich mich nicht entziehen kann. In mir ist Dein Funken aufgegangen und wärmt mein Herz, mein Blut und meinen gesamten Körper von innen. Es ist ein Privileg und ein Geschenk von Dir angestrahlt zu werden. So kommt noch Deine Ausstrahlung als Wärmelieferant für meine Außenhülle hinzu. Ich glaube nicht, dass meine Sinne mich darin trügen, dass Du voller Warmherzigkeit bist. Eine Form von atmosphärischer Liebe umgibt Dich. Ich kann es gar nicht anders ausdrücken. Du berauschst meine Sinne auf zauberhafte Weise. Nach Dir und Deinem Zauber sehne ich mich von Kopf bis Fuß und vom Mark bis ins Herz reichen meine Eindrücke Deines Lichts.

Du bist von unfassbarer Schönheit. Wie oft musst Du das wohl schon gehört haben. Aus meinem Munde jetzt zum ersten Mal. Eine Schönheitsstrahlerin bist Du. Wenn es auf dieser Erde sowas wie Lichtgestalten gibt, dann bist Du garantiert eine davon. Dein Anblick rührt mich und bewegt mein Innerstes so sehr, dass er mich auf den Kopf stellt. Eine etwas unbequeme Haltung, um Dich länger zu betrachten, ich gebe es zu, doch liegt mein Blick auf Dir. Wie mit Babyhänden streiche ich weich und vorsichtig mit meinen Augen über Deine Hülle. Und versuche gleichzeitig mich wieder etwas zu drehen, damit genug Blut aus dem Kopf in mein Herz fließen kann. Denn das brauche ich noch. Es hat begonnen, sich mit

Dir zu füllen. Du fließt wie mein Lebenselixier in meine Blutbahnen, als ob Du flüssig wärst, wie ein Fluss.

Shannon, ich kann nicht anders mehr denken und lasse mir Deinen Namen und seinen Klang unzählige Male über die Lippen gehen. Das muss ich mir auf der Zunge zergehen lassen. Du bist ein Genuss. Ein Hochgenuss will ich meinen.

Mir glühen die Sinne und ich spüre ein Gefühl für Dich in mir, dass weit über bloße, flüchtige Sympathie geht. Gerne würde ich in Deinen Fluss mit eintauchen. Ohne groß nachzudenken. Einfach mit Dir schwimmen, sich treiben lassen und die Wogen des Lebens gemeinsam meistern. Das Bild, das ich von Dir in mir trage, wird von Stunde zu Stunde schöner. Wie machst Du das nur? Kann es mir gar nicht erklären, denn solch eine Überwältigung und Rührung habe ich bislang zu keiner Zeit erlebt. Das wollte ich Dich auf diesem Wege wissen lassen. Danke, dass Du so bist und so leuchtest wie Du es tust. Denn ohne Dich hätte ich dieses überschlagende Gefühl in mir nicht gekannt. Wundere Dich nicht, dass in Deinen Vorlesungsreihen ein echter Fan von Dir sitzt, der Deine Stimme, ihren Klang und Deine Worte von Deinen Lippen liest und in meinen verbalen Ohren immer und immer wieder abspielt. Du bist der Sound in Silence, der zu jeder Zeit mein Begleiter sein kann und sein wird. Denn diese Erinnerung ist so tief und weit in mir verzweigt, dass Sie nicht gelöscht werden kann. Ich frage mich erneut, wie machst Du das nur? Ich glaube und fühle, Du bist ein Segen für die Welt. Möchte mich zu diesem Zeitpunkt nicht noch weiter aus dem Fenster lehnen, aber Du bist, salopp gesagt, der Hammer! Zart und zugleich aber auch stark, diesen Eindruck hinterlässt Du bei mir. Und Du hast Charme, oh meine Güte, oh ja, den hast Du ungemein. Dem erliege ich jetzt in jeder Vorlesungsstunde. Gerne würde ich

Dich an die Hand nehmen und das Prickeln spüren, sobald meine Hände Deine Haut berühren. Doch das ginge viel zu weit und zu schnell. Aber ich bin mir sicher, dass Deine Aura mich so oder so beglücken wird. Denn allein Dich zu sehen in Motion und on Air zu hören, ist eine selige Erfahrung. Dafür lohnt sich alles.

Shannon ist von den Socken und es haut sie geradezu aus den Latschen. Ihr gehen zahlreiche Gedanken durch den Kopf:

Liebe Unbekannte, du kannst so liebevoll schreiben. Wieviel Mühe du dir gegeben hast. Und welch schönes Gefühl du empfinden kannst. Doch darauf kann ich nicht reagieren. Erst recht nicht virtuell. Und immerhin bin ich deine Dozentin!

Worte, so voller Gefühl zu finden und auch auszusprechen, kann eigentlich nur die Handschrift einer Frau tragen. Bin davon mehr denn je überzeugt. Daher berühren sie mich vermutlich auch mehr als ich mir eingestehen möchte. Wenn ich nur anfange mich zu erinnern, … wie das mit Larissa war. Na klar, auf eine Weise waren wir uns ebenbürtig, vom Intellekt, von gewissen Weltanschauungen und gemeinsamen Interessen. Mal kühl, mal leidenschaftlich. Fanden uns anziehend und konnten ohne Scham die Hüllen voreinander fallen lassen. Ja, wir waren auch eine lange Zeit, 11 Jahre, zusammen. Aber es blieb eine Sehnsucht, bei mir jedenfalls, und zwar eine emotionale Sehnsucht. Geborgenheit und eine tiefere Dimension der Liebe wollte ich erreichen. Doch nach dem Beziehungsaus mit Larissa stand fest: Ich muss erstmal raus. Da bot sich die Dozentenstelle der Partneruni Galway an und kam mir wie gerufen. Also habe ich alles darangesetzt.

Aber dass die Bewerbung geklappt hat, war auch ein Verdienst meines Doktorvaters Prof. Meinerle. Er hat sich sehr für mich eingesetzt.

Galway gefällt mir von Anfang an ausgesprochen gut. Der Ort ist schön, die Menschen liebenswürdig und gastfreundlich. Bin hier so warmherzig aufgenommen worden. Und sogar eine Verehrerin habe ich – wenngleich noch nicht kennengelernt. Auf eine Weise schon, sonst würde sie mich nicht kennen und mir nicht schreiben, jedoch eher einseitig. Diese Kunst des Gefühlsausdrucks ist beeindruckend und lässt mich eine interessante Frau dahinter erahnen.

Gerne würde ich auch diese Schreibkunst beherrschen und noch lieber einsetzen. Wie lernt man das? Liegt das an der irischen Seele, die voller Sehnsüchte und Humor ist? Hoffentlich färbt in meinem Irlandjahr etwas davon auf mich ab...

Shannon liest den Annäherungsversuch noch einige Male in Ruhe durch und lässt das kleine Wunder dieser Zeilen auf sich wirken. Das haben sie verdient.

Danach versucht sie erfolglos Letitia über Skype zu erreichen. Doch die Neuigkeit kann nicht länger warten, also wählt sie Letitias Smartphone direkt an. Jetzt mit Erfolg:

„Lia, du wirst es nicht glauben, aber die unbekannte Liebesbriefautorin hat sich erneut gemeldet. Mit einem noch besseren Werk als das erste."

„Hoppladihopp. Da will es wohl jemand ganz ernst mit dir. Aber hallo erstmal. Was schreibt denn die Verehrerin? Weißt du inzwischen von wem genau die Mails kommen?"

Shannon gibt eine mündliche Kurzfassung der neuen Verehrungs-E-Mail an Letitia weiter.

„Ich hatte erst eine Vermutung, wer dahinterstecken könnte. Doch hat sich herausgestellt, dass sie es nicht war. Jetzt tappe ich wieder im Dunkeln und frage mich, auf wen ich solch einen überragend-anregenden Eindruck gemacht habe. So schöne Zeilen... und ein Jammer, dass ich nicht weiß, von wem sie sind."

„Diese Zeilen hast du aber meiner Meinung nach so was von verdient. Du bist ein Goldstück und hier haben wir endlich eine, die das erkennt und perfekt in Worte fasst. Die Verzauberung aber kommt von dir. Die löst du aus. Du bist mir so eine Womanizerin!"

„Hey, bei wem ich mir das wohl abgeguckt habe? Bei der mit dem größten Männerverschleiß schlechthin auf diesem Planeten!"

„Wen meinst du?"

„Na dich, Lia, du helles Glühlämpchen."

„Hee, so viele Kerle habe ich nun auch wieder nicht."

„Das sehe und kenne ich aber anders von dir. Die stapeln sich doch schon und geben sich die Türklinke in deinem Penthouse in die Hand."

„Ach so? Leugnen ist wohl zwecklos. Ich gestehe, schuldig im Sinne der Anklage, Euer Ehren."

„Ja. Aber was mach ich denn jetzt bloß? Der sogenannte Annäherungsversuch meiner Studentin – auf den muss ich doch irgendwie reagieren. Ich könnte zwar auf die Mail antworten, doch finde ich das nicht den richtigen Weg, da ich die Verfasserin gar nicht kenne und ich regle das lieber von Angesicht zu Angesicht."

„Also mir wäre das ja zu blöd, ich würde direkt antworten und fragen: Hey, wer bist du?!"

„Nee, das ist nicht mein Stil."

„Dann warte doch noch etwas ab, sofern das Deine Neugierde gestattet, wo zwei Liebesmails herkommen, wird vielleicht noch eine dritte geschrieben?"

„Das kann natürlich gut sein und eventuell gibt sie sich dann auch zu erkennen. Aber was, wenn keine weitere Sentenz-in-a-sentence-Mail mehr kommt?"

„Dann brauchst du dir keinen Kopf mehr machen, dann hat es sich nämlich erledigt. Die schönen bisherigen Mails, die bleiben aber in deiner Erinnerung als Hochachtung deiner Ausstrahlung."

„Haste aber sehr lieb gesagt, Lia!"

„Das Wörtchen ´lieb´ steckt schon halb in Li-a drin. Also wen wundert´s daher, dass ich so eine Liebe bin. Hihi."

„Hehe, mich wundert bei dir gar nix mehr. Auch nicht, dass du mit Tom einen dunkelhaarigen Mann an der Leine hast, wo du doch sonst eher die nordischen Blondschopfe so bevorzugst."

„Dann ist das Foto also bei dir angekommen?"

„Na klar, aber ich habe keinen Kommentar geschrieben, weil ich schon den nächsten neuen Kerl bei dir erwartete. Du weißt, es geht um deinen Ruf, den du zu verteidigen hast."

„Ja, ja, sagt die, die haufenweise die Studentinnen Irlands verführt."

„Schluss jetzt mit uns beiden Moralaposteln. Ich lese mir jetzt nochmal den verbalen Annäherungsversuch durch. Der bringt mich auf schöne und heitere Gedanken – so wie du natürlich auch!"

„Ja, mach´s gut, Shannie und gib mir sofort, und zwar meine ich auch ausdrücklich sofort, Bescheid, wenn sich etwas Neues in Sachen Verehrerin bei dir tut."

„Geht klar. Ciao Lia!"

Erneut widmet sich Shannon der letzten E-Mail und freut sich über die ach so lieben Komplimente.

Gut gelaunt beschließt sie einen Ausflug in die nähere Umgebung zu machen. Das Wetter spielt auch mit, sieht nämlich gerade nach einer Regenpause aus. Also ab ins Grüne. Und grün ist hier all überall. Herrlich!

Und für den Abend hat sie sich einen Pubbesuch in der Altstadt vorgenommen. Diese lokalen Treffpunkte haben es Shannon längst schnell angetan. Sie würde ein Pub-Hopping machen. Durch die Gassen Galways wandern und an ausgewählten Kneipen stehenbleiben, den Durst löschen. Vielleicht gibt es auch irgendwo interessante Live-Musik.

16.

„So Kinder, macht Euch fertig, in 10 Minuten schicke ich Euch auf die Bühne. Je nach Andrang komme ich zwischendurch dazu, um Euch mit meiner Fiddle zu begleiten." Mitch gibt letzte Anweisungen vor dem Twin-Power-Konzert.

Die Zwillingsgeschwister sind vorbereitet, fesch gestylt und freuen sich auf ihren Konzertabend. Vivie kann aus dem Stehgreif improvisieren und sie kann ein richtiges Rampenfeuerwerk zünden und zaubern. An meinem häufig recht schüchternen Kelvin überrascht mich nach wie vor, dass er, sobald er auf der Bühne musizieren darf, keine Scheu vor Publikum hat. Er ist so auf sein Instrument fokussiert, da kann er alles andere um sich herum ausblenden.

Die Zwillinge treten auf die Bühne und werden wie üblich begeistert vom Publikum empfangen. Zunächst geht der Scheinwerferspot nur auf Kelvin an, denn er eröffnet den musikalischen Abend mit einem harmonischen Fingerpicking-Gitarrenintro.

Danach setzen die beiden ihre effektarme Version von „November Rain" an. Das Augen- und Ohrenmerk auf das Ursprüngliche gerichtet, kommt bestens an. Die vielen Leute im Pub staunen und trinken. Was will man denn mehr? Mitch kommt der großen Getränkenachfrage kaum hinterher. Nach einigen weiteren Liedern, kann er sich jedoch nicht länger zurückhalten. Er gibt Cathleen ein Zeichen, die Theke zu übernehmen und schnappt sich seine Fiddle, steigt auf den Tresen und begleitet die beiden von dort aus. Ich gebe zu, eine etwas ungestüme Art, dennoch ungewöhnlich, und jetzt aber effektvoll!

Die O´Briens haben´s raus, ihre Gäste zu überraschen. Das hat früher, als ich noch dabei war und Viv und Kelvin noch wesentlich kleiner waren, auch schon gezogen. Musik ist uns allen ins Blut übergegangen, aber nicht als bloße Kopie, sondern stets individuell.

17.

Bis auf die Straße stehen die Besucher, teilweise mit einem Pint in der Hand, vor dem „The Golden Shamrock".

Shannon versucht durch die trüben Cottagefenster einen Blick nach innen zu werfen. Aber es lässt sich nicht sehr viel erkennen. Laute Live-Musik ist aber zu hören. Also schlängelt sich Shannon durch die Leute und betritt den Pub.

Auf der Stelle ist sie gebannt von der schönen Stimme des sehr hübschen Mädchens auf der Bühne. Sie singt gerade „Run" von Leona Lewis. „... *You´ve been the only thing that´s right in all I´ve done ...*"

Shannon spürt direkt eine Gänsehaut an ihren Unterarmen. Ein wohliger Schauer geht durch ihren Nacken. Die Sängerin und ihr Gitarrist müssen Geschwister sein, denn sie haben die gleichen strähnigen Haare. Natürlich sind sie aber bei dem Mädchen länger, nämlich schulterlang. Shannon glaubt in ihm, einen ihrer Studenten wiederzuerkennen, obwohl er jetzt natürlich für die Bühne etwas *aufgemotzter* zurechtgemacht ist. Und sie, sie hat solch eine Präsenz, spielt förmlich mit dem Publikum in den Liederpausen und ist dabei ungemein witzig. Mit ihren türkisgrünen Augen, die voller Leuchtkraft sind, sieht sie wie eine echte Versuchung aus, findet Shannon.

Diese Sängerin ist wirklich begabt und irgendwie auch sexy. Das lässt sich nicht leugnen. Würde mich nicht wundern, wenn sie eines Tages zu den erfolgreicheren Musikern gehört. Ob ich sie vielleicht mal nach dem Konzert anspreche? Sie ist zwar erheblich jünger als ich, aber neugierig, wer hinter diesem Bühnenauftritt steckt, bin ich alle Male.

Es ist für Shannon gar nicht leicht, bis an die Theke vorzudrängen, so voll ist es hier. Aber nach einer Weile ist sie stolze Besitzerin eines frischen und gekühlten Guinness-Pints. Sie lehnt sich an einen Stützbalken und genießt die Live-Musik und lässt die tolle Stimmung in diesem außergewöhnlich-schönen Pub auf sich wirken.

Sie schließt ihre Augen und hört ein Arrangement von Amy MacDonalds „This Is The Life". Sie lässt im Schnelldurchlauf die letzten Monate Revue passieren. Am eindrucksvollsten sind aber die Zeilen ihrer Verehrerin. So nett ist Shannon schon länger nicht mehr angeschrieben worden. Verwunderlich! Denn obwohl Larissa Journalistin ist, hat sie Liebesbekundungen eher selten und zurückhaltend rübergebracht. Wie schade, als Germanistikdozentin hätte sich Shannon sehr darüber gefreut. Larissa wollte auch nie irgendwelche Komplimente vergeben oder annehmen.

Und hier in Irland werde ich schon als „Lichtgestalt" *wahrgenommen. Wer auch immer so empfindet, muss* *von besonderer Gefühlskonstitution sein. Aber wem* *habe ich bloß diesen intensiven Eindruck hinterlassen?* *Ich habe doch gar nichts gemacht... Gibt mir wirklich* *Rätsel auf. Andererseits bin ich dadurch auch gut ab-* *gelenkt, um über meine letzte Beziehung hinwegzu-* *kommen.*

Shannon bleibt noch einige Stunden im Pub und unterhält sich sogar mit ein paar Einheimischen. Von der netten Kellnerin, die sich als Cathleen vorgestellt hat, erfährt sie einiges über die vielfältige Galwayer Kulturszene und als sie von dem großen Literaturfestival hört, welches alljährlich im April stattfindet, entwickelt sich in Shannon eine besondere Idee für ihre Studenten. Das wird spannend!

Zu später Stunde kehrt sie wohlbehalten in ihr Loft zurück und betrachtet - wie zur Gewohnheit geworden - die nächtlichen Lichter Galways. Sie hat immer noch Vivienne O´Brien von „Twin Power" vor Augen. Die Zwillinge haben wirklich tolle Musik arrangiert und gespielt. Hoffentlich geben sie bald ein nächstes

Konzert. Das würde sich Shannon nicht entgehen lassen.

18.

Zur selben Zeit, aber an einem anderen Ort, nämlich genauer gesagt, im „The Golden Shamrock" haben sich Vivie und Kelvin umgezogen und warten auf Flynn, der noch vorbeikommen wollte. Sie sitzen an ihrem Shamrock-Stammtisch. Im Pub ist es still und aufgeräumt – sogar Connor ist summender Weise nach Hause getorkelt.

Cathleen hat sich höflich verabschiedet und Mitch stellt dem Kleeblatt eine Schüssel mit Salt-and-Vinegar-Chips hin, die dankend angenommen werden. „Guter Abend, meine Lieben!"

Flynn kommt in die Stammtischnische geeilt und fragt, was denn die dringende und nächtliche Einberufung des Triumvirats nötig macht.

Kelvin erklärt kurz die Lage: „Ich habe aber auch ein Pech, denn von Aislinn habe ich erfahren, dass Shannon irrtümlicherweise Aislinn hinter der ersten E-Mail vermutet hat. Doch da war es schon zu spät, denn ich hatte bereits meinen zweiten Amorpfeil – unter Berücksichtigung von Aislinns Ratschlägen - verfasst und oh weh, abgeschickt..."

Es sind alle drei sehr betroffen und betrübt, dass es für Kelvin nicht so läuft, wie sie es ihm wünschen. Er am allermeisten natürlich.

Flynn lässt sich von Kelvin einen Ausdruck seiner verfassten E-Mails zeigen. Flynn ist der deutschen Sprache ebenfalls recht mächtig. Denn er hat schon als Kind viel mit den O´Briens gesprochen und gespielt. Für ihn gab es von Anfang an eine offene Tür im Haus. Es wurde immer viel Deutsch miteinander gesprochen. Und Flynn hat sein Nischenwissen erkannt und den Studiengang „Commerce with German" erfolgreich abgeschlossen. Er besitzt das nötige Verhandlungsgeschick und Durchsetzungsvermögen. Letzteres stellt er auch beim Rugby gern unter Beweis. Als Kapitän der Universitätsrugbymannschaft weiß er sich schon bestens zu behaupten. Zurzeit macht er übrigens ein Aufbaustudium in „Digital Marketing". Das kann ich mir bei ihm auch sehr gut vorstellen: Für die digitalen Medien konnte er sich schon früh begeistern. Flynn hat, glaube ich, inzwischen aber den Überblick über seine tausend unterschiedlichen Social-Media-Kanäle verloren. Doch hat er Spaß daran. Das ist das, was für ihn im Leben zählt.

Flynn liest Kelvins Amorpfeil-E-Mails noch einmal durch. Er gibt einen bewundernden Pfiff von sich und tätschelt seinem besten Freund aufmunternd den Rücken. „Das sind schon total beachtliche Sprachwerke, die du da an Shannon verfasst hast. Also ich an ihrer Stelle würde das ziemlich cool finden."

Vivie stimmt ihm zu: „Da gebe ich Flynn vollkommen recht. Aber was können wir für meinen geliebten Bruder jetzt tun?"

„Ihn ablenken: Eine kleine Tour ins Grüne. Kommt, wir fahren ein bisschen in der Gegend umher und suchen uns ein schönes Plätzchen, um etwas Leckeres zu essen und zu trinken.", so lautet Flynns Vorschlag.

„So komme ich Shannon aber auch nicht näher...",
seufzt Kelvin und lässt die Schultern sichtbar hän-
gen.

„Aber du kämst auf andere Gedanken und möglicherweise auch auf neue Ideen. Wir lassen uns am
besten den Wind an den Cliffs of Moher um die Nase
wehen. Tut bestimmt gut. Also, was meint ihr, morgen
früh Abfahrt?

„Ich bin dabei!" antwortet Vivienne und blickt
wohlwollend in ihres Bruders Gesicht, das etwas auf-
hellt, und er schließlich auch der kleinen Tour für den
nächsten Vormittag zustimmt.

Zum Tagesabschluss legen sie gegenseitig die
Hände auf ihre Schultern, bilden so ihre Kleeblatt-Tri-
ade und halten ein paar Minuten inne, ehe sie ausei-
nandergehen und der eine, nämlich Flynn noch in einem Club vorbeischauen möchte, der noch bis spät in
die Nacht aufhat. Vivienne wäre fast wie üblich mit-
gegangen, fühlt sich aber zu müde und hat noch for-
dernde Drehtage vor sich. Da möchte sie ausgeschlafen und fit erscheinen.

Der Kelvin bleibt noch eine halbe Stunde im Pub
sitzen und freut sich über die merkwürdige Stille, die
in diesem sonst so belebten und lauten Raum nur zu
ausgewählten Zeiten wahrnehmbar ist...

Ihm fehlt seine Mutter Isabella. Das spüre ich ganz
stark. Aber sie ist doch bei dir, Kelvin! Sie wird immer
an deiner Seite sein. Halt nicht so wie du denkst...

Für einen Moment glaubt er, seine Mum vor sich
zu sehen, wie sie ihn tröstet und ihm Mut und Zuversicht zuspricht.

Merkwürdig, dass Kelvin sie förmlich sehen kann.
So feine Antennen sind mir bisher nicht bekannt gewesen. Er ist ein echter Zärtling – so tituliert er sich

ja gerne selbst und ich finde den Ausdruck so treffend. Du bist so ein Guter und weißt es oft nicht selber.

19.

Mit Flynns Auto ist das Trio samt Hündin am
nächsten Tag schnell an den beeindruckenden Cliffs
of Moher angekommen. Es nieselt und wenig Leute
sind heute gekommen, um die mächtigen, mehrere
hundert Meter hohen Klippen zu beobachten, die der
stetigen Kraft des Atlantiks trotzen.

Ohne Unterlass peitscht die raue See mit ihren ge-
waltigen Wellen gegen die wehrhaften Felswände. Es
ist auch beim X-ten Male immer wieder ein imposan-
tes Naturschauspiel, das sogar bei den Einheimischen für Gänsehaut und Bewunderung sorgt. Nicht
anders ergeht es Kelvin, Flynn und Vivienne. Sie setzen sich auf eine mitgebrachte Decke, machen ein
Picknick mit Sandwiches, die ihnen Mitch mit auf den
Weg gegeben hat. Dazu gibt es Tee aus der Thermoskanne. Bei diesen Umweltbedingungen ist diese Art
der Stärkung genau das Richtige. Leenie hat sich danach etwas abgesondert und schnüffelt bei einigen
Fremden, die sie gerne streicheln wollen. Die Hütehündin lässt sich das sehr gefallen.

Eine ganze Weile genießen die Drei in stiller Ver-
sunkenheit ihre Umgebung und lassen ihren Gedanken freien Lauf. Vivienne unterbricht als Erste die „irische Meditation": „Meine Lieben, mir ist gerade etwas
zu Kelvies Not eingefallen. Nämlich eine weitere Sorge,
die dich belastet, um die wir uns auch kümmern

müssen: Das Abschlussreferat in deinem Literatur-kurs. Du musst vor Kommilitonen und vor allem vor Shannon sprechen und bestehen. Hinzu kommt, dass du ein – na ja, wie soll ich es am besten ausdrücken – ein recht sonderbares Referatsthema gezogen hast."

Kelvin äußert sich: „Das ist wirklich ein Problem für mich. Nur bei dem Gedanken an dies Referat bekomme ich *Muffensausen*. Denn hier trete ich vor Shannon und bin ihrer Kritik ausgesetzt. Ich bin doch so ungeübt in Auftritten der freien Rede."

„Das wundert aber schon ein bisschen, wenn ich bedenke wie gelassen du auf der musikalischen Bühne sein kannst.", wirft Flynn ein.

„Ja, das ist wahr. Da bin ich wie im Tunnel und voll auf die Musik fokussiert."

„Dann muss dein Referat zum Tunnel werden."

„Aber wie?", fragt sich Kelvin.

„Na, das trainieren wir mit dir. Ich mit meiner Schauspielerfahrung und Flynn mit seinen Self-Marketingkenntnissen machen aus dir einen leibhaftigen Streiter der Romantik! Kannst du Inhalte zur Romantik erarbeiten?"

„Das ist nicht das Problem, denn gerade die beseelte Romantik fasziniert mich außerordentlich. Aber tauge ich zum Streiter? Da bin ich mir nicht so ganz sicher, ob das funktioniert. Ich befürchte, sobald ich offiziell vor Shannon stehe, dass mir kein Laut über die Lippen kommt."

„Dagegen gibt es nur ein Mittel!"

„Ja und welches denn?"

„Just do it! Just shout it out!"

„Hä?"

„Na stell dich an die Klippe und versuche gegen die Lautstärke der Meeresbrecher und des tosenden

Windes zu rufen. Am besten sogar einfach mal zu schreien."

„Und was für Inhalt?"

„Egal, einfach irgendwas."

Kelvin erhebt sich bedächtig und baut sich an der Klippe auf. Vor ihm geht es senkrecht in die Tiefe. Welch ein Glück, das er schwindelfrei ist. Vivienne kommt hinzu und zieht seine Schultern etwas hoch und zurück und stellt seine Füße gut hüftbreit auseinander.

„So, dann die Arme leicht anwinkeln, in der Position verharren und tief einatmen und ausatmen. Nochmal einatmen – ausatmen." Kelvin atmet nach Viviennes Vorgabe. „Und jetzt einfach losrufen! Was dir gerade in den Sinn kommt. Sei der unumstrittene Streiter der Cliffs of Moher!"

Und da gelingt die Sensation. Kelvin brüllt zum Horizont:

„Ich bin Kelvin, der romantische Streiter. So wahr ich hier stehe, kann ich nur an eine denken: An dich, Shannon! Ja, für dich setze ich all meine Hebel und Sinne in Bewegung. Um mich herum rauscht und dröhnt es und in mir bin ich von dir wie von Sinnen – nämlich berauscht!"

Danach ist die Irritation nicht nur an Kelvin erkennbar, der offensichtlich perplex ist und ein, zwei Schritte zurückgeht.

„Hey, echt super Kelvin!", meint Flynn, der sich ebenfalls auf- und hinzugestellt hat. Er klopft mehrmals anerkennend und kräftig auf Kelvins Schulter.

„Ja, Mensch, Kelvie. Das war aber ein Kracher! Wo hast du das denn hergeholt?", rätselt Vivienne.

„Keine Ahnung. Ich bin selbst sprachlos. Das kam ganz tief aus mir heraus. Weiß gar nicht, wie tief überhaupt. Das Laute ist normalerweise ja nicht so mein Ding, doch eben hat es mich komplett ausgefüllt. Da war eine neue Kraft in mir am Wirken..."

„Ich glaube, dann müssen wir, wenn wir dich weiter trainieren und deine Präsentation einstudieren, keine Sorge um deinen Kursschein machen. Und wenn du dann so überzeugend wie gerade bist, dann wird sich die Shannon aber ganz schön wundern."

Flynn meint: „Kommt, das müssen wir feiern. Lasst uns einen Pub in der Nähe suchen und dann stoßen wir mit einem Irish Coffee oder Baileys an!"

Die drei klatschen sich ab und gehen den Weg zurück zum Auto, aber nicht ohne noch einmal intensiv die besondere Atmosphäre an diesem berühmten Ort nachzuspüren.

Ich bleibe auch noch eine Weile hier. Und staune über diesen zarten und starken Menschen. So hat er wahrscheinlich noch nie aus seinem Herzen gebrüllt. Ich hatte keine Ahnung, dass die Leidenschaft so tiefgreifend in ihm wirkt. Sehr ungewöhnlich... Kelvin ist einfach so krass ...

20.

Einige Wochen, in denen alle fleißig waren, sind vergangen. Womit bzw. mit wem soll ich anfangen zu erzählen...?

Flynn hat für seine Verhältnisse mehr oder weniger regelmäßig seine Vorlesungen und Übungen besucht. Mit wenig Zurückhaltung hat er sich aber in das Galwayer Nachtleben gestürzt – alles andere wäre bei ihm verwunderlich!

Viv hat ihre Drehtage hinter sich. Viel Aufregung! Die Szenen sind im Kasten und sie ist ganz mit sich und dem Filmteam zufrieden oder, wie es ihre Art ist, begeistert und das beruht auf Gegenseitigkeit.

Kelvin hat natürlich weiterhin den Deutsch-Literaturkurs besucht. Sukzessive hat er sich im Seminarraum Reihe um Reihe nach vorne gewagt. Er ist beseelt von dem Wunsche, Shannon näher zu sein. So kann er den Klängen, die den reizvollen Lippen seiner Dozentin entweichen, immer weniger widerstehen. Als ob ein Lied in ihm erwacht, als ob Saiten, die in seinem Brustkorb gespannt sind, berührt und gespielt werden. Diese Melodie hat ihn verzaubert...

Das Kleeblatttrio hat bereits einige Trainingseinheiten absolviert. Kelvin wird in Sachen Bühnenpräsenz, Auftreten, Stimmsicherheit und -beherrschung, Körpersprache und dergleichen fit gemacht. Sogar an dem richtigen Outfit wird gefeilt - das nimmt Flynn mit Kelvin gemeinsam in die Hand. Sie wollen Kelvin ein „perfektes Tuning" verpassen. Sie wollen nichts dem Zufall überlassen. Kelvin arbeitet auch einen Plan B aus. B wie Bier: Vielleicht wäre Alkohol die richtige Unterstützung, um wagemutig seinen dritten Amorpfeil auf den Weg zu bringen. Dann müsste es aber eine härtere Spirituose sein. Irish Whiskey oder Irish Mist?

Mit großer Motivation kniet sich Kelvin in die Übungen rein. So ist er auch von den zunehmenden Eindrücken, die von Shannon im Uniseminar ausgehen, einigermaßen abgelenkt und kann seine Aufregung kontrollieren.

Für die Referatsinhalte findet man ihn häufig in der Bibliothek und bei Internetrecherchen auch zuhause. Er hat beschlossen, einen möglichst *modernen* Streiter der Romantik zu verkörpern. Dazu will er viele Register ziehen...

Derweil hat sich bei Shannon ein gewisser Arbeitsrhythmus eingestellt. Die Seminare laufen gut. Die Studenten sind aufmerksam dabei. Bei dem ganzen Alltagsgefühl sind die anfänglichen, inneren Aufregungen in den Hintergrund getreten. Ihre „Verehrerin" hat sich nicht nochmals bei ihr gemeldet. Sie hat sich ein paar Mal dabei ertappt, doch auf die E-Mail mit dem Absender **Sentenz-in-a-sentence** zu antworten. Doch sie blieb hart – nicht nur dem Absender gegenüber. Und jetzt scheint sich das Ganze wohl eh im Sande verlaufen zu haben.

In ihrer Freizeit hat Shannon einiges in der Umgebung abgeklappert. Aber immer wieder hält sie auf ihren Touren inne, um den starken Natureindrücken gewahr zu werden. Es sind oft die Extreme, die bleibenden Eindruck hinterlassen. Zum Beispiel auf der einen Seite das raue Irland, dann aber wieder zugleich das sanfte Irland, je nachdem wo man sich befindet. Das Land ist genau das Richtige, um als Auszeit einen klaren Kopf zu bekommen. Den hat sie auch bitternötig, denn die Entscheidung mit der Trennung von Larissa, war ihr alles andere als leichtgefallen. Shannon ist der Typ Beziehungsmensch, der sich an eine ansprechende Partnerin binden möchte, um gemeinsam zu wachsen. Dann blüht sie regelrecht auf. Und gerne möchte sie ihre Partnerin beibehalten. Nun, das hatte jetzt nach 11 Jahren nicht mehr geklappt. Am Ende wurden für beide die Kompromisse zu groß. Kann passieren. Ist oft der Normalfall.

Ob sie hier in Irland eine neue Freundin findet? Na ja, am besten ist es sowieso, man geht gar nicht erst auf die Suche, sondern vertraut der Fügung. Irgendwann dann kommen die tollsten Dinge zustande und die interessantesten Leute tauchen auf. So jedenfalls die Wunschvorstellung. Einen kleinen Haken hat die Sache aber: Dieses „Irgendwann" kann sich auch gelegentlich sehr hinziehen. Hinterher lässt sich dann leicht sagen, gut Ding will Weile haben. Dennoch, Menschen sind nicht gerade darauf erpicht, lange auf etwas zu warten – sei es auch nur im Unterbewusstsein. Und die Hoffnung auf eine neue Partnerschaft schiebt Shannon – so zumindest ihr Vorsatz – gegenwärtig in hintere Ecken ihres Bewusstseins. Sie findet auch, dass es ihr gut gelingt. Und anhand der Sentenz-Annäherungsversuche ist ihre Theorie für sie erwiesen. Das Leben hält einerseits die besten Überraschungen bereit. Andererseits könnte sie nochmal in diesen quirlig-urigen Pub gehen... Vielleicht gibt es wieder Live-Musik. Vielleicht spielen die Zwillinge wieder und vielleicht kann sie die hübsche und sympathische Sängerin genauer unter die Lupe nehmen. Beim letzten Mal hörte sie die anderen einheimischen Besucher „Liv" oder so ähnlich in Richtung Bühne rufen.

Jetzt sollte sie sich aber mehr ihren Lehrveranstaltungen widmen und den prüfungsrelevanten Abschlusspart planen. Da Shannon im Fachbereich „Arts, Social Studies and Celtic Studies" angestellt ist, möchte sie einen gewissen Zusammenhang zwischen ein paar Fächern herstellen – sei es auch nur symbolhaft.

In Irland wimmelt es vom Keltentum – auch in der Galwayer Region sind etliche historische Fußabdrücke zu finden. In der nächsten Woche würde sie sich einige keltische Stätten ansehen. Denn ihr schwebt vor, die Abschlusspräsentationen ihrer Studenten außerhalb der Uni abzuhalten. Es soll so ein Bonbon für alle werden. Außerdem möchte sie besonders begabte Studenten für das Literaturfestival im April gewinnen – als *Best of*. Das Beste, was Galway zu bieten hat! Die Crème de la Crème!

21.

„Viv, warst du schon mit Leenie draußen?" ruft ihr Vater aus dem Pub die Treppe hoch.

„Sind auf dem Weg. Wollten mit Kelvin zusammen bei Onkel Nathan vorbeischauen und die Esel füttern."

„Ah, das hört sich doch verheißungsvoll nach einer sinnvollen Beschäftigung an. Grüßt mir Nathan und bringt einen großen Sack Kartoffeln von ihm mit."

Nathan ist der jüngste Bruder von Mitch, lebt alleine und hat am Stadtrand eine kleine Farm. In einem Holzgatter hat er auch drei zutrauliche Esel untergebracht. Manchmal nutzt er diese auch, um mit Touristen in der sommerlichen Hauptsaison durch die Gegend zu wandern.

Viv und Kelvin tauschen mit Nathan den aktuellsten Stadttratsch aus, während Leenie schwanzwedelnd auf einer großen Weidefläche die Schafe umkreist. Die Esel kommen ans Gatter in aller Gemütsruhe herangetrabt und lassen sich von Viv und Kelvin füttern und streicheln. Das bekommt Leenie aber direkt mit und bellt ganz eifersüchtig. Nachdem Vivienne die Hündin aber auch gestreichelt hat, ist die Eifersucht vergessen und Leenie schnuppert an einigen viel interessanteren Duftspuren, die es auf einer Farm zuhauf gibt. Ein kleines Paradies für Hundenasen!

Die Esel wiederum wittern ihre Chance auf noch mehr Nahrung und stimmen ein lautstarkes I-A-Konzert an. Auf die Bitte gehen Kelvin und Viv mit einer weiteren Futterzugabe ein. Nathan, der die Aktion aus der Ferne mitbekommt, lacht herzhaft.

Zum Schluss umarmen die Zwillinge ihren Onkel herzlich und beim Verabschieden fällt ihnen noch ein, den Kartoffelsack für Mitch mitzunehmen. Deshalb hat Kelvin sein Fahrrad überhaupt mitgenommen. Die Erdäpfel packt er auf seinen Gepäckträger und schiebt dann seinen Drahtesel den Weg zurück. Dazu singen sie das volkstümliche „Donkey Riding" und lachen beide zwischendrin lauthals, denn sie haben improvisierte Texte eingebaut, die aber manchmal gar keinen richtigen Sinn ergeben. Bei diesem fabrizierten Unsinn kommen ihnen vor Heiterkeit Tränen in die Augen. Manchmal sind es doch einfach Kinder... meine Kinder...

Aber zu Gute halten muss man ihnen, dass beide ganz schön kreativ sein können! Obwohl es beim Singen an ein paar Stellen mal keinen richtigen Reim ergibt. Aber das muss es auch nicht. Ein bisschen blödeln darf ruhig sein. Das hält frisch und jung! Ist doch naheliegend, dass ich mir für meine Vivienne und meinen Kelvin wünsche, das Leben jungbleibend und mit Frohsinn genießen zu können.

An dieser Stelle möchte ich gerne Charles Dickens zitieren: „Gibt es schließlich eine bessere Form, mit dem Leben fertig zu werden, als mit Liebe und Humor?"

Die Antwort erschließt sich fast schon aus der Frage, finde ich: Ja, Liebe und Humor sind die wirklich besten und richtigen Lebenszutaten!!

Dickens Zitat ist ein tolles Motto und die Familie O´Brien könnte es in ihr Wappen aufnehmen.

22.

Kelvin hat sich bei flackernden Kerzenschein an seinen Schreibtisch gesetzt. Dazu nimmt er die Soundtrack-Musik des Films „Der Klang des Herzens" in sich auf. Besonders „August´s Rhapsody" stellt er an seiner Musikanlage mit großer Lautstärke auf Repeat. Er möchte die freien Abendstunden nutzen, um an seiner Präsentation zu feilen. Das Kleeblatt hat beschlossen, dass er einen Text plus Körpersprache einstudieren soll. Um den Text kümmert er sich, um die nötige Ausdrucksstärke wollen sich Viv und Flynn mit ihm bemühen.

Er schreibt als große Überschrift auf sein Konzeptpapier: „Seien Sie ein Streiter der Romantik!"

Also erst einmal sammeln, was ihm im Brainstorming so einfällt...

Der erste Gedanke zählt...

Shannon!! Dir möchte ich imponieren und dazu kann ich nur die Kraft meiner Worte einsetzen – etwas

Anderes kann ich wohl nicht besser – als schreiben. Mit der Feder will ich ein - DEIN - Streiter der Romantik sein. Ich lasse sie übers Papier huschen und voller Zuneigung entsteht mein dritter Amorpfeil – der wahrscheinlich alles Entscheidende. Aber ich habe wirklich Bedenken, dass ich den Text in freier Rede vor Shannon und den anderen zustande bringe.

Aber nun lasse ich die Wortleidenschaft in mir hochkommen und gerate in den Flow, der sinnenhaft aus meiner Herzgegend heraussprudelt.

„Durch die unendliche Dunkelheit der Nacht schwirrt ein Leuchtkörper und setzt sich in mein Herz und explodiert ungekannte Energie frei – alle Grenzen werden gesprengt. Ich verwandle mich in einen universalen Romantiker... Ich will die Grenzen meines Herzens überwinden und meinen Kritiker im Geiste stumm machen, um meiner Muße gerecht zu werden. Dazu verwandelt sich auch meine ganze Welt in eine poesiegewaltige Leidenschaft. Ich glaube an das Traumhafte, Übersinnliche und Wunderbare, das all die Menschen und ihre Sphären umgibt.

Eine Option wäre, für diesen Vortrag in die Rolle und Haut eines bekannten Romantikkünstlers zu schlüpfen. Doch ich will keine Kopie erzeugen, sondern mich als wissenschaftliches Versuchsobjekt in subjektiver Methode nehmen.

Romantik ist eine Geistesbewegung und -haltung, die die Individuen und Gesellschaften durchdringt und nicht nur die Dichtung und andere Künste, sondern Philosophie, Religion, Wissenschaft, sogar Politik und so weiter beeinflusst(e). Es ist das Aufkommen eines regelrechten Stils, der sämtliche Gesellschaftssysteme berührt...

Berührung ist das Stichwort für mein Hauptthema – Das Berühren von Herzen. Zunächst das eigene.

Blut fließt durch meine Adern – dank meiner Herzpumpe. Muskeln sind am Wirken. Muskelkraft, die nicht bewusst gesteuert werden kann. Wie in der ganzen materiellen und immateriellen Welt gibt es magisches, kosmisches Wirken. Etwas das die Dinge und Ideen zusammenhält, formt und wie eine Universalmacht auftritt. Lauter Wunder. Ganz schön verwunderlich. Weder Anfang noch Ende sind dem menschlichen Verstand bekannt – daher erträumen wir uns quasi die Realität.

Zurück zur Berührung. Wenn uns etwas berührt, werden wir eins mit der Sache und erleben das Tiefste, das die Seele erreichen kann.

Ich möchte heute als romantischer Streiter auftreten – eine Verkörperung einer Sache, einer Idee, eines Gefühls, die ihre Wurzel tief in meinem Inneren haben. Ich bestreite nicht, nein ich gebe zu und streite für eine Person. In meinem Fall beispielsweise für eine Frau. Ich möchte nicht auf ein Streitross steigen und mit einer Lanze, um die Gunst einer Herzensdame (er)stechen. Das ist mir zu makaber...

Meine Lanze ist die der mächtigsten Universalpoesie, die jedes Herz zu sprengen vermag: Liebesworte ...

Worte, die ich gerne wie einen Zauberspruch in die Welt freisetzen möchte. Worte, die durch den Äther wandern und jemandes Herz bis auf die Grundfesten liebevoll erschüttert und bewegt. Eine Rührung ist ausgelöst. Herz verbindet sich mit Seele.

Seite an Seite verschmilzt diese Verbindung förmlich zu einer Einheit. Aus zwei Teilen wird eins. Fortan ein gemeinsames Ziel – unter einem guten und günstigen Stern – das Herz, die Liebe und die Seele des Herzensmenschen erreichen.

Wie kann mein romantischer Wortzauber und eine erfolgreiche Liebesbeschwörung aussehen?

Worte reichen niemals aus, um dich, ja dich, meine Liebstverehrte und Herzbegehrte zu erfassen, zu beschreiben, deine Strahlkraft zu begreifen. Alle verfügbaren Sinne kommen an die Grenzen des Fassbaren. Du bist für mich unfassbar. Unfassbar schön. Unfassbar weiblich. Durch und durch eine Frau – die allen Vergleichen standhält. Du bist eine Verkörperung der Liebenswürdigkeit. Doch will ich dich nicht zur Göttin machen, obwohl du gar eine bist, sondern versuchen, dich in greifbare, reale Nähe zu rücken und anschließend zu betrachten. Geht das überhaupt? Ich sehe dich gerade vor mir und meine Blutbahnen flimmern. Es ist ein einmaliger Moment und eine einzige Chance, dir meine Liebe persönlich zu gestehen.

Ich will mich nicht zum Supermann schönreden oder erheben, schon gar nicht vor dir, doch eines sei dir gewiss, ich bin ein außergewöhnlicher Mann. Sowohl Zärtlichkeit als auch Leidenschaft, die Hingabe des Herzens zeichnen mich aus. Es kann dir gefallen, muss es aber nicht. Das, was mir deine Aura und dein Charisma über dich verrät, macht mich sprachlos. Dabei bin ich sonst ein Mann der Worte.

Ich fühle eine tiefe, emotionale und körperliche Sehnsucht nach dir. In meinen Träumen bist du meine hellste Erscheinung. Nie ging es im Traum fröhlicher und heller und bunter zu. Wenn ich dich live erlebe, wie du verschmitzt lächelst, den Kopf und dein Haar leicht nach hinten wirfst und Spannung durch deinen wunderbaren Körper fließt, dann bin ich deinen natürlichen Reizen verfallen. Es war vermutlich nicht einmal deine Absicht, aber in dir sehe ich die Liebe meines Lebens. Mein Zustand offenbart mir, dass meine Seelenpartnerin vor mir steht. Es ist diese unglaubliche Mischung von Seele und Herz und deinem Geiste, die mich sofort ergriffen und an den richtigen Stellen gepackt hat. Du hast einen Schalter in mir umgelegt. Ich hätte das niemals von allein gekonnt und ich bin mir bereits heute sicher, dass keine andere Frau, das so sagenhaft bewirkt hätte.

Zwar ist Weihnachten schon wieder vorbei, doch lege ich ein Paket unter deinen Lebensbaum. Wenn du es öffnest, siehst du mich mit meiner ganzen Lieblichkeit und voller Verzückung, da ich von deinen Augen angestrahlt werde. Ich kann dir nicht alles bieten, doch würde ich alles geben – für dich. Bin kein Raketenwissenschaftler. Sieh mich eher als eine Art modernen Poeten an. Mit Wort, Witz und Herz gestalte und verschönere ich mein Leben und mache dadurch auch meine Umwelt nachhaltig zu einer Schöneren. Schenk und gewähr mir doch die Chance, dir das zu beweisen. Du kannst dabei nur gewinnen und ich ebenfalls, es wäre mir nämlich eine aufrichtige Ehre, mich dir vorzustellen. Doch genug dieser pathetischen Worte.

Jetzt kommt der Kracher, wie du dir denken kannst. Bislang war es nur ein Vorspiel, ein anregendes Geplänkel. Ich lasse nun die Katze aus dem Sack.

Ich möchte dich nun an deiner wärmenden Hand nehmen und in deine Handfläche meine Fingerspitzen anklopfen lassen:

„Hallo – hier bin ich." Vielleicht denkst du im ersten Moment, *oh weh, das hat mir gerade noch gefehlt.* Oder bist außer Atem – so wie ich.

Doch nun verbeuge ich mich ehrerbietig und voller Zuneigung vor dir. Mein Wortschwall unterbricht. Denn ein anderer Fluss ist präsenter. Dein Fluss. Nämlich du: „Du, liebe Shannon." Jetzt ist es raus...

Hier lasse ich gewollt eine längere Pause, damit das bei dir sacken kann. Du brauchst auch in keinster Weise reagieren. Sieh es als ein Geschenk von mir und eine Wertschätzung deiner Person an. Dein Charme hat einfach eine faszinierend-durchschlagende Wirkung."

Und an dieser Stelle wäre Kelvin gespannt wie ein Flitzebogen, welche Reaktion seine Worte bei Shannon auslösen würden. Die Bandbreite zwischen Entsetzen und Jubel ist recht groß. Sein dritter Amorpfeil muss einfach gelingen und sein Herz sprechen lassen. Mehr würde er nicht bringen können, auch wenn es im denkbar schlechtesten Fall mit einer Ablehnung Shannons enden würde. Er würde ihre Entscheidung – vielleicht auch aus einer Art Liebe, auf jeden Fall aus Würdigung ihrer Person respektieren. Er hätte es wenigstens versucht, Kontakt zu seiner Traumfrau aufzunehmen. *Ja, Shannon ist wirklich meine Traumfrau. Wie schön muss es wohl in ihrer Nähe sein. Allein bei dieser Vorstellung könnte ich Luftsprünge machen. Die erwachten Gefühle in mir sind einzigartig. In der Form haben sie sich bei anderen Frauen nicht gezeigt. Vielleicht habe ich jetzt einfach eine gewisse Reife im Leben erreicht?* Kelvin überfliegt nochmals seinen Text. Für heute belässt er es aber bei dieser Fassung, die ihm schon ziemlich gut gefällt.

23.

In der nächsten Shannon-Seminarstunde sitzt Kelvin neben Aislinn. Er ist sozusagen inzwischen in die erste Reihe vorgerückt und freut sich wie ein kleines Kind auf das Shannon-Seminar. Er sitzt nur wenige Meter entfernt von ihr und kann sich an ihrem Anblick einfach nicht sattsehen. Heute trägt Shannon ihre braunen Haare streng nach hinten und in einem Dutt verknotet. Die Schwingungen, die sie aussendet, sind für einen echten Zärtling wie ihn eine Vollendung.

Ihre besondere und unverkennbare Stimme verwandelt den Seminarraum in einen anderen, irgendwie mystisch angehauchten Ort:

„So, ich habe euch wirklich lange genug warten lassen, was ich unter einem besonderen Rahmen für eure Abschlussreferate verstehe. Ich habe mich auf einen konkreten Ort festlegen können, der nicht zu weit weg ist, aber kursübergreifend unserem Fachbereich gerecht werden kann. Ich möchte mit euch eine zweitägige Exkursion zu den Aran Islands machen. Mit Hostel-Übernachtung in Kilronan auf Inishmore. Dort möchte ich mit euch das keltische Steinfort Dún Aengus besichtigen und unter freiem Himmel eure Referate aufnehmen. Die Kosten übernimmt der Fachbereich. Der Dekan war ziemlich angetan von meiner Idee. Ich hoffe, dass es euch auch gefallen wird."

Die Studenten staunen nicht schlecht, was Shannon sich da ausgedacht hat. Das hat so noch kein anderer Dozent vor ihr getan. Diese Frau ist für Überraschungen echt gut. In Kelvins verträumten

Blick, ist das *nur* eine weitere Bestätigung, dass diese Frau einfach Klasse hat.

Auf die Exkursion freut er sich schon, bedeutet sie immerhin eine weitere und längere Gelegenheit, um Shannon *live und in Farbe* zu erleben. Bloß die Referatspräsentation macht ihm immer noch etwas Bauchweh. Denn ehrlich und schonungslos seine Gefühle gegenüber Shannon auszusprechen, das ist der einzig wahre Weg... Doch vor ihr zu treten und sie direkt anzusprechen, das erfordert starke Nerven und ob er über die verfügt, ist ihm immer noch zweifelhaft. Er hofft inständig, dass das intensive Training mit Vivie und Flynn Früchte trägt. Das muss es. Er will niemanden enttäuschen, nicht einmal sich selbst. Werde ich erhobenen Hauptes aus dieser Exkursion heimkehren können oder völlig am Boden zerstört sein? Ja, die Liebe kann einen ziemlich fordern. Ich will alles geben. Ich bin zu allem bereit...

24.

Zu anderer Zeit an einem anderen Ort: In einem schicken Loftappartement, das übrigens schon voll möbliert an Shannon übergeben und vermietet wird – wie es in Irland üblich ist. Der Stil der Wohnung ist für Shannon gar nicht ungefällig. Hier ist gegenwärtig ihr Refugium. Es ist Donnerstagabend und draußen erhellen die zahlreichen Lichter die Galwayer City. Eigentlich bekommt Shannon bei diesem Anblick jetzt Lust nochmal auf die Piste in die Altstadt zu gehen. Das „The Golden Shamrock" übt eine gewisse Anziehungskraft auf sie aus. Sie spekuliert ein bisschen darauf, die Twin-Power-Band wiederzutreffen. Auch wenn sie heute Abend nicht spielen, so hat sie aus einem lokalen Webartikel entnommen, sind die Zwillinge die Kinder des Pubbesitzers O´Brien. Gut möglich, dass sie sich dann auch hin und wieder im Pub blicken lassen, oder? Dann würde sie diese Sängerin einfach mal ganz unverbindlich ansprechen. „Also worauf warte ich dann noch?", denkt sich Shannon und stylt sich etwas zurecht. Die Haare bekommen etwas Styling Gel ab. Über ihren gut gebauten und - toi, toi, toi - bislang gesund gebliebenen Körper zieht sie ein dunkles Samtkleid mit Neckholderschleife. Schwarze Schnürlederstiefel runden das äußere Erscheinungsbild perfekt ab. Dann noch ein paar Sprüher ihres hochwertigen Parfüms. Noch ein bisschen dezent Lippenstift und Rouge aufgelegt und dann kann´s losgehen. *Auf in die Nacht! Leben, ich komme!!*

25.

Shannon huscht im strömenden Regen die Trinity Lane entlang. Trotz der anhaltenden Dauerberieselung von oben stehen viele, heitere Leute mit aufgesetzten Kapuzen ihrer Regenmäntel in den Gassen. Die meisten mit einem Getränk, bevorzugt alkoholischer Art, in der Hand. Shannon läuft schnurstracks auf den Insiderpubhit „The Golden Shamrock" zu. Sie schiebt sich durch das Nadelöhr am Eingang. Drinnen erwartet sie die allgegenwärtige heimelige und ansteckende Atmosphäre. Diesmal findet sie sogar direkt an der Theke einen gerade freigewordenen Barhocker. „Na, besser geht´s doch nicht." denkt sie sich.

Schnell ist das erste Guinness-Pint geordert. Sie muss nur kurz auf den berühmten Durstlöscher warten.

Neben ihr sitzt der alte Connor und prostet ihr lächelnd zu: „Ein schönes Pint an einem schönen Abend neben einer noch schöneren Frau. Das nenne ich Lebensqualität für einen lucky old guy!" Shannon freut sich und lächelt zurück und errötet sogar an den Wangen. Mitch, der Connors Worte mitbekommen hat, spottet: „Also Connor, bist du nicht der Ansicht, dass die ehrenwerte Dame nicht ganz in deinem Altersbeuteschema liegt?" Da wird Shannon sogar noch röter. „Aber, aber lieber Mitch, habe doch vorhin schon mit deiner Tochter geflirtet. Und die ist wahrscheinlich ungefähr halb so alt wie meine Nebensitzerin."

Rasch hat sich Shannon wieder gesammelt und erwidert: „Ist die besagte Tochter namens Liv etwa heute hier?"

„Du meinst wahrscheinlich nicht Liv, sondern Viv - Miss Vivienne, oder? Ja, die hilft heute ein bisschen aus. Die wirbelt hier irgendwo rum. Das kann sie gut, die Miss Viv – nicht wahr, Mitch?"

„Du hast wie immer sooo recht, Connor. Ich glaube, sie macht gerade eine Pause am Shamrock-Stammtisch – dort hinten in der Nische."

„Ah, danke für die Auskunft.", schlürft Shannon gleich wieder am Guinness und erhebt sich von ihrem Barhocker und meint zu Connor: „Master Connor, ich verlasse Euch ja nur ungern, aber wir werden uns bestimmt schnell wiedersehen."

„Das will ich meinen, Miss...?"

„Shannon – wie der River Shannon."

„Na, das ist ein großartiger Name für eine reizende Dame wie Euch, Miss Shannon! Zum Wohl!", nickt Connor Shannon zu, während diese sich langsam – wie eine Raubkatze – an die Stammtischnische heranpirscht. *Bin ich etwa auf Beutejagd? Oh, nein, das darf nicht wahr sein, oder? Was ist nur in mich gefahren?*

Am Stammtisch sitzen zwei Personen. Die entzückende Vivienne und ein rothaariger, bärtiger Mann. „Wie stelle ich mich da nun am besten vor?", fragt sich Shannon und grübelt einen Moment.

Sie tritt aus dem Schatten an den Tisch und sagt: „Guten Abend, ihr Zwei. Ich habe die Twin-Power erlebt und finde den musikalischen Mix von dir und deinem Bruder ganz herausragend. Ihr..., ich meine, du hast echt Talent, wollte ich dir sagen. Ich habe hier einen Bierdeckel zur Hand und wollte fragen, ob du mir ein Autogramm gibst. Denn wer weiß, vielleicht wirst du berühmt und dann habe ich echt etwas vorzuweisen. Dann werde ich mich an diesen tollen Pub und dich erinnern."

Vivienne schaut erst Flynn belustigt an und kichert dann zu Shannon: „Hihi, danke für das Kompliment. Soll ich am besten noch eine Widmung an die Seite des Bierdeckels kritzeln?"

„Hey, das wäre echt cool. Ich bin Shannon..."

„Also, schreibe ich in Erinnerung an Shannon...", Vivienne hält inne und beim erneuten Mustern von Shannons Aura, weiß sie es, dass vor ihr die ersehnte Traumfrau ihres gerade abwesenden Zwillingsbruders Kelvin steht. *Diesen Namen gibt es so gut wie kein zweites Mal. Das muss Kelvins Flamme sein. Und in der Tat, die Frau ist witzig, charmant und sieht auch noch verdammt gut aus. Aber was mache ich jetzt aus dieser Situation? Kelvin ist gerade mit Leenie bei Onkel Nathan. Ich kann hier nichts für ihn ausrichten. Denn da würde ich wohl eher mehr Schaden anrichten, als ihn Shannon näherbringen. Eine seltsame Begegnung!* denkt sich Vivienne als sie Shannon beim Weggehen zuschaut.

„Das gibt´s doch nicht! Ich glaub, die haben einen Vollknall!" meint plötzlich Flynn entrüstet neben ihr und erhebt sich. Sein Stuhl fällt um.

Eine angetrunkene Touristengruppe hat unter das Abdecktuch der Harfe geschaut und es schließlich halb weggezogen.

„Hey, Pfoten weg!", ruft Flynn. Doch die Touris reagieren nicht auf ihn. Und berühren sogar die Harfe. Dabei schießen sie ein paar Fotos mit ihren Smartphones.

Für Flynn ist das ein Affront, ein Sakrileg dieser großartigen, goldenen Harfe, die einst von Isabella O´Brien, meiner Wenigkeit, gespielt wurde. Niemand, aber auch wirklich niemand, darf die Harfe anfassen, geschweige denn spielen. Es ist eine Entweihung eines Heiligtums. Er rennt zum Harfensockel.

„Was an *Pfoten weg* habt ihr nicht verstanden?", zischt Flynn wutentbrannt den Touris entgegen und baut sich mit seinem imposanten Körper auf.

Ein Tourist, der sich umringt von seinen Leuten wohl besonders stark vorkommt, meint zu ihm nur: „Komm, zisch ab."

„Nee, das kannste vergessen. Wenn hier jemand abzischt, dann seid ihr es. Unverzüglich." Andere Stammgäste wie Greg, Roger, Shawn, Ian, ... haben sich neben Flynn aufgestellt, der manchmal ein echter Heißsporn sein kann.

Die beiden Gruppen verkeilen sich ineinander, Stühle fallen um, denn die einheimischen Männer stellen sich auf die Seite Flynns. Die Frauen halten ihre Gläser fest. Erfahrungsgemäß geht einiges zu Bruch.

Ein echter Kneipentumult ist entstanden. Chaos pur.

Mitch, sehr alarmiert, gibt Vivienne ein Zeichen auf die Bühne zu gehen. Ohne ihren Bruder stimmt sie einen ruhigen Song an, der aber im Lärm und im Eifer des Gefechts untergeht. Dieses Ablenkungsmanöver funktioniert nicht.

Mitch brüllt mit seiner lauten Stimme über den Tresen: „Jetzt ist aber Schluss hier!"

Der alte Connor hat sich ebenfalls erhoben und steht zwischen den beiden Parteien mit erhobenen Händen und beschwichtigt als Friedensstifter beide Seiten:

„Na, na, na, wer wird hier denn gleich an die Decke gehen und die Gesetze dieses Hauses nicht achten. Von der Harfe solltet ihr euch besser fernhalten. Und ihr lasst eure Fäuste nicht länger sprechen."

„Aber Connor, du hast doch mit eigenen Augen gesehen, wie die sich an der Harfe vergangen haben... Das können wir nicht einfach tatenlos hinnehmen."

„Ja, Flynn, das ist mir nicht entgangen. Angesichts eurer überschüssigen Muskelkraft, schlage ich also einen Wettbewerb vor. In einer Stunde sollen beide Konfliktparteien ein Tauziehen auf dem Rugbyfeld austragen. Denn dort können wir das Flutlicht anmachen. Ich persönlich werde der Schiedsrichter sein. Es geht um die Ehre!"

Mit einem wütenden Schnauben lenkt Flynn ein: „Also gut. Meinetwegen ein Tauziehen. Aber dann müssen diese, diese… Idioten jetzt den Pub verlassen."

„Worauf du wetten kannst. Aber das Tauziehen werden wir gleich für uns entscheiden. Ihr werdet euch so blamieren.", entgegnet der Rädelsführer der Touristengruppe, die abzieht und den Pub tatsächlich vorerst verlässt.

„Danke Connor, du hast den Abend hier gerettet. Dafür gibt´s ´nen extra Pint für dich. Hab´s schon an deinen Platz gestellt. Kann ich sonst etwas Gutes für dich tun, mein alter Haudegen?", bedankt sich Mitch erleichtert bei ihm.

„Na, no prob, Mitch! Du kannst mir aber in der Tat ein Küchenbeil aus Eurer Küche ausleihen."

„Du willst doch nicht etwa jemanden damit lynchen?" fragt Mitch ihn verdattert.

„Nein, nein, ich muss nur damit etwas präparieren, um für richtig viel Spaß zu sorgen. Hähähä. Lass mich nur mal machen."

Der Tumult hat genauso rasch, wie er anfing, ein jähes Ende genommen. Die Unordnung ist schnell behoben und die fröhliche Stimmung kehrt wieder ein.

Flynn diskutiert noch eine kurze Weile mit seinen Gefolgsleuten über das Geschehen und stimmt sie auf das in Kürze stattfindende Tauziehen ein. Sie ziehen auch kurz darauf ab, um sich noch etwas vorzubereiten.

Shannon, die abseits stehend das Geschehen verfolgt hat, geht zu Connor und klopft ihm auf die Schulter.

„Tja, Master Connor, so schnell sehen wir uns wieder. Ich wollte dir in Anerkennung deines Eingreifens, deiner Courage, sagen, dass du dieses Chaos gekonnt in den Griff gekriegt hast. Die hätten doch glatt die Fäuste geschwungen."

„Ach, Mädchen, das war doch gar nichts. Da kenne ich Schlimmeres."

„Schlimmeres? Kommt das hier öfters vor?"

„Ach, nicht sooo oft. Aber hin und wieder schon. Manche haben ein wildes Temperament."

„Du etwa auch, Connor?"

„Das ist mir, wenn vorhanden, bislang verborgen geblieben. Hihi."

„Für Dein kluges Einschreiten hast du ja jetzt die Guinness-Belohnung vor dir."

„Auf die freue ich mich besonders."

„Meinst du, dass die Verlagerung des Konfliktes hin zu einem Kräftemessen wirklich umgesetzt wird?"

„Und ob. Keiner will hier als der Schwächere gelten und daher wird der Ehrenwettbewerb heute Abend von den Beteiligten ernsthaft angegangen."

„Ist das nicht ein bisschen albern?"

„Aber natürlich. Doch das ist unsere Mentalität. Wir nehmen's gerne sportlich."

„Haha... Du bist ein klasse Kerl, Connor!"

„Das will ich meinen, Miss Shannon!"

Shannon bleibt noch ein knappes Stündchen am Tresen und unterhält sich dort mit ein paar überwiegend unbekannten Leuten, die alle aber sehr herzlich und offen sind. Das anstehende Tauziehen ist das Ereignis des Abends und ringsum werden Wetten gemacht.

Gegen 21 Uhr zieht ein regelrechter Pulk an Leuten von Pub zu Pub und sammelt immer mehr Leute ein. Es wird unterwegs getrunken, gesungen und gelacht. Eine richtige Volksfeststimmung macht sich breit, als die Menge sich schließlich am Rugbyplatz versammelt. Die Flutlichter sind bereits in Betrieb. Shannon hält sich mehr am Rande des Rasens auf, der völlig aufgeweicht, nahezu matschig ist.

Die eine Tauziehpartei ist schon an Ort und Stelle, völlig durchnässt muss man dazu sagen, doch mit grimmigen Mienen, wollen sie gewinnen. Daneben steht der alte Connor, erhobenen Hauptes, würdevoll mit einem Seil in der einen und in der anderen Hand hält er einen großen Regenschirm über seinen nicht mehr ganz so taufrischen Körper.

„Ah, da kommt ja Flynn mit seiner Truppe."

Unter Beifall treten Flynn und seine fünf Mitstreiter in die Arena. Shannon muss lauthals losprusten, als sie deren Aufzug erkennt: Alle fünf in Gummistiefeln und in quietsche-entchen- gelben Ölklamotten! Das ist ein Anblick. Aber anscheinend wohl durchdacht, denkt sich Shannon angesichts der Platz- und Wetterbedingungen.

Die beiden Parteien nehmen Aufstellung neben Connor, der kurz und bündig die Regeln erklärt und zwei Markierungslinien in den Rasen macht.

„Also, wer die farbige Seilmitte zuerst über seine Linie zieht, hat gewonnen. Es geht heute um die Ehre. Dann nehmt das Seil, geht in Positionen und ich gebe dann das Startzeichen."

Die beiden Sechsergruppen schnappen sich das Seil und stellen sich jeweils hintereinander auf und versuchen mit wenig Erfolg in einen rutschfesten Stand zu kommen. Der Boden ist einfach zu matschig und rutschig, so dass die Schuhe im Schlamm einsinken. Da sind Gummistiefel im Gegensatz zu den Sportschuhen der anderen Gruppe sicher die angenehmere Variante, aber Grip versprechen sie nicht wirklich.

„Mögen die Sportlicheren und Einsichtigeren gewinnen." verkündet der schrullige Connor. Er holt eine Trillerpfeife aus seinem Mantel und gibt den Startpfiff.

Mit vereinten Kräften legen sich beide Parteien sofort ins Zeug und versuchen im matschigen Rasen Halt zu finden und die begehrte Seilmitte zu ihren Gunsten, sprich auf ihre Seite zu ziehen. Es sieht relativ ausgeglichen aus. Leichte Vorteile sind am ehesten für Flynns Team zu erkennen, doch die Gummistiefel rutschen genauso leicht weg, wie die Turnschuhe der anderen.

Unter frenetischen Anfeuerungsrufen überwiegend für das heimische Team, geben die Männer alles, als urplötzlich Connor aus seinem Regenmantel das Beil aus Mitchs Küche hervorzückt und wie mit einer Machete ein paar schnelle Hiebe auf die gespannte Seilmitte niederfahren lässt und – Ratsch – ist das Seil durch und die beiden zerstrittenen Teams fallen rückwärts in den ausgetretenen Schlamm: Sie sehen von Kopf bis Fuß aus als wären sie beim Schlammcatchen.

Die Menge johlt. Und die Tauziehkerle völlig mit Dreck besudelt sind fassungslos.

Flynn ruft entgeistert: „Mensch Connor, wir hätten das hier doch fast gewonnen... Wie konntest du nur...??"

„Hihi. Das soll euch eine Lehre sein. Euch allen. Nämlich kein Raum für Respektlosigkeit einerseits und übertriebene Aggressionen andererseits. Als der Unparteiische, in dessen Funktion ich hier stehe, erkläre ich offiziell das Tauziehen für beendet und unentschieden. So und wir alle, auch die zwölf

Dreckspatzen können uns jetzt wieder in die Pubs begeben und ein Versöhnungspint trinken."

Die beiden Teams haben sich inzwischen wieder aufgerappelt und geben sich ein versöhnliches Shake-Hands und müssen ob des völlig verdreckten Anblicks allesamt lachen.

Die fröhliche Menge zieht wieder gen Stadtzentrum zu den Kneipen. Unterwegs läuft Shannon ein Stückchen neben Connor und fragt ihn kurzerhand: „Ja, Connor krasse Aktion von dir. Damit hat hier niemand gerechnet. Aber sag, wie hast du es mit lediglich zwei, drei Hieben geschafft, das Seil zu durchtrennen?"

„Ah, Miss Shannon, ja, das war ganz leicht, ich habe das Seil organisiert und es vorher in der Mitte etwas angeschnitten. Dann habe ich die Stelle noch farbig bepinselt. Das fiel überhaupt nicht auf. Manchmal müssen wir alten Leute den jungen Heißspornen eine kleine Lektion erteilen. Die Lebenserfahrung und Weisheit wird dann meist auch von den Jüngeren hier anerkannt und honoriert. Mir werden heute wahrscheinlich noch etliche Leute einen Drink spendieren wollen. Na, diese Trinkgelegenheiten lässt sich ein Connor McCormick doch keineswegs entgehen."

„Ja, das glaube ich Dir aufs Wort. Ihr Iren – auch die Alten will ich behaupten – seid manchmal nicht nur Ire, sondern auch ein bisschen irre, oder?" fragt Shannon ganz belustigt.

„Und ob. Das ist doch erst die Lebenswürze!"

Shannon hat heute viel über die Inselbewohner und ihre merkwürdigen Sitten dazugelernt. *Diese verrückten I(r)ren!*

26.

Heute Nachmittag ist die Generalprobe für Kelvins Seminarpräsentation. Dafür nutzt das Kleeblatt eine richtige Bühne in einem kleinen, aber feinen Theater, dessen Besitzerin Vivienne gut kennt und dessen beste Jahre bereits zurückliegen. Der Theatersaal hat eine richtig urige Atmosphäre. Alles ist bedacht. Auch das Outfit, das Kelvin in Begleitung seines besten Freundes Flynn besorgt hat, ist komplett. Er trägt eine schwarze Stoffhose und ein dunkles Hemd mit keltischer (!) Ornamenten-Stickerei. Darüber erfreut ein ebenfalls schwarz-gestepptes Jackett das Auge. Wetterfeste Schuhe gehören auch dazu, denn man kann nie wissen, wann der nächste Wolkenbruch kommt und den Boden durchweicht. Die Referate würden immerhin unter freiem Himmel vorgetragen werden.

Jetzt aber zurück zum altehrwürdigen Theater: Am Bühnenrand hat Kelvin eine Flasche Whiskey deponiert. Denn er will auch in der Generalprobe so tun, als ob er für seinen Plan B gewappnet ist.

„Meinst du, das ist wirklich eine gute Idee, Kelvie?", wirft Flynn in den Raum. Er kann sich noch gut an die berühmt-berüchtigte Wirkung erinnern, die Hochprozentiges auf Kelvin haben kann. Damals in großer, geselliger Runde – es müssen wohl seitdem schon ein paar Jahre vergangen sein - floss der Whiskey reihum und bei einigen der Extrovertiertesten zusätzlich Wodka in Strömen.

Kelvin hatte sich an diesem Abend an Whiskey gehalten. Doch das reichte bei ihm, um ihn ins Delirium zu befördern, in dem er so einiges angestellt hatte. Nichts Schlimmes, aber in der Summe peinlich genug. Anschließend ging es ihm speiübel und hundeelend. Flynn war einer seiner Saufkumpane und hatte das ganze Drama begleitet.

„Ich finde, ich kenne schon ganz gut meine Grenzen. Und ich muss mir vielleicht doch etwas Mut antrinken. Wir haben das ja ein paar Mal in unseren Übungseinheiten ausprobiert und meine Zunge war viel gelöster, das Reden viel mir erheblich leichter."

„Aber du hast uns gegenüber auch betont, dass das nur die allerletzte Maßnahme sein kann. Wenn du zu Shannon sprichst, willst du sie doch mit deinen Sinnen wahrhaftig und unverfälscht erleben. Ich fände es zu schade, wenn du ausgerechnet dann zu benebelt wärst. Wer weiß, wie nah du ihr sonst wieder sein kannst?", meint Vivienne.

„Wir werden sehen. Doch nun zum Warming-Up. Wir haben ja heute noch etwas vor."

Nachdem Vivienne ihren Bruder mit einigen Übungen für Stimme und Körper in die erwünschte Startverfassung gebracht hat, macht er sich bereit für die Probe. Er hat ein paar Moderationskarten in der Hand, nicht viele, aber besonders für den Anfang gewinnt er so etwas mehr Sicherheit. Es ist keine leichte Aufgabe, ein Streiter der Romantik zu sein, wenn die unnahbare Angebetete direkt vor einem steht. Darin sind sich die Kleeblätter einig.

„Also auf los geht´s los, deine zwanzig Minuten laufen ab jetzt!", gibt Flynn das Signal.

„Ach, halt, Moment, Stopp! Wie nah wird Shannon wohl vor mir sein?", fragt Kelvin seine Schwester.

„Das wissen wir nicht vorher, aber ich schätze so.", antwortet Vivienne und stellt sich ein paar Meter vor Kelvin an die Bühne.

„Ähm, gut, das ist aber schon ziemlich nah, oder?",
räuspert sich Kelvin. „Soll ich dann lieber etwas nach
hinten treten?"

„Nein, nein, du bleibst jetzt schön da, wo du bist.",
kichert Vivienne.

Kelvin hebt die Schultern, nickt und lässt sie wieder fallen. Er würde einen perfekten Streiter der Romantik abgeben. Das hätte die Welt noch nicht erlebt.
So jedenfalls stimmt sich Kelvin ein und legt nach einem kurzen Blick auf seine oberste Moderationskarte
los...

„Durch die unendliche Dunkelheit der Nacht
schwirrt ein Leuchtkörper und setzt sich in mein Herz
und explodiert ungekannte Energie frei – alle Grenzen
werden gesprengt. Ich verwandle mich in einen universalen Romantiker... Ich will die Grenzen meines
Herzens überwinden und meinen Kritiker im Geiste
stumm machen, um meiner Muße gerecht zu werden.
Dazu verwandelt sich auch meine ganze Welt in eine
poesiegewaltige Leidenschaft..., ähm...", Kelvin muss
kurz innehalten und wirft einen Blick auf seine
nächste Moderationskarte und kann aber fortfahren.

Er bringt den auswendig gelernten Text mit den
einstudierten Bewegungen perfekt rüber – als ob es
ein Kinderschlecken sei.

Vivienne und Flynn spenden lauten Applaus und
drücken ihren Kelvin von Herzen.

„Bravo, Kelvin, das war bravissimo!"

„Findet ihr? Ich fand es auch nicht schlecht. Wenn
ich das so nächste Woche auf den Aran Islands hin-
kriege, kann das Shannon eigentlich nur noch be-
wundern, oder? Es wäre so schön, wenn sie mich als
ihren Streiter der Romantik bewundert!"

„Das müssen wir heute feiern. Die ganze Arbeit und Mühe, die wir uns zusammen gemacht haben, scheint sich bezahlt zu machen. Kommt, lasst uns unsere Sachen hier einpacken und durch den heutigen Dauerregen an unseren Stammtisch huschen."

Gesagt, getan. Schnell ist alles aufgeräumt. Da fällt Flynn plötzlich beinahe über eine angebrochene Flasche Paddy-Whiskey, die im Schatten der Bühne stand.

„Ähem, Kelvin?!... Ist das dein Plan B gewesen?", winkt Flynn seinen Kumpel mit der Flasche zu.

„Ach ja, ich dachte, es geht nicht ohne. Und ihr habt doch gestaunt, wie gut das Präsentieren heute geklappt hat. Ich wollte auf Nummer sichergehen."

„Herr O´Brien, das kann doch nicht wahr sein, wann hast du denn das geschafft, die Flasche anzubrechen und den Großteil davon zu leeren?", will Vivienne von ihm wissen.

„Na, als ihr mit der Einstellung der Beleuchtung zu tun hattet. Da habe ich rasch ein paar Schlucke zu mir genommen."

„Und wie geht es dir jetzt damit?", ist die nächste Frage.

„Och, mir ist zwar ordentlich warm und etwas schwindlig geworden, aber im Delirium bin ich nicht gelandet."

„Darüber reden wir morgen. Dennoch feiern wir heute. Haben wir uns redlich verdient. Du bekommst aber keinen Tropfen Alkohol mehr diesen Abend lang."

„Kein Problem. Ich wollte mir heute eh einen alkoholfreien Cocktail – Betonung liegt auf alkoholfreien – mixen."

Das Kleeblatt bricht auf und macht sich auf den Heimweg in ihre Stammkneipe.

Dabei gehen Kelvin einige besorgte Gedanken durch den Kopf: *Das bei der Generalprobe war irgendwie zu einfach. Ich habe das so unerwartet souverän vorgetragen. Fühle mich jedoch wie die Ruhe vor dem Sturm. Dabei ist Shannons Herz noch nicht erobert.*

Was kann denn alles schiefgehen? Sollte nicht so negativ fragen – so wie es die zermürbende irische Seele gerne in mir macht, sondern die Frage stellen, was alles glücken kann? Im besten Fall werde ich zum glücklichsten Mann auf dieser Insel. Auf Irland gesamtbezogen oder auf die Exkursionsinsel Inishmore? Ist auch egal, ich möchte mir den Tagtraum immer wieder vor Augen führen: Wie es sich anfühlt, von Shannon berührt zu werden... Er würde sie berühren, mit der Kraft, der Macht und dem Ausdruck seiner Worte – und wenn nötig, müsste der Plan B angewandt werden.

27.

Eine Woche später. Der fünfzehnköpfige Kurs von Shannon hat sich rechtzeitig am Fähranleger eingefunden. Während sie auf das Boot warten, kann Kelvin Shannon genauer betrachten. Sie ist mit ihrer Treckingkleidung ganz auf wechselhaftes Wetter eingestellt. Strähnen, die ihr ins Gesicht wehen, streicht sie an die Seiten. Sie gefällt ihm. In Gedanken geht Kelvin sein Referat durch. Und seine Nervosität nimmt von Stunde zu Stunde zu. Angesichts der Aufgabe, die ihm bevorsteht, durchaus nachvollziehbar.

Das Schiff ist eingetroffen und die Passagiere, vornehmlich der Literatur-Kurs, gehen an Bord. Alle suchen sich einen einigermaßen windgeschützten Sitzplatz. „So unser Exkursionsabenteuer kann losgehen. Alle an Bord? Dann hoffe ich, dass wir heil zu den Aran Islands übersetzen. Der Wind scheint mir heute recht kräftig zu sein."

Kurz darauf legt das Shuttleboot ab. In zügigem Tempo kämpft es gegen die starken Wellen an. Die See ist an diesem Tag besonders rau. Das Boot wird hin- und hergeschaukelt. Auch für manchen seeerfahrenen Iren ist die Überfahrt eine Herausforderung. „Wie muss es da erst Shannon gerade gehen?", fragt sich Kelvin. „Hoffentlich übersteht sie die Überfahrt nach Inishmore gut."

Einigen ist unterwegs schlecht geworden, als aber der kleine Hafen von Inishmore in Sicht kommt, freuen sich alle auf die Insel. Das Boot ist schnell an der Kaimauer festgemacht und Shannon und ihr Trupp nutzen den kleinen Bus, um den Weg zum Hostel fortzusetzen. Dort angelangt, werden die Zimmer bezogen und in der Gemeinschaftsküche wird eine große Portion Pasta für alle zubereitet. Die Studenten und Shannon freuen sich über die selbstorganisierte Mahlzeit. „Mit dieser warmen Stärkung im Bauch können wir uns besser an die klimatischen Bedingungen auf Inishmore gewöhnen. Ich würde vorschlagen, dass wir uns in einer Stunde vor dem Hostel treffen, um uns auf den Weg zur archäologischen Stätte Dún Aengus zu machen. Denkt bitte daran euch mit ausreichend Getränk und Proviant einzudecken. Wir werden einen langen und ich rechne damit fordernden Nachmittag vor uns haben. Bis später also!"

Kelvin hat sich freiwillig für den Abwasch gemeldet, um für etwas Zerstreuung zu sorgen. Danach zieht er sich auf seinem Herbergszimmer um. Er blickt in den Spiegel und findet sich und sein getuntes Outfit tatsächlich ziemlich ansehnlich. „Wo sind denn jetzt nur die Moderationskarten geblieben?", fragt er sich. Er ist sich sicher, sie in den Rucksack gepackt zu haben. *Also nochmal alles ausleeren und alle Taschen durchsuchen. Ah, da sind sie ja. Ab in meine Jackettseitentasche damit. So kann ich noch bis kurz vor meinem Referat schnell einen Blick riskieren. Oh Mann, ich werde richtig nervös, meine Hände haben schon beim Pastaessen leicht gezittert. Wieviel Zeit habe ich noch? Oh die Stunde ist um. Nun wieder den Rucksack mit Proviant und Regenkleidung bestücken. Aber ich muss noch dringend auf Toilette.* Von draußen hört er wie die Gruppe seinen Namen ruft. *Also warten sie längst auf mich. Ja, ja, ich komme ja schon. Schnell den Rucksack gegriffen und los.*

„Ah, Kelvin, da bist du ja.", kommt ihm Aislinn entgegen. „Wir wollten schon einen Suchtrupp ins Hostel losschicken. Nein, nur Spaß, alles gut. Du hast Dich aber ganz schön in Schale geworfen."

„So viel will ich dir jetzt schon verraten: Mein Aussehen hat einen ganz speziellen Grund. Einen der mit S anfängt.", erklärt ihr Kelvin verschwörerisch. Aislinn nickt und lächelt ihn verständnisvoll an.

Shannon spricht kurz vor Aufbruch zu ihrer Seminargruppe: „Bevor wir loswandern, noch eine Anmerkung. Ich hätte im Vorfeld nicht erwartet, dass die Natureindrücke dermaßen stark auf den Aran Islands sind. Ich finde, wir sollten uns öfters auf dem Weg zu Dún Aengus die Unbändigkeit dieser besonderen

Natur vor Augen halten. Es wirkt so ursprünglich. Und so gewaltig."

Gewaltig ist auch das richtige Wort, dass den Respekt beschreibt, oder ist es gar Angst, die Kelvin vor seinem Referatsauftritt hat. Noch ein paar Stunden, dann würde er seinen alles entscheidenden dritten Amorpfeil auf den Weg bringen.

28.

Am Ziel angekommen, besucht Shannons Gruppe zuerst das zu Dún Aengus zugehörige Museum. Interessiert bestaunen die Studenten die Schautafeln, die Einblicke in eine längst vergangene Lebenswelt der alten Kelten gewähren. Shannon kündigt nach einer Weile an, dass sie gerne in einer halben Stunde mit den studentischen Vorträgen inmitten des keltischen Steinforts beginnen möchte. Kelvin ist mit seinem Referat der letzte in der ersten Gruppe. Danach würde es eine längere Pause zum Stärken für alle geben.

Er schnappt sich seinen Rucksack, um jetzt doch eine Whiskeystärkung zu sich zu nehmen. Doch wie kann das sein, da ist überhaupt keine Flasche drin. Ah, in aller Aufbruchhektik hatte er seinen Rucksack geleert und dabei vergessen, die Flasche Whiskey wieder einzupacken. Was soll er jetzt bloß machen? Es bleibt keine Zeit mehr, um zum Hostel zurückzurennen. Verdammt. Er muss ohne seinen Plan B auskommen. Na, da könnte er ja wohl gleich einpacken, oder? Panik überkommt ihn. Aber es ist der Abschluss des Shannon-Seminars. Seine große Liebe kann er nur heute richtig erreichen. Er fühlt sich ganz elendig. Denn sein Nervenkostüm geht gerade auf Grundeis. Was haben mir Vivienne und Flynn für solch einen Fall empfohlen? „Nur die Ruhe bewahren. Es gibt immer Schlimmeres. Also kann´s ja nicht das Schlimmste sein." Kelvin versucht sich mit den Warming-Up-Übungen, die er gelernt hat, abzulenken. Mit mäßigem Erfolg.

Er blickt auf die Uhr und erkennt, dass es Zeit für die Vorträge ist. Also hopp, auf zur Außenanlage von Dún Aengus. Kelvin geht aus dem Museum und läuft die Steinstufen hoch in die 2600 Jahre alte Keltenstätte. Der Wind peitscht mit unzähligen Regentropfen in sein Gesicht. Die Tropfen liegen quasi waagerecht in der Luft. Die Anlage befindet sich direkt an den hohen und senkrecht fallenden Klippen. Was für ein Ort! Die Magie der Naturelemente ist hier mit allen Sinnen erfahrbar. Die Mauerreste von Dún Aengus geben ein beeindruckendes Bild ab, wie die Kelten früher hier gelebt und den Elementen getrotzt haben.

Shannon hat sich in die Mitte gestellt und fasst die Seminarstunden kurz zusammen, um dann eine Einordnung der anstehenden Vorträge vorzunehmen.

Kelvins Puls rast. Er kann sich nur schlecht auf die anderen Referate konzentrieren. Aislinn ist vor ihm dran. Als ihr Name aufgerufen wird, muss sie plötzlich Niesen und bittet um ein Taschentuch. Kelvin, der an für sich immer eins in der Tasche hat, kramt in seinem Jackett und dabei fallen seine Moderationskarten heraus. Da passiert das Unglaubliche, das Schreckliche: Der gnadenlose Wind schnappt sie sich, weht sie die Klippen herab und zack sind sie für immer in den unendlichen Weiten und Tiefen des aufgewühlten Atlantiks verschlungen. Ooooh nein! Jetzt ist es gelaufen. Er hat keine Stützen für sein Referat mehr. Und er ist so hyperaufgeregt.

Dann ist er schließlich an der Reihe.

Kelvin schreitet auf die Keltenbühne zu. *Was soll ich denn jetzt bloß machen? Weiß im Moment nicht einmal mehr wie der Anfang war. Das ist eine Katastrophe und wie peinlich wird das hier werden?!*

Er würde gerne in Shannons Augen blicken, doch er fühlt sich dazu zu schwach.

„Also, ähm, mein Thema ist wie Shannon eben angekündigt hat – „Seien Sie ein Streiter der Romantik!" - Ich habe leider gerade einen totalen Black-Out und kann meinen Vortrag nicht richtig durchführen. Gerne hätte ich euch einen universalen Romantiker präsentiert. Ich wollte Herzen berühren und dafür sollten Worte aus meinem Herzen kommen. Doch mir ist so, als ob ich in diesem Moment nicht darauf zugreifen kann. Es ist irgendwie blockiert. Dabei hatte ich eine besondere Botschaft vorgesehen. Es tut mir leid, dass ich den Vortrag nicht wie gewollt und wie vorbereitet halten kann. Ich muss leider Ausscheiden..., es tut mir so leid..."

Kelvin bekommt Tränen in den Augen und seine Stimme bricht weg.

Da greift Shannon ein: „Na, Kelvin, das kann doch vorkommen." An die anderen zugewandt, sagt sie: „Gut, dann fangen wir jetzt schon mit der Halbzeitpause an. In einer Stunde geht es weiter." Die Gruppe sucht sich Rastplätze in der näheren Umgebung.

Kelvin ist paralysiert, muss in die Hocke gehen und ihm ist zum Heulen zumute. Erste Tränen kullern.

Shannon tritt an ihn heran. Sie blickt ihm in die Augen und berührt ihn an der Schulter und nimmt seine Hand und zieht ihn wieder hoch. Just in dem

Moment, als ihre Hand die seinige berührt, spürt Kelvin einen elektrischen Impuls, der sich durch seinen gesamten Körper ausbreitet.

„Komm Kelvin, wir setzen uns an die Klippen und lassen die großen Wellen auf uns wirken."

Kelvin ist immer noch wie benommen. Aber die Impulskraft gibt ihm neuen Mut und er folgt ihr. Gibt es vielleicht einen Plan C? C wie Contact? Seine Nerven beruhigen sich in der unmittelbaren Gegenwart von Shannon.

Dann sitzen sie nebeneinander auf einer Grasnarbe vor der ungeschützten Klippe. Das Tosen ist gewaltig. Noch lauter als bei den Cliffs of Moher. Noch eindringlicher sind die Naturgewalten zu erleben.

Er betrachtet Shannon neben sich. So nah war er ihr noch nie. Auf ihren Wangen perlen sich einige Regentropfen. Ihr Haar weht unbändig in alle Richtungen. Die vielen Lachfältchen um die Augen stehen ihr so gut. Sie ist ihm auch in dieser kurzen Distanz sowas von sympathisch.

Gleichzeitig wollen beide zu sprechen beginnen. Da sagt Shannon: „Na, du zuerst."

„Ja, also, ich habe gerade meinen letzten Kurs versaut. Aber darauf will ich nicht hinaus…"

Kelvin spürt die Macht und die Kraft und die magische Herrlichkeit dieses Ortes in sich und kommt in den ersehnten Flowtunnel. Zwar ist es nicht der Tunnel seines ausgearbeiteten Vortrags, doch hör am besten selber genau hin, was er zu sagen hat:

„Unter uns, über uns und vor uns und auch in uns: Wasser. Alles fließt zusammen und sowohl das salzige, als auch das süße Wasser sind zum Überleben auf diesem Planeten vorgesehen. Es ist im Fluss, im Lebensfluss und ein wunderschöner Fluss –

nämlich der größte Fluss Irlands - trägt deinen Namen:", hier blickt Kelvin schmachtend tief in Shannons Augen und spricht voller Liebreiz ihren Namen aus: „Shannon! Darauf habe ich ein Semester gewartet. Vor dir zu sein und vor dir zu sprechen."

Shannon ist irritiert und vor allem verwundert über Kelvins Ansprache. Sie ist neugierig, worauf er hinauswill.

Kelvin fährt fort. Er muss laut gegen den Lärm der Naturgewalten anreden. Förmlich schreien, damit Shannon ihn hören kann. Es packt ihn die Leidenschaft, die in ihm wirkt wie bei keinem zweiten:

„Shannon, dieser Name ist eine Verheißung. Weißt du, welche Bedeutung mein Name hat?"

Shannon schüttelt vorsichtig ihren Kopf.

„Ich will es dir gerne verraten: *Kelvin* stammt aus dem Irisch-Gälischen und bedeutet so viel wie: „vom nahen Fluss". Manch einer würde hier vielleicht schon eine Verbindung sehen. Mein spiritueller Kern sieht das unumstößlich so. Shannon?!, darf ich kurz deine Hand in meine legen?", jetzt kennt Kelvin keine Hemmungen mehr. Er weiß, was er will und dass er es kann. Er hat Shannon etwas zu sagen. Hier und heute und jetzt ist der Zeitpunkt gekommen. Das Wunder darf geschehen.

Sie reicht ihm ihre Hand und spürt seine Wärme. Er hält sie sachte und sanft.

„Nie werde ich das vergessen. Dieses Gefühl, wie deine zarte Hand in meiner liegt. Dies Gefühl ist unbeschreiblich. Eben habe ich elektrische Impulse in meinem Körper gespürt und jetzt spüre ich ein Kribbeln des Glücks und der Vollendung. Das hängt alles definitiv mit dir und deiner Hand zusammen."

Da fällt ihm Shannon kurz ins Wort: „Kelvin, wie machst du das nur? Du machst mich anders. Es lässt sich nicht in Worte fassen, aber ich habe auch ein eigenartiges und fremdes Gefühl in mir..."

„Shannon, ich wollte dir in meinem Vortrag einen absoluten Romantiker präsentieren. Das ging leider nicht. Ich habe drei Pfeile des Amor zur Verfügung. Der erste, eine Sentenz der Sehnsucht, hat dich vielleicht gar nicht erst erreicht. Der zweite, eine deutsche Gefühlsoffenbarung, womöglich auch nicht. Jedenfalls der Streiter der Romantik sollte mein letzter Amorpfeil an dich gerichtet sein..."

Ungläubig staunt Shannon: „Was..., du...? Von dir? Die Sentenz? Die beiden E-Mails? Wie bist du in der Lage?... Ich meine, wie hast du solche Fähigkeiten?... Und ich habe gedacht...?"

„...vielleicht, dass sich jemand zum Deppen macht."

„Nein, ganz anderes: Bewunderung."

Das Wort aus Shannons Mund in Zusammenhang mit seinen Amorpfeilen gibt ihm noch mehr Mut:

„Dabei bin ich es doch, der voller Bewunderung ist. Für dich. Für deine Lieblichkeit, deine Schönheit im Körper und im Geiste. Du bist mir so Eine. Eine, die ich nie zuvor gekannt habe. Eine faszinierende Frau und ich bin mir bewusst, dass ich nicht in deinem Kopf so herumspuke, wie du in meinem. Deshalb will ich der Gerechtigkeit und Gleichberechtigung wegen dir gerne anbieten, dass du mich näher kennenlernen kannst. Unverbindlich natürlich, damit du verstehst, warum du das Beste in mir weckst und wie es in mir aussieht. Vielleicht lässt dich das selber in einem neuen Licht erstrahlen. Eventuell kann ich mit meinen bescheidenen Möglichkeiten, aber voller Herzblut und innigster Hingabe das Beste in dir wecken. Obwohl du bereits die Beste bist - und das strahlst du auch aus – können wir gemeinsam in ungeahnte zwischenmenschliche Tiefen eintauchen und das verborgene Tor zu einer neuen Dimension der – ja, ich will es so nennen – der Liebe freischaufeln und öffnen.

In meinen Träumen habe ich dich schon tausende Male als eine Botschafterin der Schönheit, als eine wahre Schönheitsstrahlerin gesehen. Wenn ich dich hier vor mir betrachte, dann übersteigt es meine Träume und Vorstellungskraft. Ebenso bin ich mit den bekannten Superlativen am ausgereizten Ende: Die Alleraller-Schönste bist du. Mit meinen Augen sehe ich die, die ich am meisten in meinem Leben begehre. Dich, liebe Shannon.

Du bist meine Herzensdame."

„Ah, ah, aber Kelvin, Deine Worte..."

„Du brauchst jetzt nichts zu sagen. Denn ich bin mir bewusst, dass ich dich gerade völlig überrasche. Darauf bist du nicht vorbereitet gewesen. Ich so auch nicht. Ich hätte nicht gedacht, dass ich mit Kraft zu dir sprechen kann. Aber es funktioniert. Das hat dein Handgriff bewirkt. Ist das nicht irgendwie magisch? Und diese Magie passt doch wie ersonnen an diesen Ort. Shannon, you are my dear Mylady! Ich würde dich zu gern kennenlernen. All deine Facetten.

Dich aus dem Traum in die Wirklichkeit treten lassen. Ich merke, dass die wirkliche Shannon noch schöner, noch lieblicher und noch liebenswerter ist, als ich mir das in den vergangenen drei Monaten ausgemalt habe. Eigentlich habe ich nicht nur drei Monate, sondern mein ganzes Leben am Bild meiner Traumfrau gemalt. Dass du das in der Realität noch überbietest, hätte ich niemals für möglich gehalten. Du bist ein hundertfaches WOW wert!!!"

„Na, na, dass kannst du doch nicht im Ernst meinen?", fragt sich Shannon zusehends verwundert. „Aber wie machst du das nur...? Du..., du bist... speziell, glaube ich... Kann das sein?"

Kelvin sind während seiner lauten Ansprache einige Tränen geflossen. Shannon führt ihre Hand, die von Kelvins Hand umschlossen ist, auf seine Wange und wischt mit aller Sanftheit die Tränen und Regentropfen aus dem Gesicht.

„Auf seiner Wange: Salz und Süße. Das Wasser. Der Fluss. Vom nahen Fluss...", kommt Shannon in den Sinn.

„DANKE, DANKE, liebe Shannon! Du hast mir mehr gegeben, als ich von diesem Tag erhofft habe. Meine zwanzig Minuten Vortragszeit sind jetzt ja bestimmt schon um und ich will dir doch auch noch etwas Pause vor den nächsten Referaten gönnen. Lass meine Worte und meine Gefühle in aller Ruhe auf dich wirken. Ich wollte etwas loswerden. Ich wollte ein Streiter der Romantik sein!"

„Oh, das bist du fürwahr! Ein ganz Großer wie mir scheint. Ich erwarte in deiner schriftlichen Ausarbeitung das Ganze wortwörtlich ohne irgendein Wort auszulassen. Dann ist das auch mit deinem Schein für diesen Kurs geritzt. Glaube mir, ich werde mir deine Rede – wie nanntest du sie doch gleich: dein dritter Amorpfeil mindestens genauso, wenn nicht sogar aus einer anderen Perspektive auf mich wirken lassen. Das haben alle drei Pfeile und deine Gefühle ganz sicher verdient."

Kelvin nickt und löst seine Hand von der Shannons. Langsam richtet er sich auf, fühlt sich wie benebelt und sucht sich einen Platz an einem Felsen, um sich das unterdrückte echte Lächeln nicht länger zu verkneifen. Jetzt scheint die Helligkeit aus ihm und lässt Dún Aengus von Licht erfüllt erstrahlen.

Was für ein Mann! Ich finde, er hat seine Sache gut gemacht. Er hat seinen Job getan. Drei Pfeile des Amors sind abgeschickt. Mehr konnte nicht getan werden.

Aber ob es folgendermaßen heißen wird: … und wenn sie nicht gestorben sind, dann leben und lieben sie noch heute.", steht noch in den Sternen. Mach dich bereit, um die Sternenbilder zu entdecken…

Willst Du geliebt werden, so liebe!
Lucius Annaeus Seneca

Teil Zwei

29.

Mit dem Einsetzen der Abenddämmerung sind die Vorträge abgeschlossen. Die Kursgruppe wandert den Weg zurück zur Herberge, um nach einer Pause den Abend im naheliegenden Pub zu feiern und ausklingen zu lassen. Shannon hat zur Belohnung versprochen, eine Runde zu spendieren. Das löst natürlich großen Beifall und Jubel aus. Im Hintergrund läuft typische irische Kneipenmusik.

Kelvin hat sich etwas abseits einen Platz gesucht. Er versucht die Ereignisse des Tages zu rekapitulieren. Besonders ergründet er seine Worte an Shannon, als sie zusammen an den Klippen in Dún Aengus saßen. *Was hat sie geantwortet? Wie hat sie mich dabei angesehen? Lassen sich Rückschlüsse ziehen, wie die Amorpfeile gewirkt haben? Und, meine Güte, habe ich wirklich ihre Hand berührt und gehalten? Das ist aber ganz schön kühn, mein Lieber! Das „Referat" zeigt mal wieder, dass es meistens anders kommt, als man denkt. Sei noch so akribisch vorbereitet worden, wie das Kleeblatt es für meinen Vortrag getan hat. Ich glaube aber, heute konnte ich trotzdem von dem ganzen Training profitieren – auch wenn anders als geplant. Ich war voller Inbrunst und Leidenschaft als ich zu Shannon gesprochen habe. Das war ein außergewöhnlicher Moment in meinem Leben. Nie werde ich diesen aufregenden Tag vergessen...*

Kelvin nippt an seinem Getränk. Heute schmeckt es besonders gut. Ein friedlicher, versonnener und zufriedener Ausdruck ist in seinem Gesicht. Ab und zu riskiert er einen Blick in Richtung Shannon, die sich zu den anderen gesellt hat und in gute Gespräche vertieft ist. Kelvin hat den Eindruck, Shannon kann recht gut mit Menschen umgehen. Sie hat sich auch rührend um ihn gekümmert, als er am Boden zerstört war. Als sein letzter Amorpfeil vergeigt schien. *Mach dir nichts vor, Kelvin, aber so eine Ausnahmefrau ist bestimmt für dich, einen einfachen Studenten, eine Nummer zu groß. Unerreichbar.*

Aber was wäre, wenn seine Worte ihr Herz für ihn öffnen würden? Wenn sie solche Momente, wie vorhin an der Klippe, öfters miteinander teilen würden? Dort war es nämlich eine Begegnung, ein Kontakt, auf Augenhöhe.

„Ähm, Kelvin, und konntest du mit Shannon ein paar gute Worte wechseln? Ich habe euch an den Klippen von Dún Aengus sitzen sehen.", fragt ihn Aislinn, die sich zu ihm gesetzt hat.

„Oh, irgendwie schon. Ich weiß es nur noch nicht so genau einzuordnen. Auf jeden Fall weiß sie jetzt, von wem die beiden E-Mails gekommen sind."

„Ja, und was war ihre Reaktion darauf?"

Kelvin grinst schelmisch: „Sie hat mir nicht den Kopf abgerissen."

„Das sieht man und darüber bin ich sehr froh."

„Kriegst du jetzt Probleme mit dem Kursschein?"

„Angeblich nicht. Ich habe so eine Art Referat in abgewandelter Form gehalten. Wenn ich das als Ausarbeitung abgebe, dann ist voraussichtlich der Kurs und das Studium gerettet."

„Na, das sind doch tolle Neuigkeiten. Du hast mir vorhin so leidgetan, als Du deinen Black-Out hattest. Ich hätte dir gerne geholfen, wusste aber in dem Moment nicht wie."

„Shannon hat sich dann meiner angenommen. Und wir hatten einen besonderen, gemeinsamen

Moment. Ganz ehrlich, ich glaube sogar, dass es für Shannon auch etwas Bedeutsames war."

„Ihr habt so vertraut und eng gewirkt. Aber so genau, habe ich das natürlich nicht mitbekommen."

„Dein Eindruck täuscht nicht. Wir waren wirklich eng. Shannon hat sogar meine Wange mit ihrer Hand berührt."

„Echt? Das ist ja krass. Wie hast du denn das geschafft?"

„Na, ja, das Glück ist eben auch mal mit den Tüchtigen."

„Hut ab, Kelvin. Das freut mich sehr für dich. Komm, lass uns noch einen Drink bestellen."

Und so wird es ein schöner und lustiger Abend, bei dem viel erzählt, teilweise gesungen und getrunken wird. Ein würdiger Abschluss für ein nicht ganz gewöhnliches Seminar!

Der Abend hat aber noch eine Überraschung parat: Denn um Mitternacht beginnt der St. Patrick´s Day, der Feiertag zu Ehren des Schutzheiligen Irlands. Das ganze Land feiert diesen Tag mit grenzenloser Ausgelassenheit und Feierlaune. Obwohl der Pub schon seine Türen wieder geschlossen hat, haben einige Kommilitonen diverse Festgetränke organisiert. Es gibt sogar massenweise giftgrün eingefärbtes Bier. Shannon beschließt kurzerhand noch mitzufeiern. Sie weiß nämlich, dass der St. Patrick´s Day auch in Deutschland auf einigen Paraden gefeiert wird, doch war sie noch nie dabei und die irischen Feiern sollen legendär sein. Aislinn hat auch Schminke dabei, vorwiegend in grüner Farbe - und verziert eifrig ihre Mitstudenten. Kelvin bekommt einen kleinen orangebärtigen Kobold mit efeugrünem Hut auf die eine Backe und ein Kleeblatt auf die Andere.

An Shannon gewandt fragt sie: „Darf ich dir auch etwas aufmalen?"

Shannon braucht nicht zu überlegen und antwortet: „Aber gerne doch. Ich lasse mich für das Motiv von dir überraschen."

Aislinn zeichnet ein apfelgrünes Herz mit moosgrünem Pfeil auf Shannons Wange und hat noch kurzerhand die irische Nationalflagge auf ihre Stirn gemalt.

„Jetzt bist du eine von uns, Shannon!", meint Aislinn, deren gewohnte Schüchternheit wohl aufgrund des angestiegenen Alkoholpegels verflogen zu sein scheint.

„Ähm, danke, aber jetzt darf ich ja nicht rotwerden, sondern müsste wohl vielmehr grün anlaufen an so einem Tage, nicht wahr?"

Alle lachen.

Die Kursgruppe zieht singend, tanzend und trinkend durch die nächtlichen Wege auf Inishmore. Manche Bewohner der Insel schließen sich ihnen an. Auch Kelvin ist diesmal mit von der Partie – völlig mit sich im Reinen, schließlich hat er Shannon seine Botschaft überbracht, zwar erheblich anders als vorgesehen, doch das spielt in diesem Moment für ihn keine Rolle mehr. Er hat seine Message platziert. Das ist das, was er tun konnte, was er selbst in der Hand hatte. Alles Weitere steht in den Sternen am aufgeklarten Himmel. Also taucht er in die Feiernden mit ein und lässt sich in dieser Nacht treiben – wie ein Holzstückchen auf einem ursprünglichen Bachlauf. Er bewegt sich mit der Strömung und die sorgt dafür, dass er in der Nähe von Shannon unterwegs ist. Die zeigt auch großes Amüsement und wenn ich es nicht besser wüsste, könnte man Shannon gut als Einheimische durchgehen lassen.

Sie hat sich echt prima eingelebt, würde ich sagen.

Es liegt ein gewisser Zauber über dieser Nacht, das lässt sich wirklich nicht von der Hand weisen – eine zutiefst grünstichige Magie!

30.

Shannon hält sich an der Reling des wild schaukelnden Shuttlebootes fest. Die See ist, wie auf der Hinfahrt und wie es für diese Gewässer typisch ist, ziemlich aufgewühlt. Ihr Blick streift den Horizont. Im Rücken liegt Inishmore. *Was für ein schöner Semesterabschluss*, denkt sie sich. Versonnen geht sie ihren Eindrücken der vergangenen 24 Stunden nach. Die Aran Islands sind wahrlich einen Besuch wert. Nie zuvor fühlte sie sich so von den Naturgewalten berührt. Aber da war auch eine ganz andere Form der Berührung. Dieser Junge, Kelvin, und seine Worte, im Nachhall ist etwas hängengeblieben. Natürlich ist er kein Junge mehr, sondern ein Mann, aber er wirkt sehr zart. Seine Worte andererseits unterstreichen eine Reife, die sie ihm nie zugetraut hätte.

Kelvin, vom nahen Fluss, mit allen Wassern gewaschen, hat ihr die Sentenz und den Annäherungsversuch per E-Mail geschrieben. Seine Ansprache an den Klippen geht ihr ebenso nicht aus dem Kopf. Es ist ein Mann, keine Frau, der ihr solch verzaubernde Worte zukommen ließ. Das muss sie sich ständig in Gedanken rufen. Er hegt echte und mitunter recht tiefe Gefühle für sie. Shannon ist standhaft und erwehrt sich dieser Annäherung natürlich. Sie steht auf sinnliche Frauen und ihre Weiblichkeit. Das war schon immer so. Daran gibt es nichts zu rütteln und dass würde sie auch früher oder später wohl auch Kelvin offenbaren müssen. Wenn da bloß nicht dieser Liebreiz in seinen Worten und seinem Gesichtsausdruck wäre. Und ich habe auch noch bei seiner Zwillingsschwester Vivienne eine Anmache gestartet. Das Leben kann manchmal wirklich sehr verquer sein. Jetzt gesteht mir ihr Bruder, dass er mich begehrt. Aber einer, der den Frauen gleich an die Wäsche gehen will, ist er definitiv nicht.

Wie sanft seine Handberührung war. Wie er mich angesehen hat, werde ich nicht vergessen. Mit Zärtlichkeit und Sehnsucht. Gern habe ich ihm das Salz und die Süße von seinen Wangen gestrichen. Vom nahen Fluss und der Shannon River. Was hat das zu bedeuten? Und er hatte sich für die Vorträge richtig in Schale geschmissen. Das war ihr nicht entgangen. Seine keltisch anmutenden Verzierungen auf seinem Hemd war passend zum Anlass und der Umgebung ausgewählt. Ein moderner Kelte, ein moderner Streiter der Romantik. Doch hat er eine Begabung, wie sie es bei niemand anderem kennengelernt hat, die romantischen Aspekte von Gefühlen in Sprache zu übersetzen. Er wirkte so selbstsicher. Im Seminar hatte er stets einen zurückhaltenden, ruhigen Eindruck gemacht. Wobei sie hat sich schon gewundert, warum er im Verlauf des Seminars näher nach vorne gerückt war. Shannon hat das auf Aislinn zurückgeführt und sich nicht viel dabei gedacht. Die beiden wirkten auf sie gut befreundet.

Shannon gesteht sich ein, dass sie sich schon auf die Niederschrift von Kelvins Rede freut, dann könnte sie den Zauber seiner Worte nochmal eins zu eins Revue passieren lassen und dem Geheimnis seiner

Wortkunst auf die Schliche kommen. Vielleicht gäbe es da noch etwas zu lernen? Sie würde seine Texte genauestens studieren. Und sie würde ihn bitten, am Literaturfestival im übernächsten Monat teilzunehmen. Sie wollte die Crème de la Crème - das Beste, was Galway und die Westküste zu bieten haben, auf die Bühne, zum Beispiel bei einem Poetry Slam, bringen. Und er ist überragend, soviel steht fest. Jetzt weiß sie, wen sie schicken muss. Ob Kelvin da mitmacht? Wenn sie ihm einen Korb gegeben hat, ist seine Bereitschaft und Motivation vielleicht gleich null. Sollte sie daher ihre Absage noch etwas hinauszögern? Gar nicht so leicht, hier Herrin der Lage zu bleiben.

Gischt weht in ihr Gesicht und ein Schwarm Möwen fliegen mit ihrem „Meins, meins, meins" wie in dem Animationsfilm „Findet Nemo" über ihre Köpfe hinweg. Der Anleger ist in Sichtweite. „Meins" ist die unvergessliche und bleibend-wertvolle Erinnerung an einen tollen Moment an den Klippen von Dún Aengus. Doch nun muss sie wieder ihren Fokus auf den Kurs und ihre Studenten richten, um ihnen allen für tolle Leistungen zu danken und sich zu verabschieden. Das Seminar ist zu Ende! Bleibt noch die Auswertung der einzureichenden Referatsausarbeitungen. Voll Kraft voraus!

Bevor sich Shannon aber auf etwas Anderes konzentrieren kann, muss eine telefonische Leitung zu ihrer Hamburger Freundin Letitia geschaltet werden. Die Ereignisse und Entwicklung der letzten 24 Stunden machen das unbedingt erforderlich.

„Lia, Lia, ich habe News in Sachen Verehrung! Es ist gar kein Mädel von meiner irischen Uni, sondern ein Junge. Also ich meine ein Mann, oder wie Du es ausdrücken würdest, ein Kerl. Aber er wirkt teilweise noch so zart wie ein Junge, daher habe ich diesen Vergleich im Kopf."

„Was? Willst Du die Ufer wechseln? Aber erzähl mal von vorne, hat Dein Verehrer tatsächlich noch eine dritte E-Mail verfasst?"

„Nein, nein, keine Mail. Ich war mit meinen Studenten für eine Exkursion auf einer Galway vorgelagerten Miniinsel. Dort sollten Referate in einem altertümlichen Kelten-Ambiente vorgetragen werden. Kelvin, so heißt mein Bewunderer, hat mir an sturmumpeitschten Klippen eine Art Liebeserklärung gemacht, die total bezaubernd war."

„Erzähl, komm her mit den Details. Habt ihr euch geküsst oder es miteinander getrieben?"

„LIA! Nicht immer gleich von dir auf andere schließen. NEIN zu beiden Fragen, aber unsere Körper haben sich schon berührt. Wie ein elektrischer Funken habe ich ein neuartiges Gefühl in mir gehabt, als unsere Hände sich angefasst haben und das Salz und die Süße von seinen Wangen habe ich an meinen Fingerspitzen geschmeckt. Das war vielleicht intensiv, sag ich Dir."

„Kaum zu glauben. Shannie wagt sich an die Männer und fängt an zu Genießen und auf deren Geschmack zu kommen. Aber warum dieser Junge?"

„Ich verstehe das auch nicht. Seine Amorpfeile, wie er seine Liebeserklärungen nannte, sind echt und authentisch. Das habe ich bei unserer Begegnung festgestellt. Eigentlich muss ich sein Anbändeln sofort unterbinden, denn ich bin nicht nur geschätzte zwanzig Jahre älter, seine Universitätsdozentin, sondern auch noch vom anderen Ufer. Seine emotionale

Ausdruckskraft und seine Worte sind aber von ungeheurer Mächtigkeit, da wird mir ganz schwindlig."

„Worte sind einerlei, aber wie ist es mit den Taten im Bett?"

„Oh Lia, an sowas will ich doch jetzt gar nicht denken. Mein Intellekt und meine Seele sind irgendwie ziemlich berührt."

„Wenn ich mir die Bemerkung erlauben darf, dein Körper scheint es auch zu sein?"

„Das sind wahrscheinlich nur die Entzugserscheinungen nach der langen Beziehungspause seit der Trennung von Larissa. Jegliche Form der Berührung löst da bestimmt etwas bei mir aus."

„Hm, schon möglich. Doch wie kann ein so junger Mensch solch ein intensives Erlebnis bei dir auslösen?"

„Das habe ich mich auch schon gefragt. Ich glaube, er hat eine gewisse Begabung. Und die würde ich bei ihm gerne weiter zutage fördern und ans Licht bringen. Hab schon überlegt, ob ich ihn für ein Literaturfestival in einigen Wochen gewinnen kann. Er würde sicher genial da hinpassen."

„Aber du willst ihn nicht näher an dich heranlassen?"

„Wo denkst du hin? Nee, da halte ich schön den nötigen Abstand. Bloß weiß ich noch nicht, ob ich ihm einen Korb geben kann und ihm gleichzeitig in die meerblauen Augen blicken kann, denn eigentlich sieht er – für einen Kerl – irgendwie recht drollig aus. Mit seinen goldblonden Haarsträhnen und seinen vielen Sommersprossen."

„Da werde ich hier glatt neidisch auf dich. Schicke mir doch mal ein Foto aufs Smartphone."

„Hab doch keines, ... oder warte, von der Exkursion habe ich doch einige Schnappschüsse mit dem Smartphone gemacht. Vielleicht ist er da irgendwo mit drauf. Ich checke das gleich mal."

„Du weißt aber schon, dass du immer für Ehrlichkeit plädierst, dann musst du ihm aber auch die ganze Wahrheit über dich erzählen."

„Ich weiß. Gebe dir ja Recht. Aber ich will ihn nicht traurig erleben. Das würde mir selber wehtun."

„Ach, du bist so eine Rücksichtsvolle. Mir würde das nichts ausmachen."

„Ha, ja, Du bist auch aus einem ganz anderen Holz geschnitzt meine Liebe Lia."

„Weißt du, was ich glaube: Wir sind uns ähnlicher als wir denken. Du hast eine Sehnsucht in dir, die schwer zu erfüllen ist und mein Körper sehnt sich ja nimmersatt auch irgendwie nach der perfekten Verschmelzung. Beide wollen wir ein Extrem: das Absolute in einer Liebe. Mit dem feinen Unterschied, dass ich eher die praktische, körperliche Seite betone und du mehr die abstrakte, geistliche. Das unterstelle ich einfach mal."

„Kein schlechter Gedanke, Lia. Doch wenn ich tiefer in mich hineinhorche, höre ich doch auch meinen Body nach Sinnlichkeit und vollendeter Vereinigung verlangen."

„Oho, hört, hört, das werden bei dir noch ganz neue Töne. Du überraschst mich, Shannie."

„Ja, die irische Frischluft und das Inselklima im Allgemeinen verändern mich eben."

„Dann genieße diese Frische und die Schätze, die du auf dieser Insel noch entdecken und heben kannst."

„Das werde ich tun. Das werde ich wahrlich tun. Kein Schatz ist hier vor mir sicher."

„Wahrscheinlich nicht mal dein irischer Amant...?"

31.

Back in Galway: Kelvin hat direkt nach seiner Rückkehr Vivienne aufgesucht und ihr in allen Einzelheiten von der außergewöhnlichen und eindringlichen Exkursion berichtet. Danach hat er Flynn auf seinem Smartphone angerufen und ihm das gleiche, aber diesmal die Kurzfassung, nochmal erzählt. Beide haben unabhängig voneinander bei seiner Erzählung mitgefiebert, mitgelitten und gestaunt, welche Wendung es an der Klippe genommen hat.

Heute aber ist ein Schönwetter-Tag und zugleich Mitchs 49. Geburtstag, der auf Nathans großzügiger Farm gefeiert wird. Vivian, Kelvin und Cathleen haben bei den Vorbereitungen mitgeholfen und die geräumige Scheune schmuckvoll mit Girlanden, Lampions und anderem gefälligen Dekor versehen. Dafür und für das Zubereiten der Köstlichkeiten ging fast der ganze Tag drauf.

Ethan der dritte des Brudertrios, ist extra mit seiner Frau und kleinen Tochter aus Cork hergereist. Also sind die M.E.N. wieder vereint. Neben etlichen Tanten, Onkeln, Cousins und Cousinen, sind auch eine Menge enger Freunde der O´Brienschen Sippe wie zum Beispiel der alte Connor und Flynn von und auf der Partie.

Es wird viel getrunken, herzhaft und fischlastig geschlemmt, laut gelacht und inbrünstig gespielt. Je mehr das Harp, das Guinness und die lokalen hochprozentigen Getränke den nicht austrocknenden Kehlen zugeführt werden, kennt die Geselligkeit an diesem Tag keine Grenzen. In den einsetzenden Abendstunden erleuchten zahlreiche Feuerkörbe und Fackeln den Hof.

Vivienne schaut zusammen mit Kelvin nach den vielen Pferden und Ponys auf der Weide. Einige der irischen Cobpferde, die ihr Onkel Nathan voller Stolz und mit Erfolg züchtet, kommen ans Gatter getrabt und lassen sich gerne streicheln und mit etwas Rohkost füttern. Sie haben´s wohl auf Letzteres abgesehen. Die Zwillinge kommen aber auch an anderen Tagen regelmäßig vorbei und lassen sich Gelegenheiten für herrliche Ausritte quer über das grüne Land oder entlang der auffallenden, alten Steinmauern nicht entgehen.

Leenie jedoch ist die unumstrittene Herrin auf dem Hofe und scheucht alles auf, was ihr auf ihren Runden in den Weg kommt. Aber sie macht das ganz liebevoll. Gerade leckt sie die Hand ihres Frauchens ab. Denn es sind noch Futterreste dran. Nach einigem freudigen Bellen und einer Räkelrolle auf dem Rücken springt Leenie wieder auf ihre Läufe und tobt erneut in Richtung Scheune davon, um sich die eine oder andere liebevolle und dankenswerte Streicheleinheit von den Geburtstagsgästen abzuholen.

„Leenie ist für mich mehr wie ein Teil der Familie, sie ist ein Teil von mir geworden. Wenn sie morgens mit ihrer feuchten Schnauze mein Gesicht berührt, erlebe ich ein richtiges Glücksgefühl. Besser kann ein Tag gar nicht losgehen, finde ich.", offenbart Vivienne ihrem Bruder als sie ihrer Hündin hinterherblickt.

„Ja, das glaub´ ich gern. Mir ist sie auch ans Herz gewachsen. Sie ist fast überall dabei. Und hat ein feines Gespür für die Stimmungen ihrer Mitmenschen. Sie hat mich nicht nur zum Lachen gebracht, sondern mir auch so manches Mal Trost gespendet. Und das als Hund – stell dir das nur vor."

„Mmh, ja, in der Tat. Ich weiß, wovon du redest. Aber sag mal, wie soll es jetzt eigentlich mit dir und deiner Angebeteten weitergehen? Einen Schritt bist du weiter, hast deine drei Amorpfeile platziert und Shannon weiß jetzt auch, von wem sie so angehimmelt wird. Das ist echt krass, wie du um sie geworben hast. Doch die Ernte deiner Herzenssaat ist noch ausgeblieben. Was gedenkst du zu tun und was wird wohl Shannon zu der ganzen Sache denken?"

„Ich befürchte, ich kann mich momentan nur in Zurückhaltung üben. Werde meine Referatsausarbeitung machen – so wie sie es wünscht. Habe mir überlegt meine Masterabschlussarbeit, die Thesis, an ihrem Lehrstuhl zu machen. Denn was ich mir thematisch so vorstelle, passt dort am besten hin. Prof. Higgins würde und müsste die Arbeit benoten, aber betreuen, würde sie vielleicht anteilig mit ein wenig Glück: Shannon. Dann könnte ich sogar mit ihr zusammenarbeiten und ihre Nähe erleben. Aufdrängen werde ich mich aber nicht. Bin doch ein echter Gentleman, wie du weißt."

„Hihi, ja bist du. Einer der wenigen aus unserer Generation."

„Wann ist es denn bei dir wieder an der Zeit für einen neuen Partner und Gigolo?"

„Ach, frag nicht. Mir geht´s doch gerade so prima. Heute Abend bzw. eher heute Nacht - wie ich meinen Begleiter kenne - werde ich noch mit Flynn auf die

Uni-Semesterabschlussparty gehen. Dich brauche ich ja wohl nicht zu fragen, ob du mitkommen willst, oder?!"

„Richtig, kennst mich ja. Ich helfe lieber später an Ort und Stelle das Nötigste aufzuräumen. Möchte nicht, dass Mitch, Cathleen und Nathan alles alleine machen. Apropos Cathleen, sie hat sich heute besonders hübsch zurechtgemacht, findest du nicht auch? Ob das Daddy hoffentlich auffällt? Ich würde es beiden so gönnen. Er war nun wirklich lange genug solo."

Vivienne nickt und signalisiert ihre Zustimmung. Eine Weile betrachten die Zwillinge schweigend, aber genießend die Feierszenerie an der Scheune.

Mitch kommt zu ihnen herüber, legt seine Arme auf ihre Schultern und trägt eine kleine Bitte vor:

„Hey Kinder, kommt doch nochmal rüber zu den Tischen, wir wollen jetzt zusammen Musik machen und ein paar Songs singen. Kelvin, du hast doch eine deiner Gitarren dabei und ich meine Fiedel. Nathan hat seine Pipe ausgepackt und Connor an das Akkordeon gedacht. Diverse Trommeln und Percussions sind auch mitgebracht worden. Wir können also eine tolle Session starten."

Die Zwillinge lösen sich von Nathans Pferden und trotten eingehakt bei Mitch zurück an den Geburtstagstisch, wo bereits die anderen „O´Briens and Friends" ihre Instrumente ausgepackt haben und mit dem Stimmen begonnen haben. In den nächsten drei Stunden werden allerlei Folklore, aber auch Pop- und Rocksongs zum Besten gegeben. Zwischendrin gibt es Soloeinlagen der einzelnen Instrumente, damit sich viele Nachtank-Gelegenheiten zum Knabbern und Trinken ergeben. Vivienne hat die Lead Vocal inne und animiert und begeistert die anderen, lauthals mitzusingen. Ein rauschendes Fest.

Der lustige Abend findet seinen mitreißenden Höhepunkt, als immer mehr Leute beginnen das Tanzbein zu schwingen und zu klatschen. Cathleen fordert Mitch zum Tanzen auf und er lässt es tatsächlich zu, sich an ihrer Hand in die Mitte zu führen...

Kelvin zwinkert Vivienne zu und prompt stimmen sie ein anderes Lied an: „Wasn´t Expecting That".

Cathleen und Mitch kommen sich mit ihren Körpern fassbar noch näher. Das Knistern ist offensichtlich und der reichlich angeheiterte Mitch freut sich genauso wie Cathleen – beide mit rosigen Wangen und Schweißperlen im Gesicht. So ausgelassen und fröhlich haben sie Mitch schon lange nicht mehr erlebt. Vielleicht gilt ja der von Connor oft zitierte Satz: „Die Zeit heilt alle Wunden ..."

32.

Wieder poppt eine E-Mail auf Shannons Tablet auf: Absender ist Kelvin O´Brien, diesmal mit seiner Studentenmailadresse. Er schickt ihr im Anhang seine niedergeschriebenen Worte, die er bei seinem Referatsthema „Seien Sie ein Streiter der Romantik!" an den Klippen gefunden hat und ein weiteres Anhängsel mit dem Namen „Der dritte Amorpfeil". Shannon öffnet die erste Textdatei und erkennt schon auf den ersten Blick, dass Kelvin tatsächlich den Text nahezu wortwörtlich verfasst hat.

Nun gut, denkt sich Shannon, *dann will ich mal diese Romantiker-Ausformulierung auf mich wirken lassen.* Sie kann sich noch gut an die Szene an den Dún Aengus Klippen erinnern. Es war faszinierend. Noch Tage danach stand sie unter einem besonderen Eindruck von Kelvins Rede. Sie lässt sie bis heute nicht ganz los. Wenn sie ganz ehrlich ist, hat sie sich schon auf den Text gefreut.

Und nun fängt Kelvin folgendermaßen an:

„Unter uns, über uns und vor uns und auch in uns: Wasser." *Na klar, recht hat er, Wasser findet sich überall.* „Alles fließt zusammen und sowohl das salzige, als auch das süße Wasser sind zum Überleben auf diesem Planeten vorgesehen." *Ich habe das Salz und die Süße an meinen Fingerspitzen gehabt. Später habe ich sie an meinen Lippen abgewischt und den Geschmack werde ich nie mehr vergessen.* „Es ist im Fluss, im Lebensfluss und ein wunderschöner Fluss – nämlich der größte Fluss Irlands - trägt Deinen Namen: „Shannon!" *Ja, da hatten meine Eltern eine sonderbare Eingebung, mir den Namen des bekanntesten Irlandflusses zu geben. Ich kenne keine andere Person mit diesem Namen – wobei eine Ausnahme gibt´s: In einer amerikanischen TV-Serie Anfang der 90er - da spielte die Shannon Doherty eine Hauptrolle in Beverly Hills 90210 ... Aber das liegt schon eine halbe Ewigkeit zurück. Ansonsten kenne ich niemanden, der Shannon heißt.* „Darauf habe ich ein Semester gewartet. Vor dir zu sein und vor dir zu sprechen." *Hier hatte ich noch keine Ahnung, worauf Kelvins Rede abzielte und meine Aufmerksamkeit galt voll und ganz Kelvin O´Brien.* „Shannon, dieser Name ist eine Verheißung. Weißt du, welche Bedeutung mein Name hat?" *Ha, inzwischen weiß ich sie!* „Ich will es dir gerne verraten: Kelvin bedeutet so viel wie: „vom nahen Fluss". Manch einer würde hier vielleicht schon eine Verbindung sehen. Mein spiritueller Kern sieht das unumstößlich so. Shannon?!, darf ich kurz Deine Hand in meine legen?" *Er hat es tatsächlich gewagt: Mut hat er, dass muss man diesem Kerlchen echt lassen! Seine warme Hand spürte ich in der meinen und eine innere Regung ging in mir los.*

„Nie werde ich das vergessen. Dieses Gefühl, wie deine zarte Hand in meiner liegt. Dies Gefühl ist unbeschreiblich. Eben habe ich elektrische Impulse in meinem Körper gespürt und jetzt spüre ich ein Kribbeln des Glücks und der Vollendung. Das hängt alles definitiv mit dir und deiner Hand zusammen." *Ich habe auch etwas gespürt, etwas das nicht normal war und das mich nicht mehr loslässt. Eine fremde Sehnsucht ist geweckt - nach diesem Gefühl, das sich in mir breitgemacht hat. Würde das zu gerne ständig spüren.*

„Shannon, ich wollte dir in meinem Vortrag einen absoluten Romantiker präsentieren. Das ging leider nicht. Ich habe drei Pfeile des Amor zur Verfügung. Der erste, eine Sentenz der Sehnsucht, hat Dich vielleicht gar nicht erst erreicht. Der zweite, eine deutsche Gefühlsoffenbarung, womöglich auch nicht. Jedenfalls der Streiter der Romantik sollte mein letzter Amorpfeil an dich gerichtet sein..." *DAS habe ich nicht gewusst! Mir war das einfach nicht klar. Ich bin von anderen Voraussetzungen ausgegangen. Dachte immer eine Frau müsse die Zeilen verfasst haben. Und sie haben mir ungemein geschmeichelt.*

„...vielleicht denkst du, dass sich jemand zum Deppen macht." *Ganz und gar nicht mein Lieber, deine Offenheit, dein Mut und deine Gabe... ich bewundere das sehr.*

„Ich bin es, der voller Bewunderung ist. Für dich. Für deine Lieblichkeit, deine Schönheit im Körper und im Geiste. Du bist mir so Eine. Eine, die ich nie zuvor gekannt habe. Eine faszinierende Frau und ich bin mir bewusst, dass ich nicht in deinem Kopf so herumspuke, wie du in meinem." *Das hat sich inzwischen von Grund auf geändert. Habe mehr als ich wollte, an dich gedacht.* „Deshalb will ich der Gerechtigkeit und Gleichberechtigung wegen dir gerne anbieten, dass du mich näher kennenlernen kannst." *Klar, kennenlernen könnte man sich ja – obwohl da habe ich gleich Bedenken, wenn ich an die Dozentin-Student-Situation erinnere.* „Unverbindlich natürlich, damit du verstehst, warum du das Beste in mir weckst und wie es in mir aussieht. Vielleicht lässt Dich das selber in einem neuen Licht erstrahlen. Eventuell kann ich mit meinen bescheidenen Möglichkeiten, aber voller Herzblut und innigster Hingabe das Beste in dir wecken. Obwohl du bereits die Beste bist - und das strahlst du auch aus – können wir gemeinsam in ungeahnte zwischenmenschliche Tiefen eintauchen und das verborgene Tor zu einer neuen Dimension der – ja, ich will es so nennen – der Liebe freischaufeln und öffnen." *Er zieht alle Register. Er geht so geschickt vor, er hat etwas und ich nehme ihm seine Gefühle und Worte wirklich ab. Wer würde da nicht weich werden? Na ja, Bewegtsein ist das eine – Verliebtsein ist nochmal etwas ganz Anderes.*

„In meinen Träumen habe ich dich schon tausende Male als eine Botschafterin der Schönheit, als eine wahre Schönheitsstrahlerin gesehen." *So hat mich noch nie jemand gesehen. Wieso habe ich solch eine Wirkung auf einen Mann? Klar, männliche Umwerbungen kenne ich durchaus, aber nicht mit so einer Poesie!* „Wenn ich dich hier vor mir betrachte, dann übersteigt es meine Träume und Vorstellungskraft.

Ebenso bin ich mit den bekannten Superlativen am ausgereizten Ende: Die Alleraller-Schönste bist du. Mit meinen Augen sehe ich die, die ich am meisten in meinem Leben begehre. Dich, liebe Shannon." *Ja, ja, die liebe Shannon hat gerade ihre liebe Not dieses innere Chaos in sich zu klären. Da geht es drunter und drüber.*

„Du bist meine Herzensdame." *Und du bist ein Herzbube, das ist glasklar! Du verstehst es Herzen zu berühren – so wie kein anderer, wage ich zu behaupten!*

„Du brauchst jetzt nichts zu sagen. Denn ich bin mir bewusst, dass ich dich gerade völlig überrasche." *Tja, die Überraschung ist dir gelungen, mein Lieber!* „Darauf bist du nicht vorbereitet gewesen. Ich so auch nicht. Ich hätte nicht gedacht, dass ich mit Kraft zu dir sprechen kann. Aber es funktioniert. Das hat dein Handgriff bewirkt. Ist das nicht irgendwie magisch? Und diese Magie passt doch wie ersonnen an diesen Ort." *Einen besseren Ort hätte es dafür nicht geben können. Die Unbändigkeit der Elemente und dann dieser gewaltige, eindrucksvolle Auftritt von Kelvin – das ging ins Mark und zeigt, dass schon die alten Kelten mit Sicherheit ihre besonderen Rituale an so extravaganten beziehungsweise exponierten Plätzen hatten...*

„Shannon, you are my dear Mylady! Ich würde dich zu gern kennenlernen. All Deine Facetten. Dich aus dem Traum in die Wirklichkeit treten lassen. Ich merke, dass die wirkliche Shannon noch schöner, noch lieblicher und noch liebenswerter ist, als ich mir das in den vergangenen drei Monaten ausgemalt habe." *Wenn du wüsstest, ich bin auch nur ein Mensch. Gewöhnlich.* „Eigentlich habe ich nicht nur drei Monate, sondern mein ganzes Leben am Bild meiner

Traumfrau gemalt. Dass du das in der Realität noch überbietest, hätte ich niemals für möglich gehalten. Du bist ein hundertfaches WOW wert*!!!"* *Du bist es auch wert und deine Texte sind es noch um vieles mehr wert, gehört, beachtet und bewundert zu werden! Mich rühren deine Worte sehr, mir kommen fast die Tränen. So lieb hat mich noch kein Mensch angesehen. Deinen Blick als ich deine Tränen und die Regentropfen aus deinem Gesicht gewischt habe, werde ich nicht vergessen. Er ging mir unter die Haut. Ich hatte eine Gänsehaut und jetzt gerade schon wieder. Kelvin hat mich erreicht, das war wohl auch sein erklärtes Streiter-der-Romantik-Ziel, oder?! Ihm ist es Ernst. Daran habe ich nicht den geringsten Zweifel. Aber was macht es mit mir… Seine Worte sind seine Spezialität, sein Wegbereiter. Sein Herz berührt leicht andere Herzen, sogar meins. JA, ich muss es zugeben. Mein Herz ist berührt. Darf das überhaupt sein? Ich bin hier seine Dozentin! Und er ist ein Student, eine Art Schüler, zwanzig Jahre jünger und zudem, dass ist ein entscheidender Punkt: Er ist ein Mann. Und ich habe noch keine romantische Liebe zu einem Mann gehabt. Also, liebe Shannon, wie willst du damit umgehen? Was macht es mit dir? Offen gestanden: Ich weiß es nicht! Immer muss es im Leben schwierige Situationen geben. Obwohl einen Verehrer zu haben, empfinde ich grundsätzlich als ein Kompliment und ein Privileg. Ich weiß es zu schätzen. Doch wie soll ich mich verhalten?…*

Shannon erinnert sich jetzt erst, dass die E-Mail noch einen zweiten Text enthalten hat. Sie öffnet rasch die Datei „Der dritte Amorpfeil" an ihrem Tablet und bekommt große, staunende Augen:

„Durch die unendliche Dunkelheit der Nacht schwirrt ein Leuchtkörper und setzt sich in mein Herz und explodiert ungekannte Energie frei – alle Grenzen werden gesprengt. Ich verwandle mich in einen universalen Romantiker..." *Du bist wirklich ein wahrer Universalromantiker.* „Ich will die Grenzen meines Herzens überwinden und meinen Kritiker im Geiste stumm machen, um meiner Muße gerecht zu werden. Dazu verwandelt sich auch meine ganze Welt in eine poesiegewaltige Leidenschaft. Ich glaube an das Traumhafte, Übersinnliche und Wunderbare, das all die Menschen und ihre Sphären umgibt." *Dich umgibt auch etwas Spezielles. Daran habe ich nicht mehr den geringsten Zweifel.* „Eine Option wäre für diesen Vortrag in die Rolle und Haut eines bekannten Romantikkünstlers zu schlüpfen. Doch ich will keine Kopie erzeugen, sondern mich als wissenschaftliches Versuchsobjekt in subjektiver Methode nehmen.

Romantik ist eine Geistesbewegung und -haltung, die die Individuen und Gesellschaften durchdringt und nicht nur die Dichtung und andere Künste, sondern Philosophie, Religion, Wissenschaft, sogar Politik und so weiter beeinflusst(e). Es ist das Aufkommen eines regelrechten Stils – der sämtliche Gesellschaftssysteme berührt...

Berührung ist das Stichwort für mein Hauptthema – Das Berühren von Herzen. Zunächst das eigene." *Und das meinige auch. Hast du vielleicht mal daran gedacht, dass deine Worte etwas mit mir machen? Das kann keinen kalt lassen.* „Blut fließt durch meine Adern – dank meiner Herzpumpe. Muskeln sind am Wirken. Muskelkraft, die nicht bewusst gesteuert werden kann. Wie in der ganzen materiellen und immateriellen Welt gibt es magisches, kosmisches Wirken. Etwas das die Dinge und Ideen zusammenhält, formt und wie eine Universalmacht auftritt. Lauter

Wunder. Ganz schön verwunderlich. Weder Anfang noch Ende sind dem menschlichen Verstand bekannt – daher erträumen wir uns quasi die Realität." *Du kreierst Träume und wanderst zwischen ihnen, ist mein Eindruck. Du kannst Traumwelten erschaffen...* „Zurück zur Berührung. Wenn uns etwas berührt, werden wir eins mit der Sache und erleben das Tiefste, das die Seele erreichen kann." *Genau, das will ich haben. Diese Seelentiefe und die entsprechenden Emotionen aufleben lassen. Du sprichst mir aus meiner Seele auf eine Weise, wie ich keine besseren Ausdrücke finden kann.*

„Ich möchte heute als romantischer Streiter auftreten – eine Verkörperung einer Sache, einer Idee, eines Gefühls, die ihre Wurzel tief in meinem Inneren haben. Ich bestreite nicht, nein ich gebe zu und streite für eine Person. In meinem Fall beispielsweise für eine Frau." *Ich ahne es...* „Ich möchte nicht auf ein Streitross steigen und mit einer Lanze, um die Gunst einer Herzensdame (er)stechen. Das ist mir zu makaber...

Meine Lanze ist die der mächtigsten Universalpoesie, die jedes Herz zu sprengen vermag: Liebesworte ..." *Lauter liebliche Worte benutzt du. Du hast doch nicht vor, mein Herz zu sprengen? Es ist kurz davor zu bersten.* „Worte, die ich gerne wie einen Zauberspruch in die Welt freisetzen möchte. Worte, die durch den Äther wandern und jemandes Herz bis auf die Grundfesten liebevoll erschüttert und bewegt. Eine Rührung ist ausgelöst. Herz verbindet sich mit Seele." *Es rüttelt in mir gewaltig. Du hast eine neuartige Verbindung in mich geschaffen.* „Seite an Seite verschmilzt diese Verbindung förmlich zu einer Einheit. Aus zwei Teilen wird eins. Fortan ein gemeinsames Ziel – unter einem guten und günstigen Stern – das Herz, die Liebe und die Seele des Herzensmenschen erreichen.

Wie kann mein romantischer Wortzauber und eine erfolgreiche Liebesbeschwörung aussehen?" *Das würde ich jetzt aber auch zu gerne wissen, Herr Kelvin. Spann mich nicht länger auf die Folter.* „Worte reichen niemals aus, um dich, ja dich, meine Liebstverehrte und Herzbegehrte zu erfassen, zu beschreiben, Deine Strahlkraft zu begreifen. Alle verfügbaren Sinne kommen an die Grenzen des Fassbaren. Du bist für mich unfassbar. Unfassbar schön. Unfassbar weiblich. Durch und durch eine Frau – die allen Vergleichen standhält. Du bist eine Verkörperung der Liebenswürdigkeit." *Er kann doch nicht mich meinen. Hier ist eine Unerreichbare gemeint. Eine Traumgestalt. Wenn es wirklich so ein Wesen gäbe, ich würde es auf der Stelle lieben.*

„Doch will ich dich nicht zur Göttin machen, obwohl du gar eine bist, sondern versuchen, dich in greifbare, reale Nähe zu rücken und anschließend zu betrachten. Geht das überhaupt? Ich sehe dich gerade vor mir und meine Blutbahnen flimmern. Es ist ein einmaliger Moment und eine einzige Chance, dir meine Liebe persönlich zu gestehen. Ich will mich nicht zum Supermann schönreden oder erheben, schon gar nicht vor dir, doch eines sei dir gewiss, ich bin ein außergewöhnlicher Mann. Sowohl Zärtlichkeit als auch Leidenschaft, die Hingabe des Herzens zeichnen mich aus." *Hm, recht hast du. In dir scheint eine einzigartige Gabenkombination zusammenzukommen. Du gibst. Von Herzen.* „Es kann dir gefallen, muss es aber nicht." *Und wie mir das gefällt! Ich finde dich... ja wie finde ich dich denn, irgendwie unbeschreiblich. Mir fehlen dafür die passenden Worte...* „Das, was mir deine Aura und dein Charisma über dich verraten, macht mich sprachlos. Dabei bin ich sonst ein Mann der Worte. Ich fühle eine tiefe, emotionale und körperliche Sehnsucht nach dir. In meinen Träumen bist du meine hellste Erscheinung. Nie ging es im Traum fröhlicher und heller und bunter zu. Wenn ich dich live erlebe, wie du verschmitzt lächelst, den Kopf und dein Haar leicht nach hinten wirfst und Spannung durch deinen wunderbaren Körper fließt, dann bin ich deinen natürlichen Reizen verfallen. Es war vermutlich nicht einmal deine Absicht, aber in dir sehe ich die Liebe meines Lebens." *Nein, nein, nein, meine Absicht war das doch ganz und gar nicht.* „Mein Zustand offenbart mir, dass meine Seelenpartnerin vor mir steht. Es ist diese unglaubliche Mischung von Seele und Herz und deinem Geiste, die mich sofort ergriffen und an den richtigen Stellen gepackt hat. Du hast einen Schalter in mir umgelegt. Ich hätte das niemals von allein gekonnt und ich bin mir bereits heute sicher, dass keine andere Frau, das so sagenhaft bewirkt hätte." *Es klingt nach einem Phantasten, aber ich nehme dir trotzdem ab, was du schreibst und wie du fühlst! Du liebst und dichtest unnachahmlich aufrichtig. Gertrud von Le Fort hat Recht, wenn Sie meint: „Dichtung ist eine Form der Liebe." Das trifft auf dich ohne jeglichen Zweifel zu. Du liebst wie ein Dichtender und dichtest wie ein Liebender.*

„Zwar ist Weihnachten schon wieder vorbei, doch lege ich ein Paket unter deinen Lebensbaum. Wenn du es öffnest, siehst du mich mit meiner ganzen Lieblichkeit und voller Verzückung, da ich von deinen Augen angestrahlt werde. Ich kann dir nicht alles bieten, doch würde ich alles geben – für dich. Bin kein Raketenwissenschaftler. Sieh mich eher als eine Art modernen Poeten an. Mit Wort, Witz und Herz gestalte und verschönere ich mein Leben und mache dadurch auch meine Umwelt nachhaltig zu einer Schöneren. Schenk und gewähr mir doch die Chance, dir das zu beweisen." *Am liebsten würde ich zustimmen und um diese Beweise betteln. Bin doch so neugierig, was da herüberkommen würde.* „Du kannst dabei nur gewinnen und ich ebenfalls, es wäre mir nämlich eine aufrichtige Ehre, mich dir vorzustellen. Doch genug dieser pathetischen Worte.

Jetzt kommt der Kracher, wie du dir denken kannst. Bislang war es nur ein Vorspiel, ein anregendes Geplänkel. Ich lasse nun die Katze aus dem Sack.

Ich möchte dich nun an deiner wärmenden Hand nehmen und in deine Handfläche meine Fingerspitzen anklopfen lassen:

„Hallo – hier bin ich." Vielleicht denkst du im ersten Moment, *oh weh, das hat mir gerade noch gefehlt.* Oder bist außer Atem – so wie ich.

Doch nun verbeuge ich mich ehrerbietig und voller Zuneigung vor dir. Mein Wortschwall unterbricht. Denn ein anderer Fluss ist präsenter. Dein Fluss. Nämlich du: „Du, liebe Shannon." Jetzt ist es raus..." *Hey, wenn du vorhattest das auf Dún Aengus zu präsentieren, ich hätte das nicht überstehen können. Es hätte mich schlicht und ergreifend überfordert... Das muss man erstmal setzen lassen und richtig verstehen. Wenn ich so erfahren hätte, wer mir die Amorpfeile schickt, es hätte mich total umgehauen... Definitiv!*

„Hier lasse ich gewollt eine längere Pause, damit das bei dir sacken kann. Du brauchst auch in keinster Weise reagieren. Sieh es als ein Geschenk von mir und eine Wertschätzung deiner Person an. Dein Charme hat einfach eine faszinierend-durchschlagende Wirkung." *Dieser Bursche ist echt eine Nummer. Eine Riesennummer würde ich sagen. Jetzt bin ich noch verwirrter und berührter als nach seinem ersten Dateianhang, der Rede an den Klippen. Mit seinem geplanten dritten Amorpfeil legt er noch einen oben drauf. Er schafft es sich selbst zu übertreffen. Unglaublich! Was hat der bloß für ein Talent! Und ich, ich bin die, die seine ganze Liebe abbekommt. Womit habe ich das verdient...?*

33.

Von: **Shannon.Andersen@nuig.ie**
An: **Kelvin.O´Brien@nuig.ie**:

Betreff: Streiter der Romantik

Lieber Kelvin,

ich nenne Dich „Lieber", weil ich glaube, dass Du einer bist. Danke für die Zusendung der Word-Datei mit Deiner Ausarbeitung. Gleich zu Beginn meiner E-Mail möchte ich darauf hinweisen, dass Du den Kurs mit einer ziemlich guten Note bestanden hast. Das freut mich.

Noch mehr freut es mich aber, dass Du es tatsächlich geschafft hast, Deine Dún Aengus Ansprache mit exaktem Wortlaut wiederzugeben. Du musst ein prima Gedächtnis haben. Ich hatte das alles gar nicht mehr so im Kopf – denn der Moment Deiner Rede hat mich emotional sehr gepackt. Ich wusste gar nicht, wie mir geschieht. Meine Verwirrung und Irritation war groß und die hast Du sicherlich bemerkt. Ich hatte nicht den blassesten Schimmer, von wem die E-Mails Deiner – wie Du sie nennst – Pfeile des Amor kamen. Du hast mir damit ein großes Geschenk gemacht. Denn sie sind besonders.

Es gibt allerlei von Dir, dass mir zu denken, genauer gesagt, zum Nachdenken gibt. Deine kreative Sentenz-in-a-sentence, Dein „Annäherungsversuch" und Dein Vortrag sind allesamt einzigartige Werke, deren Tiefe und Bedeutung ich für mich noch nicht ganz verstanden habe. Das muss sich noch etwas setzen. Ich hoffe, Du kannst das verstehen.

Gerne würde ich Dir eine konkretere Antwort senden, aber zum gegenwärtigen Zeitpunkt bin ich noch nicht dazu in der Lage. Ich bin mir sicher, dass meine E-Mail für Dich unbefriedigend ist, immerhin sind Monate seit Deiner Sentenz vergangen. Aber ich möchte Dir eine klare Rückmeldung geben, sobald ich mir Klarheit verschafft habe. Es tut mir leid, dass diese E-Mail auf Dich enttäuschend wirken muss.

Was mir aufgefallen ist: Deine Worte haben einen Hang zur Genialität. Zu dieser Erkenntnis bin ich in den letzten Tagen gelangt.

Auch wenn ich Dir noch keine eindeutige Aussage geben kann, wollte ich Dich trotzdem fragen, ob ich Dich für das Galwayer Literaturfestival im April gewinnen kann. Als Repräsentant unserer Universität und unseres Fachbereichs sozusagen. Was hältst Du von dieser Idee? Du wärst auch vollkommen frei in Deiner Textwahl, es kann ein bestehender, ein neuer oder überarbeiteter Text sein. Er sollte aber immerhin von Dir kommen. Muss auch gar nicht lang sein. Aber Deine Gabe sollte gefördert werden. Dazu fühle ich mich auch irgendwie verpflichtet. Überleg es Dir und gib mir einfach in ein paar Tagen Bescheid.

Ach, was ich Dir noch sagen wollte: Du hast mich gefragt, ob wir uns kennenlernen können. Soweit möchte ich Dir mitteilen, dass ich einen Weg finden möchte, um mit Dir in Kontakt zu bleiben und so die Gelegenheit habe, Dich kennenzulernen. Es kann meinem derzeitigen Eindruck nach nur ein Gewinn sein. Die ganzen W-Fragen kann ich Dir gerade noch nicht beantworten. Vielleicht ergibt sich etwas. Und möglicherweise sehen wir uns auf dem Literaturfestival? Würde mich freuen, Kelvin, Du Streiter der Romantik!

Es grüßt Dich herzlich, Shannon

34.

Von: **Kelvin.O´Brien@nuig.ie**
An: **Shannon.Andersen@nuig.ie**

Betreff: Re: Streiter der Romantik

Liebe Shannon,

ich danke Dir für Deine Antwort. Dass ich den Kurs bestanden habe, freut mich sehr. Danke für Deine Unterstützung dabei. Ich bin mir dessen bewusst, dass ich das letztendlich nur Dir zu verdanken habe.

Deine Zeilen freuen mich insgesamt sehr. Denn sie zeigen, dass Dir meine Amorpfeile nicht ganz egal sind und bei Dir etwas auszulösen scheinen. Es würde mich auch begeistern, wenn wir uns besser kennenlernen würden. Ich hoffe darauf.

In Sachen Literaturfestival möchte ich aber lieber nicht die Uni oder den Fachbereich repräsentieren, nachdem mein letzter Vortrag vor einer Gruppe – nun ja, sagen wir, etwas verunglückt ist. Möchte mich daher etwas bedeckt halten. Jedoch fühle ich mich durch Deinen Vorschlag irgendwie geehrt. Vielleicht kannst Du mich an der Stelle etwas verstehen. Das Festival ist aber auf alle Fälle etwas sehr Besonderes. Das kann ich Dir nur wärmstens empfehlen.

Ich hoffe, dass ich Dich durch meine Absage nicht zu sehr enttäusche. Aber ich traue mir diesen offiziellen Auftritt gerade nicht richtig zu.

Mit einem anderen Anliegen, nämlich fachlicher Art, werde ich in Kürze an Dich herantreten. Will ich heute noch nicht verraten.

Ich wünsche Dir ein schönes Wochenende und sage einfach mal am besten, bis bald, oder?

Liebe Grüße,

Kelvin

35.

„Vivie, und was hältst du von Shannons Mail?",
fragt Kelvin seine Schwester auf dem Sofa in seinem
Zimmer und zeigt ihr seinen Laptop mit der geöffneten
Shannon-E-Mail.

„Ich finde, sie schreibt sehr nett. Und du hast auf
alle Fälle einen positiven Eindruck bei ihr hinterlassen. Vielleicht lässt sich auch mehr hineininterpretie-
ren, vielleicht aber auch nicht. Aber sie will dich wirklich kennenlernen. Das ist doch eigentlich genau, was
du wolltest. Für das Literaturfestival hast du ihr aber
bestimmt eine Zusage gegeben, oder?"

Kelvin verliert etwas die Fassung und antwortet:
„Nun ja, nein, habe ich ehrlich gesagt, nicht getan.
Das Gegenteil ist der Fall. Ich wollte nicht dem Druck
ausgesetzt sein, die Uni offiziell vor einer großen Men-
schenmenge zu vertreten – mit meinen Worten, meinen Gedanken, meinen Gefühlen. Nach dem Desaster
bei der Exkursion auf Inishmore habe ich auch wenig
Zutrauen in meine Vortragskünste."

„Ach, daran könnten wir ja arbeiten, oder?"

„Nein, ich möchte das nicht. Beim Festival werde
ich aber mit meiner Wordshop-Gruppe teilnehmen.
Die beiden Love-Letter-Licence-Schützlinge Annie
und Pip betreue ich an der Love Corner. Sie werden
da ihre Liebesbriefe vortragen. Ist das nicht toll? Die
sind echt heiß darauf und fiebern dem Termin entgegen."

„Hey, das finde ich aber süß und cool! Willst du
aber nicht doch für Shannon etwas vortragen? Ich
meine, sie hat doch Recht, dass du schreiben kannst,
wie kein Zweiter. Ein Meister der Worte bist du. Sie
würde sich sicher sehr freuen, wenn du mitmachst."

„Mag schon sein, aber ich will es einfach nicht."

36.

Von: **Vivienne.O´Brien@nuig.ie**
An: **Shannon.Andersen@nuig.ie**

Betreff: Literaturfestival in Galway

Sehr geehrte Shannon,

wir kennen uns nur flüchtig aus dem Pub „The Golden Sham-rock": Da wolltest Du nämlich ein Autogramm von mir haben. Das habe ich nicht vergessen und fand ich im Übrigen sehr lustig.

Und Du kennst meinen Bruder Kelvin. Das ich Dir hier schreibe, weiß er natürlich nicht. Ich weiß von ihm, dass Du ihn für das Literaturfestival gewinnen wolltest und er hat mir erzählt, dass er Dir eine Absage erteilt hat. Ich habe alles versucht, ihn umzustimmen. Aber keine Chance. Das ist schade.

Dennoch betreut er zwei Kinder, die am Samstag an der Love Corner etwas vortragen. Etwas, das sie bei Kelvin erarbeitet und gelernt haben. Denn er hält in seiner Freizeit sogenannte *Word*shops. Ich dachte, vielleicht hast Du ja Zeit und Lust und schaust mal an der Love Corner vorbei und kannst live erleben, was mein Bruder so auf die Beine gestellt hat – in Sachen Literatur meine ich.

Wir sehen uns eventuell mal wieder im Pub, wenn Du magst?

Schöne Grüße,
Vivienne O´Brien

37.

„So, Annie und Pip, wie fühlt Ihr euch? – Gleich seid ihr dran." fragt Kelvin seine beiden jüngsten Schützlinge, neben der kleinen erhöhten und bunt geschmückten Love-Corner-Bühne. Es ist der Haupttag des Literaturfestivals und die Menschen strömen durch die Gassen und lassen sich vom Zauber der Literatur an diesem Wochenende anstecken. Es finden viele Vorträge, Lesungen, Diskussionen, Beiträge statt. Hier an der Love Corner dreht sich alles um das Thema Liebe.

Kelvin tritt nervös an das Rednerpult und gibt eine kleine Einleitung zu dem L-L-L-Projekt. „In intensiver Arbeit haben die beiden Kids Annie und Pip in einem Workshop zum Thema Liebesbriefe Begeisterung und Herzblut gezeigt. Sie wollten heute beide unbedingt ihre Liebesbriefe vortragen. Sie haben ihre Liebesbotschaften bislang noch nicht veröffentlicht. Daher bitte ich um einen großen und tosenden Applaus für den Mut von Pip und Annie, die hier uns an ihren Gefühlen teilhaben lassen werden! Viel Vergnügen!"

Hunderte von Leuten sind stehengeblieben und klatschen begeistert, während Pip und Annie auf die kleine Bühne klettern und Kelvin hilft Pip das Mikrofon auszurichten und einzustellen. Unter den Zuschauern befindet sich auch Shannon, die es sich nicht nehmen lässt, Kelvins Kids zuzuhören. *Fantastische Idee, Kindern bei der Erstellung von Liebesbriefen zu unterstützen. Mensch, Kelvin, wie toll ist das denn?!*

Pip fängt an, seinen Liebesbrief vorzulesen:

„Liebe Annie,

und fehlen dir jetzt die Worte? Ich habe in unserem Kurs nie verraten, an wen ich meinen Love Letter schreibe. Ich dachte mir, dass es dich vielleicht erfreuen würde, wenn ich dir schreibe.

Heute ist also der große Tag, an dem ich endlich mein Geheimnis lüften kann. Nicht einmal Kelvin wusste das.

Ich finde dich total klasse. Auch wenn du manchmal ganz schön nerven kannst und ich mir immer noch vorstelle, mit dir ins Legoland zu fahren, hoffe ich, dass ich dein Herz erobern kann. Denn meins ist deins.

Das du auch toll aussiehst, wollte ich dir auch schreiben. Deine Brille stört mich gar nicht. Sie macht dich irgendwie noch schlauer.

Wir kennen uns noch nicht sooo lange. Nämlich seit diesem Workshop von Kelvin. Ich habe mich da gleich in dich verliebt und wusste von Anfang an, dass ich dir meinen Love Letter widmen wollte. Die wichtigste Frage des Tages oder meines Lebens ist:

Willst du mit mir gehen?

Du darfst aber nur mit „JA!" antworten.

Lass uns gemeinsam durch die Gassen ziehen und ein Eis kaufen.

Gerne will ich dich einladen. Habe extra etwas Geld zusammengespart.

Und was hältst du von meinem Love Letter? Bekomme ich die Triple-L-Lizenz?

Ich denk ganz oft an dich.

In Liebe.

Dein Pip!"

Die Menge ist völlig aus dem Häuschen und ruft laut Pips Namen und lässt ihm langen Jubel zuteilwerden.

Kelvin tritt ans Mikrofon:

„Danke Pip, für deinen Mut und deinen tollen Liebesbrief. Damit hast du echt für eine Riesenüberraschung gesorgt. Dann wollen wir jetzt Annie ans Mikro lassen, oder?" fragt Kelvin an die Zuschauer gewandt.

„Annie, Annie!" ruft die Menge.

Annie stellt sich ans Pult und beginnt mit dem Vorlesen ihres Liebesbriefes:

„Lieber Jeremy,

Du bist natürlich nur eine Erfindung von mir. Denn ich kenne gar keinen Jeremy. Ich habe diesen Brief für jemand sehr besonderes geschrieben, der aber manchmal ziemlich frech zu mir war.

Dennoch fand ich, dass er der beste Kandidat für meinen Liebesbrief wäre. Denn so viele gescheite Jungs gibt´s auch nicht.

Ob du meiner würdig bist, weiß ich nicht genau, trotzdem habe ich mir dich ausgeguckt:

Lieber Pip!

Dir möchte ich sagen, dass ich zwar nicht ins Legoland will, aber eine Insel würde ich gerne mit dir erkunden.

Deine blauen Augen gefallen mir sehr und du bist auch nicht kleiner als ich. Alles wichtige Dinge für eine Frau wie mich.

Ob du dich auch in mich verliebst, weiß ich nicht. Hoffe aber, dass du es dir überlegst. Soweit ich den Eindruck bei unserem Wordshop hatte, hast du zurzeit keine Freundin.

Ich wäre zu haben. Was meinst du?
Sag ja oder ja oder einfach nur ja, liebe Annie, dich will ich lieben und ehren...

Das wäre eine tolle Antwort von dir.

In freudiger Erwartung, deine Annie"

Annie fügt noch hinzu, dass sie Pips Brief nicht gekannt hat. Pip kommt zu ihr ans Mikro und gibt ihr einen leichten Kuss auf die Wange.

Die Menge klatscht und ruft bewegt: „Oooohh!!"

Pip und Annie halten sich an der Hand und sprechen in der Love Corner:

„Lieber Kelvin, danke für diesen tollen Kurs. Aber wir finden du solltest, jetzt auch noch etwas zu deiner Angehimmelten sagen. Du hast uns zwar nicht verraten, wie sie heißt, aber wir wissen, dass es da jemanden gibt. Wir stehen hier in der Love Corner und jetzt bist du mal an der Reihe, oder?!"

„Kelvin, Kelvin, Kelvin!", rufen die Zuschauer.

„Eigentlich wollte ich diese Bühne nicht länger als unbedingt nötig betreten. Doch ihr zwei habt es mir vorgemacht, wie mit doppeltem Mut herangegangen werden sollte, nämlich zum einen in aller Öffentlichkeit und zum anderen mit eurer Offenheit, über eure Gefühle zu sprechen. Ich ziehe meinen imaginären Hut vor euch beiden. Habt ihr wirklich großartig gemacht! Bin sehr stolz auf euch. Jetzt bringt ihr mich mit eurer Bitte aber in eine wirklich schwierige Situation. Ich habe keinen Text dabei, den ich ablesen und vortragen kann. Dennoch sind wir hier an der Love Corner und ich kann nicht leugnen, dass ihr recht habt: Es gibt jemanden, die ich wirklich verehre. Da sie wohl gar nicht hier ist, kann ich euch erklären, wie wundervoll sie ist. Wäre sie jetzt hier, dann würde ich sie höchstwahrscheinlich in Verlegenheit bringen. Dann würde ich jetzt auch lieber nicht meinen Mund aufmachen. Da ihr, Pip und Annie", Kelvin zeigt dabei auf die beiden Kids. „Und ihr alle", nun deutet er mit einer ausladenden Armbewegung auf die

Menschentraube vor der Bühne. „Schon mal hier seid, will ich versuchen, etwas zu improvisieren. Vorab ist es wohl überflüssig zu erwähnen, dass ich täglich an sie denke." Die Zuschauer kichern.

„Also gut, dann lege ich los:

Oh holde Shannon-Maid,

so liebenswürdig habe ich dich erlebt. Und obendrein umgibt dich viel Witz und Charme, dem ich immer, wenn ich dich sehe, erliege. Da schwirren in mir die Schmetterlinge und sausen hin und her. Das ich dich vergöttere ist für dich seit kurzem nicht mehr neu. Neu ist für mich, die gereifte Erkenntnis, dass du meine absolute Traumfrau bist. Und das schier Unglaubliche ist dabei, du existierst in aller Wirklichkeit. Ich habe noch nicht viele Gelegenheiten gehabt, um dir näher zu kommen, mich dir näher zu bringen. Doch euch will ich heute verraten, wie es ist, seiner irdischen Traumfrau zu begegnen.

Nichts Schöneres kann ich mir vorstellen. Sie ist ein Wesen von höchstem Liebreiz, als ob sie aus einer anderen Welt stammt, doch ist sie zugleich real und lebt sogar zurzeit in dieser schönen Stadt – meiner Heimat...

Manches Mal musste ich mir schon meine Augen reiben, um mich zu vergewissern, ob ich dich – Shannon – wirklich sehe. Und ja, du warst jedes Mal vor mir. Dein Lachen und deine klangvolle Stimme hallen immer noch in mir nach. Du bist ein Abbild der natürlichen Schönheit. Du verstellst dich nicht und bist mit deiner gesegneten Ausstrahlung ein leuchtender Stern unter uns. Wahrscheinlich denkt ihr jetzt, ja der Kelvin übertreibt da gerade ein bisschen, doch so ist das, wenn man verliebt ist.

Wenn sie hier vor mir stünde, würde ich sie fragen, ob wir ein Date ausmachen wollen, uns einfach mal außerhalb der Universität treffen und einander kennenlernen wollen. Ich würde sie fragen, was sie davon hält und ob..."

Von weit her ruft eine Frauenstimme: „JA, Kelvin, du bekommst dein Date!"

Kelvin kneift seine Augen etwas zusammen, um in der Ferne der hinteren Zuschauer erkennen zu können, dass da Shannon steht und zu ihm gesprochen hat. *Wen habe ich da gerade gesehen? Shannon ist hier?? Wie kommt die denn hierher? Dann hat sie meine Stehgreifrede mitbekommen – oh wie peinlich... Aber sie hat doch gerade herübergerufen, dass ich mein Date mit ihr bekomme?! Ist das wirklich war? Träume ich das Ganze nicht?*

„Äh, hallo Shannon!..." Inzwischen haben sich die anderen Zuschauer nach Shannon umgedreht und wundern sich über den über ihren Köpfen hinweg getragenen Dialog.

„Echt jetzt, ich bekomme ein Date mit dir, ja?"

Shannon nickt.

„Okay, dann brauche ich jetzt einen Drink. So, Leute, meine kleine Rede kürze ich nun abrupt ab, denn sie hat einen unverhofften Verlauf genommen, den ich nie hätte erahnen können. Ihr entschuldigt mich bitte."

Kelvin klettert von der Bühne herunter. Pip und Annie, die sich immer noch an der Hand halten, sprechen ins Mikro: „Kelvin jetzt musst du aber auch zu Shannon gehen und ihr einen Kuss geben – so wie Pip bei mir."

Die Menge brüllt: „Kuss, Kuss, Kuss!!"

Kelvin will schon mahnend den Zeigefinger in Richtung seiner beiden Wordshopteilnehmer heben, besinnt sich aber eines anderen und ein Schmunzeln überkommt ihn. Er bahnt sich einen Weg bis zu Shannon und freut sich, sie so nah vor sich zu sehen.

„Du gestattest? Ich sollte der Aufforderung von Annie wirklich Folge leisten, du verstehst das doch sicher."

Shannon grinst: „Ja, da habe ich vollstes Verständnis."

Daraufhin schürzt Kelvin seine Lippen und gibt Shannon einen kleinen Kuss auf die honigmilchduftende Wange, aber nicht zu kurz, sondern lang genug, um den vollendeten, süßlichen Geschmack ihrer Wange wahrzunehmen.

Die Festivalgäste klatschen und es raunt ein „Ooooh" über den Platz.

„Wir dürfen vorstellen: Das neue Traumpaar dieser Stadt: Shannon und Kelvin!", rufen Pip und Annie recht verwegen ins Mikro. Den Festivalbesuchern geht ausnahmslos eine Gänsehaut durch den Körper. Denn diese Veranstaltung an der Love Corner hat sie alle überwältigt. Das war so herrlich ergreifend!

38.

Beeindruckend, die niedlichen Liebesbriefe von Annie und Pip. Sie haben schöne Gedanken festgehalten. Auf dem Festival hat sich gezeigt, dass Kelvin ein ziemlich gutes Händchen im Umgang mit Kindern hat. Ich finde das so eine schöne Sache, wie er mit ihnen zusammenarbeitet. Und das Ergebnis kann sich wirklich sehen lassen. Wenn man bedenkt, wie jung diese Kids erst sind.

Shannon sinniert am Abend über den heutigen Nachmittag. Sie kommt frisch aus der Badewanne und ihre noch feuchten Haare sind etwas durcheinander. Sie hat es sich in ihrem Loft gemütlich gemacht, bei Kerzenschein einen heißen Kakao in eine große Boule-Tasse eingeschenkt und ganz legere Wohlfühlklamotten übergeworfen. Um den Abend zuhause zu verbringen. Dem Aufruf aus Vivienne O´Briens E-Mail ist sie gefolgt und konnte noch rechtzeitig die Love Corner auf dem Literaturfestival erreichen. Bewusst weit hinten gestanden, damit sich Kelvin nicht erschreckt.

Und wieder einmal hat er besondere Worte gefunden, dass aus mir das mit dem Date so herausgerutscht ist. Aber so ganz überraschend kam das ja nicht, liebe Shannon, oder? Du hast dich doch schon vorher dafür entschieden – sonst wäre dir das nicht so unüberlegt über die Lippen gekommen. Aber einen Rückzieher kann ich nun mit hunderten von Zeugen nicht mehr machen. Aus der Nummer kommst du nicht mehr raus...

Dass die Kids und das Publikum einen Kuss fordern würden, hätte ich im Vorfeld nicht einmal ansatzweise erahnen können. Jetzt sind wir schon das neue „Traumpaar der Stadt". Dabei gab es ja nur einen gehauchten Kuss auf meine Wange. Danach haben Kelvin und ich uns wieder rasch voneinander gelöst. Wir haben auch kein weiteres Wort gewechselt und sind schweigend unserer Wege gegangen. Doch seinen freudigen Gesichtsausdruck sehe ich noch vor mir. Seine großen blauen Augen. Ich musste echt aufpassen, nicht in ihnen zu versinken.

So, jetzt habe ich also ein noch nicht terminiertes Date mit einem gut zwanzig Jahre jüngeren Mann, der zugleich auch noch Student bei mir war. Das darf doch nicht wahr sein. Irgendwas läuft da doch gerade völlig aus dem Ruder. Diese Insel und ihre eigenwilligen Bewohner, sie bringen einiges in mir durcheinander. Sie stellen mich auf den Kopf... Dabei bin ich sonst eine Frau, die weiß, was sie will. Und hier stelle ich mich und meinen Kern auf einmal in Frage... Ist das vielleicht schon so eine Midlife Crisis? Aber wie in einer richtigen Krise fühle ich mich gar nicht... Meine Stimmung ist eher hochjauchzend als betrübt. Nein, hier geschieht etwas Anderes mit mir. Ich glaube, es hat was mit der irischen Mentalität zu tun und wie sie tief verborgene Gefühle erreicht. Mein Wunsch ist es ja, das Mysterium der irischen Seele besser verstehen und durchschauen zu können. Gerne würde ich auch Kelvins Kunst der Poesie beherrschen. Ich könnte mich ja bei einem seiner Wordshops anmelden. Warum nicht sogar im Love-Letter-Licence-Kurs? Warum eigentlich nicht? Da könnte ich unter Umständen die Poesiekunst von der Pike auf lernen. Das lernt man nämlich nicht in einem Germanistikstudium. In mein Gefühlschaos könnte das sicherlich auch wieder dringend nötige Ordnung bringen.

Shannon reißt sich aus ihren Gedanken und schaut sich im Heimkino den Film „City of Angels" an. Der ist so schön traurig. Sie hat diesen Streifen zwar schon ganz oft gesehen, aber jetzt hat sie wirklich große Lust darauf, ein paar seelenreinigende Tränen zu vergießen. Das braucht sie oft genug und ist sehr dankbar, zu solchen Regungen fähig zu sein. Drückt es doch pure Menschlichkeit und Empathie aus. Das ist für sie wie ein Geschenk.

39.

Ich habe sie geküsst, ich habe sie geküsst, ich konnte sie küssen. Wie crazy ist das denn? So unerwartet. Ich war doch nur wegen Pip und Annie an der Love Corner. Das ich dann selber noch ranmusste, hätte ich im Leben nicht gedacht. Als die Kids und die Menge einen Kuss gefordert haben, war ich wie in einem Tunnel und habe die Gelegenheit gleich beim Schopf gepackt und bin direkt zu Shannon geeilt. Meine Lippen auf ihrer Wange... als ob sie genau da hingehören. Sie duftet so verführerisch, dass ich mir wie in einem Märchen aus 1001 Nacht vorkam. Und ihr Wangenaroma auf meinen Lippen, das hat Suchtcharakter. Ich möchte mehr davon. Immer und immer wieder. Jeden Tag. Und jede Nacht vorm Einschlafen. Es ist wie ein Elixier des Lebens. Ich liebe diese Frau. Ich liebe sie von ganzem Herzen und aus tiefster Zuneigung. Es stellt sich für mich überhaupt nicht mehr die Frage, ob ich in Shannon verliebt bin oder nicht. Ich bin es. Bin ihr mit Haut und Haar verfallen.

Jetzt hat sie mir ein Date versprochen. Zwar haben wir nichts ausgemacht, doch hätte sie mir – wenn sie es nicht ernst meinen würde – doch gar nicht zurufen müssen, dass ich das Date bekomme. Schon irgendwie krass, da gelingt es mir, eine doppelt so alte und reife Frau, obendrein noch bildhübsch, zu einem Treffen zu bewegen. Würde mich ja wirklich mal interessieren, was bei ihr den Ausschlag dazu gegeben hat. Waren es die Amorpfeile? War es die Stimmung an der Love Corner? Oder ist es mein unwiderstehlicher Charme? Hihi. Na ja, als Charmebolzen habe ich mich ja nie gesehen. Aber womöglich habe ich versteckte und ungeahnte Talente.

Nun heißt es aber, eine gute Location für das Date zu finden und dort einen ebenso unwiderstehlichen Eindruck zu hinterlassen. Allein bei dem bloßen Gedanken, Shannon bald wiederzusehen, steigt meine innere Fieberkurve. Werde richtig aufgeregt.

Gleichzeitig kann ich mir in den nächsten Tagen Gedanken für meine Masterabschlussarbeit machen. Eine grobe Themeneingrenzung, die ich Shannon vorlegen kann. Doch aufgepasst, Kelvin: Achte auf die Trennung von Studium und Privatleben. Wenn das man so einfach wäre. Doch im Seminar habe ich Shannon meist schon als Dozentin empfunden. Natürlich habe ich auch für sie geschwärmt, doch war das hauptsächlich in meiner außeruniversitären Freizeit. Wenn es Shannon genauso gelingt, Beruf und Privatleben zu trennen, dann sehe ich eigentlich keinen Grund, warum sie nicht meine Masterarbeit betreuen könnte. Mal sehen, wie sie das sieht.

Doch zunächst muss ich Vivie finden. Dad meinte beim Frühstück heute Morgen, dass bald wieder ein Auftritt auf der Bühne ansteht – als Twin Power. Ein bisschen vorher proben, wäre da nicht schlecht. Am besten schnappe ich mir jetzt gleich meine Akustikgitarre und spiele etwas vor mich hin. Ab auf die leere Bühne im Pub, da steht auch ein Verstärker, so dass ich ein bisschen mehr Wumm im Sound habe...

Während Kelvin den Musiksaal der Familie O´Brien betritt, fällt sein Blick auf die zugedeckte Harfe seiner Mutter. Kelvin geht zu dem Sockel und bleibt für einen Augenblick regungslos davorstehen. Er greift nach dem weißen Tuch, will es wegziehen, doch er lässt wieder davon ab, schüttelt den Kopf und murmelt: „Nein, noch nicht, Mum. Noch nicht." Kelvin ist der einzige der O´Briens, der das Harfenspiel annähernd so gut beherrscht wie seine verstorbene Mutter, wie ich. Sie hat es ihm schon früh beigebracht und schnell stellte sich heraus, dass er ziemlich talentiert ist. Seine Mum war übrigens über die Grenzen des County Galway hinaus bekannt für ihre Harfenmusik. Kelvin hat sich seit ihrem Tod nie wieder an die Harfe herangewagt. Er hat es immer damit begründet, dass daran zu viele Erinnerungen an seine Mum verbunden sind.

Also geht er zu seiner Akustikgitarre, stimmt sie, steckt das Kabel des Verstärkers ein und beginnt mit dem Gitarrenintro von „More Than Words". Die Musik trägt ihn davon, vielmehr sogar zurück in eine Zeit als seine Mum noch lebte. Er hat den Verstärker recht laut aufgedreht, so dass ihm entgeht, wie sich Vivienne ins Zimmer schleicht. Als er das Lied zu Ende gespielt hat, klatscht sie und meint: „Na, hier bist du. Ich habe in den sozialen Netzwerken von deiner gestrigen Aktion gelesen."

„Was für eine Aktion meinst Du?"

„Na, dass du und Shannon jetzt das neue Traumpaar der Stadt seid."

„Oh je, dieser Wirbel wird ihr bestimmt nicht so recht sein."

„Deine Wordshop-Schüler haben sich geküsst..."

„Ja, richtig süß die Beiden."

„Und...?"

„Was und?"

„Und du... und Shannon... angeblich ihr auch?"

„Na ja, ich habe ihr einen Kuss auf die Wange gehaucht."

„Du gehst aber ran. Hihi. Dann entwickelt sich bei dir doch alles gerade nach deinen Vorstellungen?"

„Es gibt irgendwie ständig überraschende Wendungen, mit denen ich nicht rechne. Sollte vielleicht die Dinge mehr auf mich zukommen lassen – anstatt mir immer so einen Kopf zu machen. Dad meinte übrigens, dass wir in den nächsten Tagen mit dem nächsten Auftritt dran sind. Willst Du heute noch mit mir proben?"

„Na klaro, Kelvie! Am besten schon jetzt gleich. Wie heißt es doch so schön, was du heute kannst besorgen, das verschiebe nicht auf morgen! Und ich habe morgen eh ein paar Dinge um die Ohren. Daher würde es jetzt sehr gut passen."

„Ist mir recht. Habe mich eben eingespielt. Könnten also direkt mit „To Be With You" beginnen."

„In Ordnung. Dann leg mal los, Brüderchen. Lass die Saiten erklingen."

40.

Von: **Shannon.Andersen@nuig.ie**
An: **Kelvin.O´Brien@nuig.ie**

Betreff: Unser DATE

Lieber Kelvin,

mit großer Begeisterung habe ich die Liebesbriefe Deiner Workshop-Kinder beim Literaturfestival aufgenommen. Das habt ihr wirklich super gemacht. Und Pip und Annie waren ja wirklich zu süß und am Ende ein Herz und eine Seele.

Ich habe Dir an der Love Corner ein Date versprochen, nachdem ich in meiner letzten E-Mail schon angekündigt habe, dass ich gerne den Kontakt zu Dir aufrechterhalten möchte.

Nun ist es also an uns, ein Treffen auszumachen. Ich könnte nächste Woche Freitag oder Samstag. Wie sieht es bei Dir aus? Und wo sollen wir uns treffen? Ein Blind-Date ist es ja nicht, da wir uns schon kennen, deshalb brauchen wir auch kein Erkennungszeichen.

Ich hoffe, Du machst Dir keinen allzu großen Kopf darüber, dass Du mich geküsst hast. Obwohl ich heute von ein paar Kollegen darauf angesprochen wurde. Die haben im Internet mitbekommen, dass wir zwei als neues Traumpaar der Stadt gelten. Wie schnell so etwas heutzutage die Runde macht, ist einfach erschreckend. Aber damit müssen wir umgehen.

Dir wünsche ich eine schöne Restwoche.

Über Deine Rückmeldung freue ich mich sehr.

Liebe Grüße,

Shannon

41.

Von: **Kelvin.O´Brien@nuig.ie**
An: **Shannon.Andersen@nuig.ie**

Betreff: Re: Unser DATE

Liebe Shannon,

ja, Annie und Pip waren der Knaller, aber „wir" waren auch nicht schlecht, finde ich. Deine Dating-Botschaft hat mich überwältigt. Zu Deiner Frage, wann und wo wir unser Date stattfinden lassen wollen, habe ich folgenden Vorschlag:

Freitag wäre mir lieber, da die Twin Power Samstag einen Auftritt hat. Als Location würde ich das Café „Daily´s" am Atlantic Boulevard empfehlen. Die haben eine stimmungsvolle und gemütliche Einrichtung, mit zahlreichen Ecken und Nischen, wo man sich gut ungestört unterhalten kann. Wenn das Wetter extrem gut mitspielt, können wir uns auch draußen hinsetzen. Allerdings lässt die Wettervorhersage eher maue Temperaturen erwarten. Aber lassen wir den Tag einfach auf uns zukommen. Sind noch fünf Tage!

Habe ich eigentlich schon erwähnt, dass ich mich sehr freue, Dich wiederzusehen?! Für mich ist das bevorstehende Treffen mit Dir eine regelrechte Ehre. Vielleicht verstehen wir uns erneut so gut, wie an den Klippen von Dún Aengus auf Inishmore? Für mich ein bedeutsamer Moment in meinem Leben. Was mich eigentlich die ganze Zeit beschäftigt, ist die Frage, was Dich letztendlich dazu bewogen hat, mir ein Date anzubieten? Ich hoffe, Du bereust Deinen Entschluss nicht. Alles werde ich daransetzen, dass Du bei unserem Treffen kein Un- sondern ein Wohlbehagen erlebst. Bist Du auch schon ein bisschen aufgeregt – so wie ich?

In einer meiner E-Mails habe ich angekündigt, mit einem fachlichen Anliegen an Dich heranzutreten. Gerne würde ich nämlich meine Masterthese am Lehrstuhl von Prof. Higgins schreiben. Da Du dazu gehörst, dachte ich, ob ich vielleicht auch mit Dir die Vorbesprechungen und Betreuung machen kann. Soweit ich gehört habe, delegiert Prof. Higgins solche Aufgaben bis auf die Benotung häufiger an seine Mitarbeiter. Ein grobes Thema habe ich auch schon:

„Die grüne Insel – eine Inspiration für deutsche Schriftsteller?"

Findest Du das ansprechend und als Masterthese geeignet? Falls nicht, was sind Deine Ideen und Gedanken dazu?

Auf Deine Antworten bin ich schon gespannt.
Ein schönes Restwochenende und überaus liebe Grüße,

Kelvin

42.

Als Musikuntermalung läuft „Reality" von Richard Sanderson und gibt Vivienne Anlass ihren Bruder zu fragen: „Na, wieder die Kuschel- und Weichspülermucke? Dann hast du bestimmt gerade an deine Shannon gedacht?"

„Ja, hast recht. Habe an sie gedacht. Was treibt dich zu mir, mein Schwesterherz?"

„Wollte dich fragen, ob du mit zum Wellenreiten fahren willst? Flynn hat den Jeep schon fertig gepackt, wir könnten in ungefähr zwei Stunden losfahren. Überleg es dir. So ein bisschen Surfen und am Strand abhängen würde dir bestimmt jetzt auch mal wieder guttun."

„Hey, gar keine schlechte Idee. Für wieviel Tage fahrt ihr ans Strandhaus?"

„Na, so bis Mittwoch."

„Okay, dann bin ich dabei. Packe nur noch schnell meine Tasche und dann kann uns Flynn aufsammeln."

Gesagt getan. Das Nötigste hat Kelvin eingepackt und lädt kurz darauf seine Sachen in den Kofferraum des geräumigen Geländewagens, den Flynn häufig fährt.

„Hi Flynn, ist eine coole Idee an den Surferstrand zu fahren. Müssen wir noch Essen und Getränke unterwegs einkaufen?"

„Das habe ich schon erledigt. War davon ausgegangen, dass du definitiv mitkommst. Sonst hätte ich dir auch die Ohren langgezogen.", erklärt Flynn.

„Unsere Tour kann dann ja losgehen.", meint Vivienne, die sich neben Flynn auf den Beifahrersitz gesetzt hat.

Das Kleeblatt macht sich auf den Weg zur McGee´schen Strandhütte, die unmittelbar an „Surfers´ Beach" angrenzt.

Trotz der vielen Wolken am Himmel ist das Trio bester Laune. Öfters im Jahr fahren die drei zum Wellenreiten an unterschiedliche Spots. Doch der bevorzugte ist „Surfers´ Beach", weil das ihr Heimrevier ist.

Nach einer kurzen Fahrt erreichen sie die holprige Piste, die zum Strandhaus führt und laden kurz darauf ihre Sachen aus. Einige Boards sind stets am Strandhaus deponiert. Für den Fall, dass sie an andere Surfplätze fahren, hat Flynn immer ein paar Bretter auf dem Jeepdach festgeschnallt.

Nachdem alles ausgeladen ist und das Wetter für gut genug befunden wird - es sind 15° Grad Celsius – schlüpfen die drei in ihre Neoprenanzüge. Sie schnappen sich ihre Bretter, die unter der Holzveranda liegen, und tapsen über den menschenleeren Strand ans Wasser.

Bevor sie ins Meer gehen und zu den Wellen paddeln, klatschen sie sich ein „High Five" mit den Händen ab.

„Auf drei, rennen wir rein!", gibt die verschmitzt dreinblickende Vivienne vor.

Und ehe man sich´s versieht, sind die drei auch schon im Wasser und frönen ihrer Wellenleidenschaft. Nach knapp zwei Stunden purem Spaß auf den Brettern, sind sie k. o. und wanken zurück zum Haus und wärmen sich mit einem Lumumba Kakao auf.

„Das war wieder richtig geil. Höchste Zeit, dass wir wieder die Wellen geritten sind."

„Ja, waren auch echt einige richtig gute dabei."

„Ich bin ja zuerst nicht so schnell aufs Brett gekommen, aber mit der Zeit lief es immer besser."

„Yep, coole Sache – dieses Surfen!"

„Kommt, machen wir uns das Feuer im Kamin an
und fangen mit dem Duschen an…"

43.

Heute ist der Freitag, der denkwürdige Tag des
Dates. Kelvin hat sich eine Blue-Jeans, Sneaker, ein
schwarzes Cordhemd und seinen dunkelblauen
Parka angezogen. Etwas Styling-Gel haben die Haare
abbekommen und ein paar Spritzer seines besten Eau
de Toilettes hüllen ihn in eine angenehme Duftwolke
ein. Er hat extra einen Tisch im „Daily´s" reserviert
und macht sich pünktlich dorthin auf den Weg.

Der Tisch befindet sich in der hintersten Ecke mit
Fensterblick auf den Atlantic Boulevard. Die Einrichtung ist verspielt und farbenfroh. Hier war ein echter
Künstler am Werke. Nicht verwunderlich, dass die
hellbunten Gemälde an den Wänden auch verkauft
werden.

Kaum hat sich Kelvin, der doch ein bisschen nervös ist, hingesetzt, da entdeckt er auch schon
Shannon durch die Fensterscheibe.

Sie trägt eine hübsche, dunkle Bluse mit Wasser-
fallausschnitt unter ihrer sandfarbenen Lederjacke.
Einen Jeansrock und Wildlederstiefeletten. Ihr welliges, braunes Haar fällt bis zu den Schultern.

Was für ein Anblick, denkt sich Kelvin und atmet
hörbar ein.

Shannon betritt das Café und schaut sich um. Ein Lächeln breitet sich auf ihrem Gesicht aus als sie Kelvin entdeckt, der ihr zuwinkt – ebenfalls mit einem Lächeln.

Sie begrüßen sich und geben einander die Hand.

„Hast du schon etwas bestellt?" möchte Shannon wissen, während sie Platz nimmt.

„Nein, ich bin auch erst gerade gekommen und wollte auf dich warten."

„Nett von dir."

Wenn du wüsstest, wie nett ich sein kann, ...

Sie bestellen beide einen Latte Macchiato und ein paar der selbstgebackenen Shortbread-Kekse dazu.

„Nun also unser Date. Du hast ein schönes Café ausgesucht, Kelvin!"

Für dich nur das Beste, Shannon!

„Ich mag es auch. Die vielen Farben, voller Harmonie arrangiert."

„Hat die Cafébetreiberin das alles selber gemacht?"

„Ja, in der Tat. Sie malt viel in ihrer Freizeit, soweit ich weiß."

„Ich habe auch früher ein bisschen gemalt, aber nur mit Acryl-Farben."

„Echt? Was denn für Motive?"

„Landschaften. Das Meer. Die Dünen. Ein Leuchtturm, wenn mir danach war."

„Hast du das irgendwo gelernt?"

„Nee, aber mein Großvater mütterlicherseits war ein Künstler. Da habe ich als Kind das eine oder andere abgeschaut. Na ja, viel ist aber nicht mehr hängengeblieben."

„Malen war nie so meine Stärke. Ich schaue mir zwar Bilder gerne an, doch sie zu erstellen, nein, da betätige ich mich doch lieber musikalisch."

„Und das gekonnt. Mit Erfolg wie ich bereits selbst erlebt habe. Wie lange spielst du denn schon?"

„Ach, so lang ich denken kann. Meine Familie hat mir das wahrscheinlich schon mit in die Wiege gelegt. Wir haben oft zusammen musiziert. Meine Mutter hatte ein gutes Händchen, unsere Begeisterung für die Musik zu fördern.

„… hatte…?"

„Ja, sie ist vor 8 Jahren gestorben."

„Was war denn vorgefallen, wenn ich fragen darf?"

„Sie hatte ein Aneurysma."

„Oh weh, das tut mir leid, Kelvin."

„Danke. Sind inzwischen ein paar Jahre vergangen. Ich habe mich mit ihrem Tod abgefunden. Auch wenn sie mir immer noch fehlt, habe ich das Gefühl, dass sie trotzdem weiterhin über uns wacht."

„Das wird wohl so sein. Sie freut sich sicher sehr, dass ihr weiter Musik macht."

„Hm, bin mir da nicht so sicher, weil …" Kelvin gerät ins Stocken.

„Ja, weil …?"

„Weil ich ihr Instrument seit ihrem Tod nicht mehr angerührt habe."

„Das ist doch nicht schlimm. Welches Instrument denn?"

„Eine Harfe. Mum hat mir das Spielen beigebracht und neben ihr konnte von den O´Briens nur ich so richtig spielen. Da aber üblicherweise meine Mum die Harfenklänge oft im Haus verbreitet hat, war die Erinnerung an sie so stark, dass ich die Harfe nicht mehr angerührt habe."

„Hm, verstehe. Deshalb gab es vor einiger Zeit so einen Tumult im Pub deines Vaters. Als eine Gruppe sich für die Harfe interessierte. Könntest du denn noch Harfe spielen?"

„Schätzungsweise ja. Denn meine Fingerfertigkeiten habe ich mir auf der Gitarre ganz gut erhalten."

„Ich habe noch nie eine Harfe live gehört."

„Solltest du aber, denn das sind mystische Klänge."

„Apropos mystisch! Erinnerst du dich noch an Dún Aengus und unsere Sitzung an den Klippen?"

„Aber, Shannon, natürlich! Es gehört zu meinen bedeutendsten Erinnerungen der letzten Zeit."

„Mich hat die Stimmung dort sehr ergriffen. Und du, du, ... das wollte ich Dir schon längst einmal gesagt haben, du hast eine Gabe!"

„Hihi. Was? Eine Gabe?"

„Aber ja doch. Du bringst dein Herz mit Worten zum Leuchten."

„Das kann doch jeder."

„Nee, Du, glaub´ mir. Das kann kaum einer. Ich kenne niemanden, der das so draufhat wie du."

„Shannon, jetzt übertreibst du aber, oder?"

„Nein, ich meine es wirklich so."

Kelvin errötet etwas vor Verlegenheit.

„Das Herzenleuchten hat aber immer auch einen äußeren Anstoß – und der bist du! Eine sagenhafte Inspirationsquelle bist du."

„Dessen war ich mir wiederum nicht bewusst.", grinst Shannon. „Gerne würde ich lernen, so zu fühlen und zu formulieren wie du. Kannst du mir das vielleicht beibringen? Dachte auch schon an einem deiner Wordshops teilzunehmen."

„Echt? Es wäre mir eine Ehre. Aber dabei bist du doch die, die ständig Lieblichkeit verbreitet. Du bist mehr als eine Muse. Du bist die Erfüllung."

„Ha, jetzt übertreibt es aber der Herr Kelvin?!"

„Nicht, wenn du mich lässt."

„Hä? Das habe ich jetzt nicht kapiert."

„Ich auch nicht." Beide müssen lachen.

„Du", Shannon legt ihre Hand auf Kelvins und beide spüren dem Kontakt nach. „Du hast etwas, das mich rührt, das mich bewegt und bei dem ein neuartiges Gefühl entsteht. Das musste ich jetzt nochmal an Deiner Hand überprüfen und es löst ein funkendes Kribbeln aus. Stehst du eventuell unter Strom?"

„Haha, nein. Mir geht es da nicht anders als dir."

Ein Augenblick der Stille entsteht.

„Shannon, darf ich dich etwas fragen?"

„Na, dafür bin ich doch hier. Damit wir uns austauschen. Also was möchtest du wissen?"

„Ich frage mich seit dem Literaturfestival, warum du mir dieses Date ermöglicht hast? Du hättest das nicht tun müssen."

„Du wirst es merkwürdig finden, aber ich habe mich das auch gefragt. Ich schätze, deine Gabe, so ich sie zu nennen pflege, hat mir aufgezeigt, dass du ein ungewöhnlicher Mensch bist, der ein Talent besitzt, die Herzen der Menschen zu berühren. Ich will nicht sagen, dass ich genauso empfinde wie du, aber ich habe Gefallen daran gefunden?"

„Was? Du hast Gefallen an mir gefunden?"

„Ja, schon. Aber nicht so wie Du wahrscheinlich denkst, denn mit mir ist es etwas komplizierter als es den Anschein hat."

„Kompliziert sein, ist doch nicht schlimm. Bin ich für dich etwa nicht Manns genug?"

„Nein, wo denkst du hin? Rede dir sowas gar nicht erst ein. Hörst du? Ich sehe in dir einen attraktiven jungen Mann, der mich auf einer besonderen, emotionalen Weise erreicht und abholt. Als hätte ein Teil von mir irgendwie nur darauf gewartet."

„Ich finde, dass hört sich doch alles ganz vielversprechend an. Lass uns erstmal kennenlernen und du siehst zu einem späteren Zeitpunkt, was dein Herz von mir hält."

„Ach, wenn das so einfach wäre, Kelvin... Zum Beispiel bin ich eine Dozentin von dir, auch wenn das Seminar nun vorüber ist, gerate ich dennoch in gewisse Konflikte. Dennoch würde ich auf eine Weise gerne deine Masterarbeit betreuen."

„Aber wie du gerade selber gesagt hast, das Seminar ist zu Ende und für deine Betreuung meiner Masterarbeit, über die ich mich sehr freue, obliegt dir ja nicht die Benotung, die würde Prof. Higgins vornehmen. Ist da denn kein Spielraum für eine Liebesbeziehung beziehungsweise für eine Partnerschaft?"

„Weißt du, deine Vorstellungen gehen mir etwas zu schnell. Wir haben unterschiedliche Ausgangssituationen."

„Heißt das, du musst noch eine andere Beziehung abschließen?

„Nein, das ist es nicht. Zwar gibt es noch das ein oder andere zu verarbeiten, aber wie gesagt, mit mir ist es kompliziert. Mehr möchte ich momentan nicht dazu sagen."

„Ach, kein Problem. Ich will dich zu nichts drängen. Wir wollten uns ja eh erstmal kennenlernen. Außerdem, Geheimnisse machen einen Menschen umso interessanter."

„Wo du Recht hast, hast du Recht. Übrigens, diese Shortbreadkekse haben Suchtpotential. Ich bestelle noch ein paar. Magst du auch noch welche?"

„Sehr gern. Habe ich schon erwähnt, dass es schön ist, mit dir gemeinsam im Café zu sitzen?"

„Nein, dito, mir geht es nicht anders. Ich genieße den Nachmittag."

Die beiden tauschen einen aufrichtigen und tiefen Blick in die Augen aus. Das Sonnenlicht scheint golden durch das seitliche Fenster auf ihre Antlitze. Wie sie leuchten! Shannon und Kelvin bewegen ihre Köpfe vor, um noch besser die Farbenspiele der Iris beobachten zu können. Ein weiterer magischer Moment mit Anziehungskraft...

„Dein Name, ... Shannon, ... ich wollte dich das schon lange fragen, wie bist du als Deutschstämmige dazu gekommen? Denn er ist sehr, sehr selten und irgendwie sehr irisch. Also musst du sicherlich eine Verbindung zu dieser Insel haben, nicht wahr? Komm gib es zu, du bist eine irische Elfe!", Kelvin grinst.

„Nun ja, die Verbindung gibt es tatsächlich. Aber über meine Eltern, die auf Irland und unter anderem am Shannon River ihre Flitterwochen verbracht haben. Sie fanden das so schön und haben sich in dieses Land regelrecht verliebt, so dass ich dann später den Shannon-Namen bekommen habe. Quasi als Ausdruck und Fortsetzung dieser Liebe. Ob ich hingegen auch eine Elfe bin, das obliegt deiner Phantasie, ich will es aber nicht ausschließen."

„Hihi. Warst du schon mal dort – am Shannon River, meine ich?"

„Ja, als Kind einmal, denn wir haben einen Familienurlaub auf Irland verbracht. Sind herumgereist, aber ich kann mich kaum noch daran erinnern. Ist zu lange her."

„Dann müssen wir das unbedingt auffrischen. Was hältst du davon, in absehbarer Zeit einen Ausflug zum Shannon zu unternehmen? Ist ja nicht weit weg. Und dein Name verpflichtet eigentlich dazu."

„Meinetwegen, also gern will ich sagen, aber ich weiß noch nicht genau, wann."

„Okay. Dann halten wir das fest und machen zu einem späteren Zeitpunkt einen Termin aus."

„In Ordnung. So machen wir das."

Beide grinsen sich an.

Shannon schiebt eine nach vorn gefallene Haarsträhne hinter ihr rechtes Ohr und hebt ihre Hand über Kelvins Hand und fragt ihn:

„Darf ich deine Hand nochmal berühren, es ging so ein angenehm-warmes Gefühl von ihr aus?"

Leicht verdattert blickt Kelvin sie mit ungläubigen, großen Augen an, aber drückt seine Zustimmung mit einem Nicken aus.

Shannon senkt langsam ihre Hand auf Kelvins. Erneut durchflutet beide ein herrlich anmutendes Gefühl. Voll Wärme, voller Prickeln.

„Sag, wie schaffst du das nur, solch ein Gefühl zu erzeugen, Kelvin?"

„Aber, aber, das bin doch gar nicht ich. Das entsteht doch nur durch dich."

„Also macht´s die Kombi aus dir und mir. Einigen wir uns darauf?"

„Sehr gern. Einverstanden."

Die beiden unterhalten sich noch eine weitere Stunde angeregt über Irland, Unithemen und über die ein oder andere frühere Anekdote aus ihrem Leben. Wenn man die beiden so erlebt, entsteht der Eindruck, dass sie ziemlich vertraut miteinander sind und sich schon lange kennen müssen ...

Nach drei Stunden verabschieden sie sich mit einer vorsichtigen Umarmung voneinander und beschließen ein weiteres Treffen in einigen Tagen auszumachen.

44.

Shannon fühlt sich extrem aufgeputscht und will ihre Euphorie unbedingt mit jemanden teilen. *Lia muss wieder herhalten*, denkt sie sich. Rasch ist das Smartphone gezückt und Lias Nummer gewählt.

„Hi mein Schätzchen, was verschafft mir die Ehre? Hast du deinen Iren endlich flachgelegt?"

„Na warte, du Freche, ... ich hatte gerade wirklich mein Date mit Kelvin. Wir hatten einen lauschigen Cafénachmittag."

„Und seid ihr nun offiziell zusammen?"

„Nein, du weißt doch, dass ich mich mehr zu Frauen hingezogen fühle. Um es mit den Worten des großen irischen Literaten Oscar Wilde auszudrücken: „Weiblichkeit ist die Eigenschaft, die ich an Frauen am meisten schätze." Wobei Kelvin ... hat etwas Besonderes, beinahe Feminines an sich. Stell dir vor, seine Hand fühlt sich angenehm und warm an. Mich durchströmte eine Wallung, die ich so noch nicht kannte."

„Ha, siehste, du kommst doch noch auf den Männergeschmack! Wie ist denn Kelvin so?"

„Er ist für sein junges Alter ein sehr interessanter Zeitgenosse. Hat Niveau und Witz. Aber das Auffälligste an ihm ist seine Aura, die ihn umgibt, sobald ich mich ihm nähere. Das habe ich noch nie zuvor so erlebt. Wie ein Magnetfeld oder so."

„Zwei Pole ziehen sich an. Gib dem Jungen doch eine Chance. Lass dich darauf ein. Tue etwas Verrücktes! Ist vielleicht die Zeit dazu gekommen. Eure Zeit!"

„Ach Letitia, ich gebe zu, neugierig bin ich schon auf Kelvin und habe ihm auch ein weiteres Treffen versprochen. Aber ich kann mich doch nicht einfach um 180 Grad drehen. Wusstest du, dass Kelvins Namen „vom nahen Fluss" bedeutet? Und meinen Namen kennst du schließlich auch. Ob das etwas zu bedeuten hat?"

„Gut möglich. Zufällig seid Ihr Euch wohl nicht über den Weg gelaufen, würde ich aus der Ferne sagen."

„Ich habe ganz ähnliche Gedanken wie du. Jetzt mache ich mir aber erstmal eine Flasche Prosecco zuhause auf und lasse mir ein Entspannungsbad ein."

„Hast du´s gut..."

„Tja, leben will gelernt sein."

„Und lieben auch, möchte ich an der Stelle hinzufügen."

„Hm, mit dem Lieben ist das so eine Sache..."

„Komm, Shannie, mach da keine allzu große Sache draus, leb und lieb einfach drauf los."

„Da nehme ich mir wohl am besten ein Beispiel an dir, Lia! Liebe leben... Ich werde mal darüber nachdenken."

45.

Kelvin sitzt im leeren Pub, nur Connor ist da und vor beiden steht jeweils ein Guinness-Pint, das ihnen

Cathleen gezapft hat. Nach einer Weile unterbricht Kelvin das gemeinsame Schweigen.

„Ach Connor, du alter Geselle, kennst du das Gefühl, wenn es einem gut gehen sollte, aber eine nagende Unsicherheit und Zweifel einen plagen?"

„Hmm, bei so einem Gefühl steckt meistens eine Frau dahinter. Stimmt´s Master Kelvin?"

„Ja, du hast ja mitbekommen, dass ich für Shannon schwärme. Wir haben uns heute im „Daily´s" getroffen. War ein netter und besonderer Tag. Wir haben uns sogar mit den Händen berührt."

„Das sind doch echte Fortschritte. Ich kenne diese Shannon aus dem Pub – wie du weißt, vergesse ich so gut wie kein Gesicht. Treffen und Berührungen sind ein deutliches Zeichen dafür, dass sie dir wohlgesonnen ist und sie dich vermutlich mehr als nur interessant findet. Du spiegelst etwas wider, das sie womöglich regelrecht anziehend findet."

Beide nehmen einen großen Schluck ihres Pints.

„Dessen bin ich mir aber selber gar nicht bewusst. Soll heißen, ich habe einen anderen Eindruck. Sobald ich Shannon die Gelegenheit gebe, einen Schritt auf mich zuzugehen, verschließt sie sich mir – also in Sachen Annäherung und es umgibt sie wohl auch ein Geheimnis."

„Ah! Ein Geheimnis! Geheimnisse machen das Ganze erheblich spannender und geben dem Leben erst seine Würze. Kennst du das Sprichwort: „Gut Ding will Weile haben"?" fragt Connor.

„Kenne ich. Soll ich ihr noch mehr Zeit geben? Wenn sie etwas Unangenehmes beschäftigt oder hindert, sich näher auf mich einzulassen, dann würde ich ihr gerne entgegenkommen, ihr irgendwie helfen, verstehst du, Connor?"

„Das tust du doch schon. Und sicher, weiß sie auch, dass sie bei dir in besten Händen ist und ihr Geheimnis auch gut aufgehoben wäre. Unterschätze aber ihre Lebenserfahrung nicht, da sammelt sich einiges an, so dass es nicht Hals über Kopf geht. Höchstens bei einem so alten Haudegen und Schwerenöter wie mir. Hihi."

Kelvin mustert Connors wettergegerbtes Gesicht. Und staunt wie so oft über den klaren und wachen Ausdruck in seinen Augen. Ein Gespräch mit Connor ist nicht nur unterhaltsam, sondern immer auch eine Art Reise zu sich selbst. Connor ist ein Meister der Selbsterkenntnis, wobei man nie so recht weiß, woher die Erleuchtungen kommen.

„Master Kelvin, es sei dir versichert, dass du auf einem guten und dem richtigen Weg gehst. Wirst schon sehen, es fügt sich ... und deine Seele wird weiterwachsen."

„Deinen Worten glaube ich. Du hattest bisher immer Recht. Hier geht es aber um die allesentscheidende Liebe. Würde Shannon zu gerne auf Händen tragen."

„Tust du das nicht bereits? Überleg mal."

„Doch natürlich. Aber ich befürchte, ich habe irgendetwas übersehen oder ausgelassen. Etwas, das ich hätte sagen oder tun sollen, damit Shannon genauer auf mich zusteuern kann."

„Du wirst sehen, sie ist dir bereits näher, als du annimmst."

„Wenn ich an das heutige Funkeln in ihren hübschen Augen denke, dann bin ich eigentlich sicher, eine Form von Liebe darin zu lesen. Vielleicht bin ich aber auch nur sonderlich und interpretiere hinein, was ich gerne hätte."

„Nein, nein, die Augen sind ein Fenster zur Seele. Ich habe dir früh beigebracht, die Sprache der Augen genau zu lesen. Daher bin ich mir sicher, du hast wirklich Liebe erkannt."

Eine Erleichterung geht durch Kelvins Körper. Da ist ein Stein vom Herzen gefallen.

„So soll es also doch sein?", An dieser Stelle ist eine Umarmung fällig. Kelvins Glück bekommt also Connor herzlich zu spüren. „Juchhu! Du hast es gewusst? Du hast es also von Anfang an gewusst?"

„Das will ich meinen! Hihi."

46.

Shannon kann seit Stunden nicht einschlafen. Zu viele Eindrücke und Gedanken halten ihre Gehirnzellen auf Trab. Diese verworrene Geschichte um den irischen Jüngling geht ihr einfach nicht aus dem Kopf.

So kann´s aber nicht weitergehen, liebe Shannon. Das jetzt sogar der erholsame Schlaf darunter leiden muss. Ich muss mir endlich mehr Klarheit verschaffen, auch über meine Prinzipien, die ins Wanken geraten sind. Und wenn das die ganze Nacht dauert, dann dauert es eben die ganze Nacht. Hauptsache ich finde wieder zu mir.

Shannon wirft die Bettdecke zur Seite und erhebt sich von ihrer Matratze. Sie schlurft zur Küche, holt sich ein Glas Milch und hockt sich auf die Couch. Ein Blick aus dem Panoramafenster bestätigt die fortgeschrittene Nachtzeit, denn außer den öffentlichen Straßenbeleuchtungen sind keine Lichter in den City-Häusern zu sehen. Galway ruht. Es ist still. Friedlich.

Und ich zerbreche mir den Kopf. Andererseits so eine friedliche, äußere Stimmung, kann sich doch jetzt am besten einfach auf mein Innenleben übertragen. Dann weiß ich wieder, wie ich ticke.

Ihr Notizbuch, in dem sie schon Ausdrucke der Kelvin-Texte aufbewahrt, liegt neben ihr bereit auf einem kleinen Beistelltischchen.

Also fange ich erstmal damit an, die Zeit zum Anfang der Geschichte zurückzudrehen. Die Verwirrungen begannen mit der ersten Sentenz-in-a-sentence-E-Mail, dem raffinierten Gedicht, das mich zunächst auf die falsche und gewohnte Fährte geschickt hat. Ich habe eine Frau als Absenderin unterstellt. Das war sicher auch etwas Wunschdenken und zu naiv. Shannon, das kannst du aber sonst besser differenzieren... Jedenfalls der zweite Annäherungsversuch per E-Mail hat mich auch wieder sehr berührt. Dann das Zurechtrücken der Wirklichkeit: Kelvin hat sich in mich verguckt und wir berühren uns an den Dún Aengus Klippen. Es folgen ein gehauchter Kuss beim Literaturfestival und ein Date, an dem wir uns erneut an den Händen anfassen. Zum Ende gab es sogar eine kleine Umarmung.

Die Frage, die ich mir als erstes stellen möchte, wieviel bedeutet mir Kelvin. Der Kelvin a) als Poet, b) als Mann und c) als Partner?

Shannon kritzelt einige Notizen in ihr Büchlein. Stichworte, die ihr beim Brain- und Heartstorming so einfallen.

Als Poet ist er unübertroffen und unwiderstehlich. Ich liebe seine Art und sein Können, romantische Worte als Ausdruck seines Herzens zu finden und an den perfekten Stellen zu platzieren. Er ist nicht zu Unrecht, der Streiter der Romantik schlechthin! Ich will – und da bin

ich mir 100 Prozent sicher – diese Romantik nicht missen. Denn sie wärmt mich von innen, obwohl es Worte
von außen sind.

Als Mann ist Kelvin eine große Ausnahme. Denn er
hat sein Herz an der richtigen Stelle. Er ist wesentlich
zarter in der Seele als alle anderen Männer, die ich
kenne. Von der Physis durchaus attraktiv. Seine Sommersprossen, seine meerblauen Augen und die strubbeligen Haare sind markant und nicht 08-15. Seine
Statur ist auch ansehnlich. Kein Muskelprotz, sondern
normal trainiert. Kelvin ist aber, das habe ich auch bei
unseren Begegnungen feststellen können, kein ge-
wöhnlicher Mann. Er hat schöngeistige Interessen und
beherrscht die englische und deutsche Sprache gleich-
ermaßen perfekt. Er ist aber zwanzig Jahre jünger als
ich. Wir sind mit unseren Lebenserfahrungen sowas
von weit auseinander. Und doch - die irische, seine
Seele spricht eine reife und liebenswürdige Sprache.

Als Partner habe ich nicht gewagt, ihn mir vorzustellen. Diesen Gedanken habe ich stets verdrängt. Ist Kelvin denn jemand in den ich mich verlieben könnte? Obwohl er keine Frau ist? Was würde ich dabei fühlen?
Auch in Sachen Sinnlichkeit und um es mit Letitias
Worten auf den Punkt zu bringen – in Sachen Sex?
Kann ich mich ihm ganzkörperlich hingeben? Neben
der rein körperlichen Betrachtung gibt es aber noch die
emotionale, der ich einen großen Wert beimesse. In der
Vergangenheit hat es da immer gewisse Lücken gegeben, die ich gerne erfüllt gesehen hätte. So bin ich angelegt. So ist meine Sehnsucht. Körperlich traue ich den
Männern nicht allzu viel zu, doch emotional hat Kelvin
mich mehr erreicht, als sämtliche Frauen, mit denen ich
zu tun hatte. Und als wir uns berührt hatten, schossen
eine Wallung und Wärme durch mich, die großartig

anzufühlen sind. Daher hat Kelvin mehr erreicht, als alle männlichen Verehrer, die ich bislang hatte. Er ist mir näher. Er ist mir nah. Sehr nah... Und diese Nähe genieße ich durchaus. Ich l-i-e-b-e diese Nähe förmlich... Aber liebe ich deshalb auch gleich den ganzen Kelvin O'Brien? ...

An dieser Stelle tippt Shannon mehrmals mit ihrem Stift auf das Papier und hält inne. Denn dies ist die entscheidende Frage, der sie bislang immer ausgewichen war. Was für eine Antwort legt sich in ihrem Inneren nieder?

Höre genau auf dein Gefühl und nicht auf den Kritiker im Geiste. Will ich Kelvin und mir eine Chance geben? Breche ich da nicht mit einer meiner ureigensten und wichtigsten Ausrichtung. Ich habe mich mein gesamtes Leben immer mehr für Frauen interessiert. Daher bin ich auch immer nur in lesbischen Beziehungen gewesen. Kann ich mich ändern? Kann ich ans andere Ufer? Soll ich? Will ich? Ach, das sind so schwierige Fragen. Dennoch der Blick, mit dem Kelvin mich ansieht, ist entzückend und verzückt mich insgeheim sehr.

Das Glas Milch ist ausgetrunken und Shannon macht sich auf in ihr Nest. Sie fällt rasch in einen tiefen Schlaf. Die Ideen und Sehnsüchte sortieren sich in dieser Nacht wie von alleine und klären die liebe Shannon von innen.

Wie sie am nächsten Tag aufsteht und wie sie sich fühlt, möchte ich dir erst erzählen, nachdem ich dich mit zu Kelvin genommen habe und wir da den Blick auf und in ihn gerichtet haben.

47.

Aaargh, mein Kopf! Kelvin erwacht gerade aus einer unruhigen Nacht und nach der Trinkerei mit Connor, der sich wie stets als überaus trinkfest erweist, ist der Schädel am nächsten Morgen gewaltig zu spüren.

Unterschätze nie diese alten Leute. Schon gar nicht Connor McCormick!!! Das passiert mir einfach zu oft. So ein Saufkumpan und liebenswerter Mentor, ich liebe ihn einfach auf eine Weise. Wie es jeder in diesem Ort tut.

Kelvin erhebt sich aus den Federn und trottet ins Bad, um sich erstmal frisches Wasser ins Gesicht zu spritzen.

Ja, welch Wohltat. Und der Abend gestern hat sich total gelohnt. Denn das Gespräch mit Connor hat mir die Augen geöffnet. Hätte ich doch schon früher auf den Glanz in Shannons unfassbar schönen Augen geachtet und ihm getraut, dann hätte ich erheblich eher Gewissheit gehabt: Sie hat sich in mich verguckt. Ist das denn die Möglichkeit? Kann das wahr sein? Sie hat sich wirklich in mich verguckt? ... Sieht ganz danach aus...

Leenie stürmt ins Badezimmer und bellt Kelvin ihren Morgengruß zu. Das Frauchen folgt ihr auf dem Schritt und sieht unverhofft das Grinsen in Kelvins Spiegelbild.

„Was ist dir denn heute Schönes widerfahren? Du grinst wie ein Honigkuchenpferd. Habe ich etwas verpasst? Erzähl, Brüderchen, komm erzähl!"

Während er Leenie an den Ohren krault, beginnt Kelvin damit Vivienne ins Bild des gestrigen Abends zu setzen.

„Connor hat mir bestätigen können, dass sich Shannon in mich verguckt hat."

„Woher wollt ihr das denn wissen?"

„Weil es mir das Schimmern in Shannons Augen verraten hat. Ich war mir anfangs nicht ganz sicher, ob ich es richtig beobachtet habe. Connor gibt aber meinem Blick recht. Er hat es uns ja früh gelehrt."

„Oh, wow! Das wäre ja soooo cool, Kelvie!!" Vivienne hüpft auf der Stelle, umarmt ihren geliebten Bruder und verwuschelt ihm sein Haar, das jetzt noch wilder absteht als nach dem Aufstehen vor ein paar Minuten.

„Aber halt, volle Euphorie ist noch nicht angesagt. Shannon hat irgendein Geheimnis, das es ihr schwermacht, sich mir näher zu öffnen und gar hinzugeben."

„Und du weißt nicht, was es ist?"

„Nein, leider habe ich keinen blassen Schimmer. Sie hat das geschickt abgeblockt. Aber immerhin wir haben schon ein neues Treffen ausgemacht."

„Okay, das zeigt, Sie will dich weitersehen und den Kontakt verstärken. In Sachen Geheimnis könnte ich mich ja an sie wenden. Ich denke, da an ein Frau-zu-Frau-Gespräch. Auch wenn sie mich kaum kennt, hat sie vielleicht das Bedürfnis sich jemandem mitzuteilen? Ich stelle es mir in einem fremden Land nicht so leicht vor, gleich eine geeignete Person dafür aufzutun."

„Hmm, und du bist so eine geeignete Person? Und wie willst du an Shannon herantreten? Du kannst doch nicht einfach in ihr Büro spazieren, „Hi Shannon, ich bin Vivienne, was hast du auf dem Herzen?" sagen und dann redet ihr miteinander?"

„Doch, genau das werde ich tun."

„Meine verrückte Schwester. Echt. Die kennt keine Skrupel. Du bist mir eine Wucht!"

„Na, lass mich mal nur machen. Dein Schwesterchen wird´s schon richten."

„Aber zur Not werde ich Shannon einen vertrauensvollen Brief schicken, in dem ich ihr aufzeigen und klarmachen möchte, dass ihre Geheimnisse bei mir wirklich gut aufgehoben sind."

„Also, haben wir beide etwas zu tun. Worauf warten wir?"

„Na, ja erstmal müssen wir uns fertigmachen, du willst doch nicht in deinem Nachthemd durch die City laufen?"

„Auch dieses Opfer würde ich für meinen Bruder erbringen. Aber ich werde den Tag ganz in Ruhe beginnen. Hast Du Dad schon gesehen?"

„Nein, und auch nicht gehört. Ist er überhaupt nach Hause gekommen?"

Die Zwillinge schauen sich verwundert an...

„Heißt das, er war die ganze Zeit aus?"

„Ah, mir schwant da etwas, denn Cathleen hat ihn gestern nach der Pubschicht an der Hand nach draußen gezogen."

„Unser alter Herr findet wohl wieder Vergnügen am Leben, oder was meinst du?"

„Ja, endlich, endlich. Wir alle haben so lange darauf gewartet. Und plötzlich ist es einfach geschehen, ohne großen Tamtam oder großen Aufhebens darum."

„Tja, siehste, von Daddy kannste noch was lernen."

„Cathleen hat sich schon so lange um ihn bemüht ohne sich jemals aufdringlich zu zeigen. Es tat mir die ganzen Jahre so leid für sie. Ein Blinder mit Krückstock hätte sehen können, wie sehr sie in Dad verschossen ist. Ich freu mich total für die beiden."

„Mir geht es nicht anders. Sag mal, wollen wir noch nach dem Frühstück eine Runde joggen? Ich bräuchte das, denn in den letzten Tagen gab es viel Unikram."

„Klar, bin ich dabei. Leenie, du kommst doch auch mit?"

Die Angesprochene flitzt aus dem Bad und kommt kurz darauf mit einer Leine im Maul wieder zurück. Kelvin und Vivienne lachen, dass sich ihre Bäuche biegen.

„Das bedeutet wohl ein JA!"

48.

Im weiteren Tagesverlauf versucht Vivienne mehrmals ohne Erfolg Shannon in ihrem Büro zu erwischen. Doch am Spätnachmittag hat sie Glück. Die Bürotür ist offen.

Shannon sitzt am Schreibtisch und ist in ihren PC vertieft, als Vivienne zögerlich an den Türrahmen klopft. Ohne aufzublicken, antwortet Shannon mit einem fragenden: „Jaaaaaa bitte?"

Vivienne macht einen kleinen Schritt in Shannons Bürozimmer. Sie räuspert sich kurz, um sich zu sammeln und ihre Mission zu beginnen: „Ähm, … hi, Shannon?"

Da blickt Shannon über ihren Bildschirm und ist leicht perplex.

„Ach, Vivienne O´Brien! Ich hatte mit Studenten gerechnet, wobei, Du ja auch eine bist, oder? Bloß eben nicht in meinem Fach. Was verschafft mir die Ehre? Da es kein fachliches Anliegen sein kann, frage ich mich etwas besorgt, ob etwas mit Deinem Bruder ist?"

Vivienne tritt näher und deutet auf den freien Stuhl gegenüber Shannon.

„Na klar, setz dich doch gern. Aber nun heraus mit der Sprache, was dich zu mir führt."

„Um gleich auf den Punkt zu kommen: Eigentlich wollte ich umgekehrt dich ja fragen, mit der Sprache herauszurücken."

„Und mit was genau? Woran denkst du?"

„Also mein lieber Bruder hat den Eindruck, dass dir etwas zu schaffen macht und dich daran hindert, freier zu agieren. Nicht, dass du denkst, Kelvin plaudert alles aus, was ihr besprecht. Da kann ich dir versichern, er tut es nicht. Ich weiß eben nur so viel, wie ich hier durchblicken lasse."

„Ich glaube dir auch, dass du es aufrichtig meinst."

Vivienne faltet ihre Hände und unterdrückt ihre Nervosität. Jetzt wird es langsam heikel.

„Dir ist ja nicht entgangen, dass Kelvie ein bis zwei Augen auf dich geworfen hat. Und er schätzt dich sehr. Er merkt, dass dich eine Sache sehr beschäftigt und dass sie euren Umgang beeinflusst. Ich habe nur gedacht, meine Güte, die arme Shannon hat hier einen schwierigen bzw. ungewöhnlichen Verehrerfall – immerhin ist Kelvie erheblich jünger als du – und kann sich höchstwahrscheinlich niemanden hier vor Ort mitteilen über die ganze Angelegenheit. Ich wollte Dir mein offenes Ohr anbieten, falls dir danach ist, zu reden."

„Uff, damit hätte ich jetzt nicht gerechnet. Ich finde es sehr nett von dir, dass du dir meinetwegen Sorgen machst. Und eine großartige Art mit deinem Angebot. Ich glaube, ich muss mich erst noch an einige irische

Sitten gewöhnen. Das kannte ich so nicht aus Deutschland."

„Wir Iren tragen oft unser Herz in der Hand."

„Das wiederum ist mir keineswegs verborgen geblieben."

„Normalerweise leitet mich meine Rationalität soweit, dass ich nichts überstürze und innere Gewissheit abwarten will. Doch hier auf dieser verrückten Insel ist man schnell wie auf den Kopf gestellt. Und dein Bruder hat eine derart romantische Ader, die mich wirklich in meinen Grundfesten erschüttert. Ich weiß jetzt kaum noch, wo oben und wo unten ist."

„Wieso denn das? Spricht das denn nicht für ihn?"

„Und ob! Kelvin ist ein feiner Charakter."

„Was stimmt dann mit ihm nicht?"

„Wohl eher mit mir nicht... Weißt du, Vivienne, ich bin drauf und dran, dir zu erzählen, was mich dieser Tage so vereinnahmt."

„Ich behalte es auch für mich. Nicht mal Kelvin sage ich es. Aber dir tut es vielleicht gut, von der Seele zu reden."

Shannon dreht sich zur Seite und wirft einen langen, unscharfen Blick aus dem Fenster. Dann wendet sie sich erneut Vivienne zu.

„Ich habe in meiner bisherigen Irlandzeit ein Geheimnis um mein Privatleben gemacht. Das aus gutem Grund. Um nicht gegen Klischees ankämpfen zu müssen. Meine innere Veranlagung gestattet mir keinen partnerschaftlichen Umgang mit Kelvin – mit einem Mann. Zeit meines Lebens habe ich mich immer mehr zu Frauen hingezogen gefühlt. Aber bitte behalte das für dich."

„Oha. Verstehe. Natürlich verlässt dein Geheimnis nicht meine Lippen. Versprochen! Du hast Kelvin wohl noch nichts davon erwähnt?"

„Oh nein, selbstverständlich nicht. Denn in unseren Kontakten habe ich eine ganz neue Seite in mir kennengelernt, zurückzuführen auf deinen Bruder. Das habe ich so vorher noch nie an mir erlebt. Ich wollte erstmal verstehen, was da mit mir geschieht, was es mit mir macht. Ich kann dir, abschließend, noch nicht sagen, ob die Veränderungen in mir von umstürzender Gewaltigkeit sind oder nur ein kurzes Aufflackern. Ich würde es, jetzt nachdem wir miteinander gesprochen haben, bevorzugen, Kelvin reinen Wein einzuschenken und ihm mein Dilemma schildern."

„Darüber würde er sich sicher freuen. Ich kann an dieser Stelle schon mal vorwegnehmen, dass er dir sowieso schreiben wollte und dabei mit seiner umsorgenden Art aufzeigen will, dass alles, was dich bewegt, bei ihm gut aufgehoben und in besten Händen ist. Ich kenne niemanden, der die Wünsche so von den Augen abliest wie Kelvie. Du könntest es ihm also zurückschreiben."

Erleichterndes Seufzen bei Shannon.

„Das ist keine schlechte Idee. Ich werde mir das überlegen. Und – Vivienne – danke. Mit dir zu reden, hat mir ehrlich gesagt, ganz gutgetan. Ich glaube, dass sogar deine Nähe zu Kelvin das Ganze leichter für mich macht."

„Das wäre ja wunderbar. Und versprochen ist versprochen. Unser Gespräch bleibt unser kleines Geheimnis."

Pantomimisch schließt Vivienne ihre Lippen ab und wirft den imaginären Schlüssel weg. Shannons Gesicht entrückt ein warmes Lächeln...

49.

Shannon macht Mittagspause und vertritt sich draußen am Campus etwas die Beine. Erfreulicherweise regnet es in diesem Moment mal nicht und die Temperatur ist auch moderat. Das verschafft ihr Gelegenheit die Örtlichkeit und Umgebung genauer in Augenschein zu nehmen. Der Frühlingstag verleitet etliche Studenten, sich an der frischen Luft aufzuhalten und ein Schwätzchen am Campus zu führen. Die Stimmung ist erwartungsvoll und froh. Die Natur zeigt sich in ihren zartgrünen Farbtönen und erste bunte Blumen blühen auf. Die Unigebäude wirken weniger trist und grau als im Winter.

Shannon beschließt, noch ein Weilchen im Büro zu arbeiten und dann früher Schluss zu machen. Sie schlendert ins Gebäude zurück und entdeckt an ihrer verschlossenen Bürotür einen Briefumschlag mit ihrem Namen auf der Vorderseite in schön geschwungener Handschrift.

Neugierig schließt sie ihr Office auf und noch ehe sie sitzt, hat sie den Umschlag geöffnet. Sie nimmt den Brief heraus und stellt sich ans Fenster, durch das ein Sonnenstrahl auf das cremefarbene Papier scheint.

Bereits die Anrede entlockt ihr ein Schmunzeln und schenkt ihr Gewissheit über die Herkunft des Briefes:

Oh Shannon, Du Liebe und Du Unwiderstehliche!

Ich muss mich sehr zurückhalten, nicht ununterbrochen an Dich zu denken und ohne Ende an Dich zu schreiben. Also ein kürzerer Brief als ich sonst verfasst hätte. Ich schreibe gerne von Hand, auch wenn das in der heutigen Zeit vielleicht etwas antiquiert oder überholt wirkt. Mir macht´s halt Spaß.

Sagte ich schon, dass ich Dich unwiderstehlich finde? Du hast eine enorme Anziehungskraft. Wie kann ich da überhaupt widerstehen? Und normal fühle ich mich auch nicht. Dein Wesen, Deine Ganzheit hat mich in einen Bann gezogen. Und meine Herzbanner offenbaren Dich und bringen ausschließlich Dein Porträt zum Ausdruck. Schöner erlebe ich es nur, sobald ich Dich wieder in Echt vor mir sehe. Du bist solch eine Augenweide. Mein Pupillenstrahl beamt Dich komplett 1:1 in mein Herz und in meine Seele und anscheinend auch in meinen Geist, denn da spukst Du schon seit geraumer Zeit in allen Ecken herum. Nie fühlte ich mich besser und glücklicher. Glücklich, weil ich so eine liebliche Couleur Deiner Herzlichkeit erfahren habe. Mein Sehnerv ist bei Deinem Aussehen am Limit. Denn etwas Schöneres als Dich kann er nirgends auf dieser Welt abbilden.

Kelvin, sage ich mir oft, Du träumst... Dann kneife ich mich in den Arm und merke, dass Du real bist. Wenn man mit Dir zusammen ist, braucht man keine Phantasie oder Träume mehr, denn Du bist die Erfüllung allen Seins und Strebens. Jedenfalls gilt das für mich.

Nun komme ich auch mal langsam zum Kern meines Briefes! Wir wissen beide, dass wir uns an unterschiedlichen Punkten auf demselben Strahl befinden. Dieser Strahl ist eine Art Magie, die uns verbindet und eint. Dass wir den Standpunkt (noch) nicht teilen, wundert mich eigentlich kaum. Denn Du bist ja im Leben viel weiter als ich. Hast eine andere Geschichte. Und da möchte ich jetzt ganz vorsichtig weitergehen, will nicht, dass Dich etwas Unangenehmes belastet. Falls und was es auch ist, dass Dir Körperweh oder Seelenqualen bereitet, ich bin bereit. Ich stehe Gewehr bei Fuß, um Dein(e) Päckchen mitzutragen. Und das sage ich nicht nur einfach so daher. Ich habe noch Kapazität, um für zwei zu leben und zu funktionieren.

Aufrichtig glaube ich Dir, dass es aus mehreren und guten Gründen für Dich nicht leicht sein kann, Dich auf mich ganz nah, privat und intim einzulassen. Dafür hast Du einfach so viel Vorlauf im Leben und kommst wahrscheinlich von einer völlig anderen Persönlichkeitsspur. Na klar, Du bist ja auch eine Frau, und was für eine. Nie war eine so begehrenswert für mich wie Du! Und ich bin ein Mann, dazu, gestehe ich ein: Eher der Zärtling und weniger das Alphatierchen. Das heißt, ich habe einen sehr großen femininen Anteil in mir, der in einer guten Symbiose mit meinen männlichen Anteilen lebt. Wie ich Dich erlebe, bist Du ebenfalls eine Feinsinnige. Und unsere ungewöhnlichen Kontakte haben gezeigt, ich denke da nicht zuletzt auch an unsere kurzen Körperkontakte, die geradezu aufgeladen waren, dass wir einander viel zu geben haben. Vor allem das ein Gefühl bleibt, das uns emotional in eine andere Liga trägt.
Daher weißt Du wahrscheinlich bereits, dass Dinge, die Dir irgendwie zu schaffen machen, bei mir gut aufgehoben wären. Ich versuche Dich in jeglicher Form zu unterstützen. Ich tue gerne etwas für meine geliebten Menschen.

Will Dich aber auch keineswegs drängen. Alles zu seiner Zeit. Ich denke vieles fügt sich eh im Fluss des Lebens. Diese Nachricht von mir soll bloß aufzeigen, wie wert Du mir bist. Von unermesslichem Wert!

Ach, noch etwas ganz Wichtiges. Mir ist etwas aufgefallen! An Dir! In Deinem Gesichtsausdruck, genauer gesagt, in Deinen Augenblicken! Da gibt es ein Funkeln, das mehr ausstrahlt als reine Sympathie. Mittlerweile bin ich mir damit vollkommen sicher. Vielleicht hast Du im Spiegel auch Dein Leuchten wahrgenommen. „Und wenn ich Dein Spiegel wär´, dann würdest Du Dich in mir sehen." Da habe ich eine Zeile aus dem Musical *Elisabeth* geklaut, aber es passt so treffend und gut auf uns zu. Und wenn ich schon mal beim Zitieren in Sachen Spiegel bin, werfe ich gleich noch etwas von Sigmund Graff hinterher:

„Der Spiegel, dem die Frauen am meisten glauben, sind die Augen der Männer."

Vertraue meinem Instinkt, meinem Herzen und meinen Augen! Wir sind füreinander geschaffen und bestimmt! Es gibt keine deutlichere Sprache der Vorsehung, als ich mit Dir kennenlerne.

Du kannst mir gerne Deine Gedanken und Gefühle zurückschreiben, meine Adresse findest Du hinten, aber die kennst Du ja. Schließlich weißt Du, wo „The Golden Shamrock" ist und dieses Kleeblatt bringt Glück!

Ich denke weiterhin ohne viel Pausen und ohne oft Luft zu holen an Dich und freue mich schon auf unseren Ausflug.

Dir wohlbehagende Tage. Auf bald.

Dein größter Fan, DEIN, Dein Dir offenherzig Zugeneigter und Dich Anhimmelnder!

Dein Kelvin ...

P.S.: Danke, dass Du meine Masterarbeit so gut betreust.
P.P.S.: Den Shannonausflug mit Shannon machen wir bald. Versprochen! ☺

50.

Das nächste Date: ein Ausflug in die Connemara Mountains mit Flynns Geländewagen. Kelvin hat sich das Allrad-Auto seines besten Freundes ausgeliehen. Im Anschluss hat er Shannon damit abgeholt. Die Strecke ist nicht allzu lang. Doch Kelvin fühlt sich um mindestens zehn Zentimeter gewachsen, als Shannon neben ihm auf dem Beifahrersitz Platz nimmt. Sie trägt Outdoorklamotten. Bei der windigen Witterung wirklich ratsam.

Gleich zu Beginn der Fahrt kommen die beiden in ein anregendes Gespräch, nachdem Sie zuerst kurz über Kelvins Masterarbeit diskutiert haben, aber das ist anscheinend ein Selbstläufer. Shannon hat viele Fragen zu der Umgebung, die sie links und rechts auf ihrer Tour passieren. Vom Anblick der anmutigen Connemara Mountains ist sie regelrecht fasziniert.

„Oh wow! Ein beeindruckender Anblick. Und das quasi direkt vor der Haustür. So lang sind wir ja gar nicht gefahren. Freue mich schon die Berge mit dir zu erwandern."

„Warte es noch ein paar Minuten ab. Ich habe eine schöne Stelle im Sinn."

An einer übersichtlichen Parkbucht lassen sie den Jeep stehen. Kelvin schultert sich den Proviantrucksack und vergnügt machen sich Shannon und Kelvin auf den Weg: ein Trampelpfad durch die Wiesen, der auf einen Gipfel der „Twelve Bens" führt.

„Weißt du, dass ich eine leidenschaftliche Spaziergängerin bin? Ich finde meine Erholung in der Natur. Und das hier ist einfach fantastisch! Diese Form der Berge, wie geschliffen und die Farben bei dem leicht bewölkten Himmel und doch schafft es die Sonne einige herrliche Tupfer anzustrahlen."

Da ein gemäßigter Wind geht, ziehen sie ihre Jackenreißverschlüsse ganz zu. Nach Regen sieht es nicht aus, aber man kann hierzulande nie wissen, ob nicht doch noch eine Husche kommt. Kelvin und Shannon sind aber mit ihrer Funktionskleidung auf jegliches Wetter eingestellt.

„Warte erst mal ab, bis wir oben sind. Den Blick wirst du lieben."

Verstohlen und von Kelvin unbemerkt, schaut sie ihn an...

„Damit könntest du recht behalten!"

Kelvin macht einen kleinen Hopser und jauchzt:

„Ich bin ja so froh, dass du meiner Ausflugsidee gefolgt bist. Damit machst du mir ein richtiges Geschenk."

„Wenn jemand hier Geschenke verteilt, dann bist du es. Dein Brief war sehr rührend. Das wollte ich dir schon die ganze Zeit sagen. Ich habe mir in den vergangenen Tagen genau überlegt, dass ich dir reinen

Wein einschenken will. Es ist nur fair, finde ich, wenn du die ganze Wahrheit über mich erfährst."

„Fühl dich aber nicht genötigt, mir das zu erzählen. Wie ich schon geschrieben habe, hat das doch Zeit, oder?"

„Eigentlich nicht. Denn du hast eine Erklärung schon lange verdient."

„Na gut, ich bin ganz Ohr. Ich hänge an deinen Lippen!"

„Also, um es kurz zu machen: Du bist auf der Suche nach einer Frau, die dich gerne hat und aufrichtig liebt. Und ich bin ebenfalls wie du ausgerichtet: Meine Beziehungsorientierung hat sich bislang ausnahmslos auf Frauen bezogen. Soll heißen, ich war immer nur in gleichgeschlechtlichen Beziehungen. Und das hat auch seine tieferen Gründe in mir."

„Oha. Bedeutet das etwa…"

„Ja und nein. Ich kann nicht ohne Weiteres über meinen Schatten springen und meine Liebeslebensgeschichte über Bord werfen. Sie hat mich bis zum heutigen Tage geprägt."

„Hm, ich verstehe. Und du siehst da keine Chance für mich, für ein uns? Dich auf etwas Neues einzulassen?"

„Oh doch, mein Lieber. Du hast mehr erreicht, als sämtliche Männer zusammengenommen."

„Wie meinst du…?"

„Na ja, ich glaube, ich könnte schwach werden. Deine Amorpfeile, das Gefühl, wenn wir uns berührt haben… Darf ich deine Hand in meine nehmen? Ich mag das Gefühl so…"

Kelvin nickt und reicht ihr wortlos seine Hand. Nebeneinander gehend setzen sie händchenhaltend ihren Weg fort.

„Für mich ist es eine Ehre und nicht selbstverständlich, deine Hand zu spüren. Sie ist warm und
glatt. Und doch ist sie – für eine Frau – auch voller
Kraft. Lebenskraft, Energie will ich meinen."

„Weißt du Kelvin, ich habe das noch nie zu einem
Mann gesagt, aber ich will dich, glaube ich, jetzt einmal küssen. Das reizt mich schon eine ganze Weile.
Ich will herausfinden, ob es anders ist. Ob du anders
bist. Wobei das du speziell bist, das ist für mich längst
bekannt."

Sie bleiben stehen. Der Wind wirbelt durch ihre
Haare und beide haben von der frischen Luft rosige
Wangen und gerötete Nasen.

„Ich will es ganz richtigmachen. Schau so..."

Shannon nimmt Kelvins Wangen in ihre Hände. Er
tut es ihr gleich. Langsam nähern sich ihre Gesichter.
Dann stupst eine Nase die andere an. Ihre Münder
berühren sich.

Dann lassen sie es einfach zu. Ihre Lippen öffnen
sich und...

Ein Kuss! Und was für ein Kuss. Mindestens fünf-
zehn Minuten küssen sich Shannon – die Unwiderstehliche – und Kelvin – der Zärtling!

Sie lechzen nach Luft. Und strahlen über beide Gesichter.

„DAS war Uuuh!!! Unglaublich!"

„Finde ich genauso. Gleich nochmal, oder? Nicht,
dass wir uns getäuscht haben?"

Und schon tasten sie vorsichtig mit den Lippen einander ab. Die Zungen umgarnen langsam und genüsslich ihre Mitspieler.

Shannon fasst mit ihrer rechten Hand an Kelvins
Hinterkopf und zieht ihn noch enger an ihren heran.
Das ist ein Zeichen von ICH WILL DICH und von

Leidenschaft. Beide schweben. Schweben auf dem Berggrat und um sie herum die Weite der Täler und anderen Berge. Hier sind sie ganz für sich. In den Connemaras´.

„Ich glaube, ich glaube, etwas Unvorstellbares ist passiert: Ich habe mich in dich, du lieber Kerl, verliebt!!"

„Und ich bin in dich verschossen. Vom ersten Moment an. Shannon, ich liebe dich! Darauf sollten wir anstoßen. Ich habe aber keinen Champagner dabei. Lediglich eine Thermoskanne mit Tee und Gebäck."

„Das ist doch jetzt genau das Richtige. Komm wir setzen uns da an den Felsen."

Gezielt steuern die beiden einen Felsbrocken an und versorgen sich mit breitem Grinsen, das von einem Ohr zum anderen reicht.

Kelvin ruft in die Täler: „Shannon!!" und ein mehrfaches Echo dringt in ihre Ohren.

Shannon erhebt sich und meint: „Und jetzt ich: Kelvin, ich liebe dich!!" Ebenfalls lauschen sie dem Widerhall aus den Bergtiefen.

Kelvin erinnert sich an eine Zeile aus dem Connemara Blues von John O´Donohue: *„Jetzt, wo sie unsere Namen zurückgerufen haben, können die Berge uns nie vergessen."*

„Und wir werden sie und unsere Namen niemals vergessen. Hätte mir das jemand zu Beginn meines Irlandaufenthaltes gesagt, ich hätte ihm nur einen Vogel gezeigt. Und jetzt, liebe ich dich, Kelvin O´Brien!"

„Mmmh…", Kelvin wischt sich ein paar Krümel aus dem Gesicht.

„Wir sind schon ein ungewöhnliches Pärchen. Doch können wir uns eine Chance geben. Wo die Liebe eben hinfliegt.“

„Ich weiß nicht, ob ich alles richtigmachen werde. Ich bin ja nicht so geübt darin, einen Mann zu lieben. Wie ist es mit Dir? Hattest Du schon viele Frauen?“

„Nein, eigentlich nicht. Natürlich bin ich schon einige Male einem Mädchen nähergekommen. Doch eine richtige und lange Beziehung wurde daraus nicht. Ich hatte immer das Gefühl von Unvollständigkeit und Restzweifel, so dass ich dann lieber einen Rückzieher gemacht habe.“

„Wie perfekt. Zwei erwachsene Jungfrauen sozusagen! Hahaha.“

Shannon bekommt einen Lachanfall und auch Kelvin stimmt mit in ihr Gelächter ein. Tja, Frischverliebte sind eben gerne albern.

Nach ihrer Rast schnappen sie wieder des anderen Händchens und hüpfen durch die Connemaras´. Manchmal strecken sie die Arme aus und drehen sich im Kreis bis ihnen schwindlig wird.

„Fang mich auf, Kelvin!“

Er ist heute ein wahrer Mann der Tat und fängt Shannon in seinen Armen auf. Sie spürt die Kraft in seinen Armen.

Am Ende ihres Wanderausflugs sitzen sie wieder im Jeep und beschließen noch in nordwestlicher Richtung das kleine Stück bis in das malerische Küstenörtchen Clifden zu fahren, um die heute ruhige Abendstimmung am Meer zu erleben. Zunächst steuert Kelvin aber ein Castle an, um dort mit Shannon eine Entspannungspause einzulegen. Anschließend schlendern sie in Clifden ein bisschen Hand-in-Hand an der Promenade und halten nach einem geeigneten

Restaurant Ausschau, um sich angemessen und mit Genuss zu stärken. Sie sind so hungrig und durstig – besonders nach einander – sprich nach LIEBE...

Schön ist eigentlich alles,
was man mit Liebe betrachtet.

Christian Morgenstern

Teil Drei

51.

Mitternacht ist bereits vorüber, doch Shannon fühlt sich extrem aufgekratzt und möchte gerne ihre beste Freundin Letitia an die Telefonstrippe bekommen. Diesmal kontaktieren sich die Freundinnen via Skype.

„Mensch Shannie, was hast du denn gemacht? Du hast ein so breites Grinsen im Gesicht. Gehe ich recht der Annahme, dass das mit einem jungen Iren zu tun hat? Ist etwa Kelvin der Grund?"

„Gute Kombinationsgabe, Lia! JA, er ist so ein bezauberndes Wesen. Wir waren heute in den Connemara Mountains und was glaubst du, ist da passiert?"

„Ich wette, du erzählst es mir gleich..."

„Genau, also Kelvin und ich steigen auf einen dieser Berge mit fantastischem Rundumblick und im Verlauf unserer Unterhaltung kommen wir uns immer näher und dann: Zack, Kuss und Bumm, im Herz."

„Moment, Moment, so schnell komme ich nicht mit. Deine Freundin ist um diese Uhrzeit heute nicht mehr so fix in der Birne."

„Bist du das denn etwa an anderen Tagen?" wettert Shannon frech.

„Haha. Dir muss es ja prächtig gehen, wenn du solche Witze reißen kannst. Ihr habt Euch also geküsst. Wie war das denn? Ich meine, mit einem Mann?"

„Du wirst staunen. Wieder einmal völlig elektrisierend. Der Kuss hat auch sogar eine gefühlte Stunde angedauert. Unsere Lippen wollten sich gar nicht voneinander lösen. Ich habe ein Feuer in mir gespürt, im Herzen und im Bäuchlein. Hab ihn nah an mich gezogen und gar nicht losgelassen. Stell dir das vor. Mit einem Mann!"

„Darüber staune ich ganz besonders. Das ging ja jetzt erheblich schneller als ich mir das im Entferntesten gedacht habe. Aber wie soll´s weitergehen? Fühlt ihr euch schon als Pärchen?"

„Das ist der springende Punkt. Ich weiß nicht, ob ich die Rolle einer Frau an der Seite eines Mannes einnehmen kann und will. Vielleicht kann ich auch die intime Partnerrolle im Bett nicht richtig sein. Ich weiß es einfach nicht. Aber ich würde es gerne ausprobieren. Doch für Spielchen und Rumprobieren ist Kelvin der Falsche, dafür fühlt er zu tief und meint es authentisch und ernst. Ich ja auch, weiß halt nur nicht, ob ich über meinen Schatten springen kann, über meine Vergangenheit."

„Hast du das denn nicht heute bereits getan? Frage ich mich nur so. Schau mal, du scheinst sehr glücklich über die Entwicklung auf der grünen Insel zu sein und das hat besonders mit Kelvin zu tun, richtig?"

„Yep!"

„Dann ist doch die größte Hürde bereits genommen, wage ich zu behaupten."

„Hmm, möglicherweise ja. Aber wie soll es weiterlaufen? In zwei Monaten verlasse ich diese Insel und nehme wieder mein Leben in Deutschland auf. Ich kann dann doch keine Fernbeziehung führen, besonders da uns nicht allzu viel Zeit bleibt, um das zarte Pflänzlein unserer Liebe zu stärken und zu festigen. Ich würde ihn zu sehr vermissen und vermutlich wäre es umgekehrt genauso."

„Ja, das ist schon keine leichte Ausgangssituation für eine junge Liebe. Und wenn du einfach nicht an deinen Aufbruch, sondern nur an die nächsten zwei gemeinsamen Monate denkst?"

„Tja, die Zeit könnte bestimmt unvergesslich werden. Ich bin auch bereit, mich in der neuen Rolle zu versuchen. Gehe gern auf diese Entdeckungsreise. Auch körperlich. Vielleicht komme ich auch besser damit zurecht, als wir beide von mir erwarten würden. Dennoch und außerdem, hinzukommt, dass ich ihn nicht als Lückenbüßer nach dem Beziehungsende von Larissa ansehen will. Auch wenn du es anders siehst - das liegt nun mal in deiner Vamp-Natur – will ich ihn nicht mal als „irisches Abenteuer" ansehen. Dazu sind wir beide – Kelvin und ich – zu verletzlich und zu empfindsam."

Letitia kratzt sich am Kopf und faltet ihre Hände als Kinnstütze.

„Da hilft wohl nur eines: du musst ihn von deinen Bedenken unterrichten. Und es ist immer besser, wenn zu zweit darüber nachgedacht wird, was ist, was kommen wird, wie es laufen könnte und wie es klappen könnte? Zwei Köpfe und Herzen erreichen hier bestimmt viel mehr, als wenn du dir jetzt alleine den Kopf zerbrichst."

„Ich habe auch den Eindruck, ich bin es Kelvin jetzt schon schuldig mit offenen Karten von Anfang an zu spielen."

„Was? Du willst mit ihm spielen?"

„NEIN, LIA! Du hörst mir überhaupt nicht richtig zu. Was habe ich denn eben gesagt und dir zu erklären versucht?"

„Oh, sorry, bin schon etwas müde und tranfunzlig."

„Doch nicht jetzt. Wie kann man denn an einem Tag wie heute müde werden? Hihi. Ich werde sicher

die ganze Nacht wachbleiben und kein Auge zuma-
chen können."

„Den Eindruck habe ich aber auch von dir."

„Dennoch ist heute ein großer Tag in meinem Leben. Weißt du, es ist wie ein Neubeginn. Wie die Ge-
burt von etwas wirklich Schönem und Außergewöhn-
lichem. Von etwas Neuem. Zu gerne würde ich dir Kelvin vorstellen. Ist zwar nicht dein Typ, aber mögen
würdest du ihn auch sicher auf Anhieb. Apropos Typ,
wie läuft es bei dir mit Tom?"

„Ach, frag nich´. Er möchte mich nächstes Wochenende mit seiner Motoryacht durch die See ma-
növrieren. Aber vielleicht habe ich da auch etwas Anderes vor."

„Du hast ein Leben, Lia."

„Was man von dir gerade auch sagen kann, Shannie. Gute Nacht, Kleine!"

Die Busenfreundinnen verabschieden sich für diesen Tag beziehungsweis für diese Nacht und versprechen zum Abschied sehr bald – so in einer guten Woche - nochmal zu quatschen oder zu skypen.

52.

An einem so schönen Sommertag wie heute fährt
das Kleeblatt an ihren Stammsurfstrand. Flynn hat
kurzerhand Vivienne und Kelvin eingesammelt und
mitgenommen. Bereits auf der Fahrt kann der bestens gelaunte Kelvin nicht umhin, seine Schwester
und seinen Kumpel ins Bild zu setzen, was sich mit
Shannon bei den Connemaras zugetragen hat.

„Wenn du weiter so vergnügt pfeifst, Kelvin, dann packe ich mir Ohropax in die Ohren. Deine gute Laune ist ja kaum noch zu ertragen. Aber andererseits freue ich mich für dich. Was hat sich denn in den Connemaras abgespielt?" fragt Flynn freundlich.

„Es war einfach ein perfekter Tag. Das Wetter hat mitgespielt, wir sind auf einen Gipfel gewandert und oben, mit der sagenumwobenen Kulisse der „Twelve Bens" haben Shannon und ich uns so richtig geküsst. Meine Traumfrau hat mich geküsst. Es war nicht einfach so ein Kuss, gehaucht wie an der Love Corner, sondern wir sind völlig darin aufgegangen und unser Küssen war voller Leidenschaft. Shannon hat mir gesagt, dass sie mich liebt. Stellt euch das mal vor! Sie sagte, *ich bin in Dich verliebt, Kelvin!* Zwar hat sie einige Bedenken und Vorbehalte, vielleicht nicht direkt wegen mir, aber indirekt schon."

„Trotzdem schwebst du auf Wolke 7. Und das ist die Hauptsache. Hat Sie dir die Gründe ihrer Zurückhaltung mitgeteilt. Ich habe mit ihr gesprochen und aber gleichzeitig mein Ehrenwort gegeben, dass ich es nicht verrate.", erklärt Vivienne.

„Ja, ich kenne jetzt ihr Geheimnis. Das macht es nicht leichter.", Kelvin macht einen bekümmerten Gesichtsausdruck.

„So wir sind da und die Wellen scheinen heute ganz ordentlich zu sein. Also schnell in die Neos geschlüpft und ab ins Wasser würde ich sagen.", meint Flynn.

Gesagt getan, das Trio trägt die Surfbretter unterm Arm und läuft barfuß über den Strand bis zu den anlandenden Wellen, die sogleich die Füße umspülen und im Sand einsinken lassen.

„Huuuh, das ist aber noch recht kühl. Dabei haben wir Juni.", fällt Vivienne auf. „Aber ach, was soll's, rein in die Fluten." Sie ist auch die Erste, die sich aufs Brett legt und raus paddelt.

„Die kennt nichts, diese Frau. Na, da müssen wir harte Kerle aber unbedingt nachziehen, was meinst du, Kelvin?"

„Keine Frage, hier besteht Zugzwang."

Kurzerhand springen die beiden auch ins Wasser und jauchzen. Sie holen Vivienne mit ihren Boards ein und halten nach einer guten Welle Ausschau.

„Was habt ihr – du und Shannon - eigentlich in der nächsten Zeit so vor?", ruft Flynn herüber, ehe er eine Welle nimmt.

Kelvin konzentriert sich auf den Schwung, der mit der nächsten Welle kommt. Er klettert aufs Board und balanciert auf der Welle und macht ein paar Schwünge. Dann fällt er ins Wasser.

Flynn ist ganz in der Nähe und Kelvin antwortet ihm:

„Ich dachte, zunächst mal mit ihr bei Onkel Nathan einen Abstecher zu machen und einen Ausritt zu unternehmen. Aber auf alle Fälle plane ich einen Ausflug an den Shannon River. Immerhin ist es der Namensvetter von Shannon. Das soll etwas besonders werden, so wie es mir vorschwebt."

„Hey, coole Idee, Kelvin."

„Gell, finde ich auch."

„Jungs, kommt mal näher her, ich bekomme ja gar nicht mit, was ihr besprecht. Bin doch neugierig, was Kelvins Liebelei angeht.", winkt Vivienne die beiden herbei.

Flynn und Kelvin paddeln zu Vivienne.

„Was passiert eigentlich mit euch, wenn Shannon wieder nach Deutschland zurückkehrt? In wieviel Monaten? In zwei oder einem?"

„Daran will ich am liebsten noch gar nicht denken. Doch das habe ich mich in der Nacht tatsächlich auch gefragt."

„Kommt Zeit, kommt Rat." meint Flynn.

„Hm, wahrscheinlich leben wir hier erstmal unsere Liebe von Tag zu Tag, sofern Shannon nicht doch noch einen Rückzieher macht."

„Am besten ihr besprecht das aber frühzeitig zusammen."

„Oh ja. Das werden wir. Keine Sorge."

„Habe ich auch nicht. Meine Sorge sieht gerade so aus, ob ich diese Welle dahinten noch packe."

Und schon zieht sich Vivienne aufs Brett und reitet die nächste Welle. Nach einer guten Stunde kehren die drei ins Strandhaus zurück und befreien sich aus den Neoprenanzügen und rubbeln sich mit ihren Badetüchern trocken.

Nachdem eine Stärkung eingenommen ist, spazieren sie gemeinsam die Bucht entlang. Ein schöner Strandtag!

53.

Und wieder ein Jahr vollendet, denkt sich Kelvin, als er wie in Zeitlupe in den Tag startet. Heute ist aber nicht irgendein Tag, sondern sein 24. Wiegenfest. Ebenso das von Vivienne, die wollte aber auswärts reinfeiern. Die anderen Bewohner im Hause O´Brien – inzwischen sind es neben Vivie, Leenie und Mitch auch dessen „neue" Flamme Cathleen – haben sich heute besonders früh fertiggemacht und sind alle außer Haus, wie Kelvin im Flur feststellt. Es ist so schön still.

Na, dann ziehe ich mir mal schnell meine Lieblingsjeans an und ehrenhalber ein unifarbenes Longsleeve mit einer dunklen Cordjacke.

Der Blick auf seine Armbanduhr verrät ihm, dass es jetzt fast elf Uhr ist. Eigentlich wäre er nun aufbruchbereit. Zunächst wählt er jedoch Shannons Smartphone-Nummer, denn sie hat ihn am gestrigen Abend eingeladen, heute früh – nach dem Ausschlafen – doch kurz in ihrem Loft-Appartement vorbeizuschauen und sobald er auf den Beinen ist kurz durchzurufen. Etwas *gaaaaanz Besonderes (!!)* hat sie ihm angekündigt. Und zwar in ihrem verführerischsten, überzeugendsten Tonfall. Daraufhin wäre Kelvin am liebsten auf der Stelle zu ihr gerannt. Doch sie hat ihn gebremst und auf den heutigen Morgen verwiesen.

Also nichtsahnend ruft er Shannon an.

„Good Morning, Honey! Ich hoffe, du hast tief und fest letzte Nacht geschlafen? Ich war fast die ganze Nacht lang wach, da ich mich so auf deinen heutigen Geburtstag gefreut hab. Schön, bist du fertig?"

„Aber ja doch, wie versprochen, rufe ich an. Darf ich mich jetzt endlich auf den Weg zu dir machen?"

„Na klaro. Worauf wartest du denn noch, mein Langschläfer!"

„Dann bis gleich."

Komisch, dass ihm bisher noch keiner gratuliert hat, auch Shannon hat es wohl wahrscheinlich in ihrer Aufregung schlicht und einfach vergessen. Kelvin verspürt einen Ministich in seiner Herzgegend, will sich aber nicht länger mit dem traurigen Gedanken befassen, sondern sogleich zieht wieder ein Strahlen über sein Gesicht: Immerhin würde er gleich seine verehrte und geliebte Shannon wiedersehen. Da das Wetter trocken und mild ist, beschließt Kelvin kurzerhand die zwanzig Minuten zu Fuß durch die City zu Shannon zu gehen.

An ihrer Tür angelangt, fallen ihm gleich die drei Luftballons und eine Luftschlange ins Auge. Er klingelt...

„Moooment, noch...!"

Dann mit einem Ruck öffnet sich die Appartementtür und Shannon steht in einem sündhaft-schicken Outfit vor ihm, umschlingt ihre Arme um seinen Hals, zieht ihn zu sich und ruft laut: „Happy Birthday, mein lieber Kelvin! Nur das Allerallerbeste für dich und das kommende Lebensjahr! Ich wäre so gerne ein Teil dessen..."

„Du bist aber süß.", entgegnet Kelvin ihr, „Ich hoffe doch auch ganz stark, dass du auch zu meinem 25. Geburtstag noch an meiner Seite bist. Wenn ich den überhaupt erleben werde..."

„Wieso solltest du denn nicht?" Shannon ist leicht irritiert.

„Na, weil dein sexy Aussehen meine Herzpumpe gewaltig höherschlagen lässt. Auf Dauer könnte es wegen „Überlastung" zusammenklappen. Aber wow, du hast dich ganz schön in Schale geschmissen, diese seidigen Strumpfhosen und dein beachtlicher, unübersehbarer Dekolleteeausschnitt mit den sichtbaren Bustierträgern an deinen sonst nackten Schultern, wem da nicht warm wird, dem ist auch nicht mehr zu helfen."

„Du kannst es aber auch manchmal ziemlich direkt ansprechen, oder?" grinst Shannon.

„Ich sag mal so, das schönste Geschenk hast du mir schon gemacht: denn dein Anblick, deine Stimme und deine Worte, mehr brauche ich gar nicht. Du verzauberst mich!"

„Aber, aber, jetzt komm doch erstmal richtig rein und schau, was ich für dich gebacken habe."

Kelvin betritt das Loft und entdeckt auf dem Couchtisch ein Backblech mit lauter Brownies und in jedem steckt eine brennende Kerze.

„Sind das etwa 24 Stück?" will Kelvin genauer wissen.

„Ja. Aber noch nicht auspusten. Zuerst will ich dir nämlich nicht zum Geburtstag, sondern zum mit Bestnote bestandenen Masterabschluss gratulieren. Prof. Higgins hat mir dein Ergebnis mitgeteilt. Er war hochangetan von deiner Masterthesis."

„Dachte ich mir doch, dass ihm das gefallen würde. Ach, ich freue mich ja so über das tolle Ergebnis und dass das Studium jetzt ein für alle Mal abgeschlossen ist. Damit schließt sich ein großes Kapitel in meinem Leben. Wir müssen das feiern."

„Genau, aber ein neues Lebenskapitel beginnt für dich heute mit einem weiteren Lebensjahr. Und keine Sorge, wir werden dich gebührend feiern."

„Dann kann ich also jetzt die Kerzen auspusten?"

„Noch nicht. Denn ich habe eine kleine Überraschung für dich."

„Noch nicht...? Na dann, überrasche mich doch einfach."

Klingeling – die Türklingel meldet sich.

„Kelvin, ich glaube, du solltest jetzt mal aufmachen."

„Ich?? Bist du sicher?"

Shannon nickt einfach.

Kelvin öffnet die Wohnungstür und Vivienne mit Leenie im Schlepptau steht vor ihm, wedelt mit ihren Händen und drückt ihn herzlich.

„Happy Birthday, mein geliebtes Brüderchen!"

„Aha, das also ist deine Überraschung.", meint Kelvin erstaunt zu Shannon gewandt. „Dir auch alles Liebe zu dem deinigen Geburtstag. Wie war die Feier?"

„Ach, ziemlich cool. Ich habe es heute Nacht gar nicht geschafft, nach Hause zu kommen. Bin jetzt quasi von der Piste zu euch gekommen. Werde aber nachher meinen wohlverdienten Schlaf nachholen."

Kurz darauf klingelt es erneut, Kelvin macht wieder auf und es steht Flynn in der Türschwelle.

„Hey Alter, schön, dass ich dabei sein darf, wenn du versuchst die 24 Kerzen auszupusten..."

„Mmmhm. Du auch hier?"

Erneutes Türschellen. Und da stehen Mitch, mit Cathleen an der Hand, und Onkel Nathan vor ihm.

„So, mit uns hast du jetzt bestimmt nicht gerechnet, oder mein Sohn?"

„Fürwahr, fürwahr!... So jetzt bin ich aber echt sprachlos. Dann habe ich ja jetzt gewissermaßen eine richtige Geburtstagsfeier?"

„Natürlich. Doch warte es mal ab..."

Nochmal klingelt es. Kelvin hat kaum Zeit die Hand von der Türklinke zu nehmen. Nun steht der alte Connor vor ihm.

„Potzblitz, mein Master Kelvin, Ihr seid doch erheblich älter geworden, als Ihr ausseht, doch weniger als es Euch nicht zu Eurem Vorteile mehr stünde. Ich möchte auch von Herzen gratulieren."

„Jetzt erwarte aber nicht von mir, dass ich deinen Satz auf Anhieb verstehe.", lacht Kelvin. „Sind wir denn dann komplett?"

Shannon legt ihren Zeigefinger an die Lippen: „Pssst, höre doch mal genau hin!"

Und schon bimmelt es wieder am Eingang. Die nächste Überraschung: Aislinn.

„Wie du? Woher wusstest du? ..." Die Sprachlosigkeit steht Kelvin ins Gesicht geschrieben.

„Tja, es muss wohl über den Ticker gegangen sein, dass du heute etwas zu feiern hast. Alles Gute, lieber Kelvin!"

„Also, wie kamst du denn auf diese tolle Idee?" fragt Kelvin an Shannon gewandt.

„Ja, also, ich wollte doch alle, die in den letzten Monaten mit dir, mit uns beiden in Verbindung stehen, heute einladen, um dich hochleben zu lassen, lieber Kelvin."

Plötzlich geht die Klingel noch einmal...

„Hä? Wer sollte das denn noch sein? Wir sind doch vollständig?" meint Kelvin, geht aber zur Tür.

Da steht der Postbote und überreicht ihm ein Päckchen. „Päckchen für Ms. Andersen."

„Ähm, Kelvin, der Postbote war jetzt aber nicht geplant. Was für ein lustiger Zufall."

„Hihi." Er übergibt ihr das Päckchen. „Dann puste ich schnell mal die Kerzen aus, um endlich einen Brownie probieren zu können."

Noch einmal läutet es an der Türe.

Verwunderter kann Kelvins Gesichtsausdruck kaum sein:

Annie und Pip – das Traumpaar aus seiner Love-Letter-Licence-Schreibwerkstatt - stehen Hand in Hand vor ihm. Wie aus einem Munde beginnen sie gleichzeitig zu singen:

„Viel Glück und viel Segen auf all deinen Wegen, ..."

„Ich bin echt baff und sehr tränengerührt. Ihr seid heute meine Ehrengäste! Kommt doch bitte rein!"

Kelvin gibt Shannon einen kleinen Klaps auf den Hintern und einen Kuss. „Sag mal, hast du die ganze Insel heute eingeladen? Danke, Darling!"

„Gern. Deine Freude ist mir doch das Mindeste."

Kelvin pustet mit einem Atemzug alle 24 Kerzen aus, doch sie gehen wieder von alleine an, er pustet sie wieder aus, sie gehen wieder an... und so weiter.

„Haha, das habe ich mir ausgedacht, Alter!", lacht Flynn.

Sie beschließen die Geburtstagskerzen herunterbrennen zu lassen. Das dauert auch nicht mehr lange. Währenddessen hat Shannon Schampus und andere Getränke eingeschenkt.

„Bevor wir uns mit den Brownies die Bäuche vollschlagen, möchte ich kurz das Wort erheben und mit euch auf unseren geliebten Kelvin anstoßen. Ich habe mich selber davon überzeugen können, dass Kelvin ein sehr besonderer Mensch ist. Er bezeichnet sich selbst gerne als Zärtling und das kann ich nur voll unterstreichen. Kelvin ist jemand, den muss man einfach gernhaben und der mit vielen Talenten gesegnet ist, mit denen er die Welt zu einer Schöneren macht. Ich bin stolz gerade an deiner Seite zu sein und im Namen aller hier wünsche ich dir alles Glück dieser Welt! Hoch sollst du leben!"

„DANKE an Euch alle!" stößt Kelvin endlich mit allen an und kann seinen Brownie probieren.

„Mmmmhmm, ein Gedicht! Wo hast du die her, Shannon?"

„Na, was ist das denn für eine Frage? Selber gebacken natürlich!"

„Diese Frau ist doch immer für Überraschungen gut. Das könnte noch das Motto des Tages werden, findet Ihr nicht auch?"

Alle lachen, trinken und mampfen ihre Brownies.

Ein unvergesslicher Geburtstagsauftakt!

54.

Nach dem Geschenkeauspacken und der Auflösung der Festgesellschaft ist nur noch Onkel Nathan geblieben, der Kelvin etwas zu sagen hat:

„Lieber Neffe, ich nehme dich und Shannon jetzt mit auf die Farm. Soweit ich informiert bin, hast du nämlich noch nichts Anderes für den Mittag geplant, richtig?"

Kelvin schaut auf die Seite zu Shannon, dann zurück zu Nathan:

„Nein, bis jetzt noch nicht... Aber was sollen wir denn heute auf der Farm? Brauchst du Hilfe? Hände, die anpacken?"

„Warte es ab..."

Die drei steigen kurze Zeit später in Nathans Pickup. Ohne viel Verkehr erreichen sie nach einer Viertelstunde Nathans Hof.

„So, dann stelle Shannon doch mal unsere „Brown-and-Beauty" und „Freedom" vor. Ich habe für euch schon das Striegeln und Auskratzen der Hufen übernommen. Sie müssen nur noch gesattelt werden und los geht's, würde ich sagen."

„Aber, ich weiß gar nicht, ob Shannon reiten kann bzw. sich auf den Rücken eines Pferdes traut."

„Ach, Kelvin, ich habe mir überlegt, dir einen gemeinsamen Ausritt zu schenken, da ich wusste, dass dir das ein Herzenswunsch war. Zugegebenermaßen, Respekt habe ich schon, obwohl Nathans Pferde einen sehr zutraulichen und vertrauenserweckenden Eindruck machen. Ich bin tatsächlich keine Reiterin, aber so schwer, wird´s schon nicht sein. Du kannst mir ja ein paar Dinge beibringen, einverstanden?!"

„Und ob! Danke für das schöne Geschenk. Ich wollte dir wirklich die Umgebung auf einem Pferd zeigen. Für dich hat Nathan dann wohl „B´n´B" ausgesucht. Das ist der Spitzname für unsere Stute „Brown-and-Beauty". Sie ist sehr lieb und wird sich an dir erfreuen. Ich schnappe mir den Dunklen - „Freedom". Das Satteln mache ich geschwind. Drüben im Stall kannst du dir einen Satz Reitklamotten von Vivie überziehen."

„Mach ich, du Süßer!"

Wie ein Honigkuchenpferd grinst und freut sich Kelvin, ob des anstehenden Ausflugs.

Nachdem B´n´B sich an Shannon und ihren Geruch gewöhnt hat, geht die Tour los. Erst ein paar Runden im Innenhof, dann geht es in Schritttempo durch die Wiesen und Felder.

„Hey, du bist ein Naturtalent. Kriegst das schon sehr gut hin." meint Kelvin in aufrichtiger Anerkennung.

„Na ja, Brown-and-Beauty macht es mir aber auch sehr leicht. Ist für mich noch ein ungewohntes Gefühl für Becken und Rücken. Schau mal, Kelvin, die Schafherde da vorn. Gehören die zu deinem Onkel?"

„Ja, denen werden wir noch öfter begegnen. Die Weiden sind sagenhaft weitläufig und es gibt hier viele, ach was sag ich, unzählige Schafe. Ich gebe dir hinterher einen Pulli, hergestellt aus der Wolle von Onkel Nathans Schafen. Er hat immer viele muster-exemplarische Wollpullover auf der Farm herumlie-gen. Dann kannst du selber die Wetterfestigkeit und unbeugsam-widerspenstige Natur dieser Schafe am besten am eigenen Leib nachempfinden. Wie mir scheint, haben wir echt Glück mit dem Wetter. Bisher kein Regen."

„Der soll sich auch ja zurückhalten, ich möchte doch hier draußen nicht klitschnass werden."

„Das hätte durchaus seinen Reiz, besonders da du ein helles Oberteil trägst..."

„Ähem, ... wohin dich Deine Gedanken wieder trei-ben, ... ts, ts, ts!"

„Na ja, Träumen wird ja wohl noch erlaubt sein?" meint Kelvin keck.

Die beiden Reiter und die Pferde genießen den Ritt auf unsichtbaren Trampelpfaden durch die herrliche, hügelige und grasgrüne Weidenlandschaft, aufgelo-ckert von alten Steinmauern. In unmittelbarer Küs-tennähe hält Kelvin an einem alten Zaungatter an und bindet Brown-and-Beauty fest.

„Was hast du vor? Eine kleine Rast?"

„Nein, du kommst jetzt mit auf mein Ross. Setz dich vor mich hin und halte dich gut fest. Ich werde gleich – sobald wir am Strand sind - ganz langsam das Tempo erhöhen."

„Was hier gibt es einen Strand?"

„Ja, sogar einen ziemlich schönen, flachabfallen-den Sandstrand."

„Los, worauf warten wir denn dann noch?"

Kelvin führt Freedom mit Shannon auf dem Rü-cken durch einen schmalen Pfad, der hinab an den verborgenen Strand führt.

„So, gleich werden wir als Einheit zusammen erleben, was *Freedom* in Irland bedeutet!"

Kelvin schnalzt mit der Zunge und Freedom geht vom Schritt in den Trab über.

„Hoho, der zieht ja schon ganz schön an.", bemerkt Shannon.

„Warte es ab, es geht noch besser...", im leichten Galopp fegt der Rappe über den Strand, am Meeressaum entlang, so dass hinter ihnen Sand und Meerwasser hochspritzen. Der böige Gegenwind bläst in Shannons rosiges Gesicht und lässt ihre langen, offenen Haare flattern. Sie jauchzt und jubiliert: „Jippiie!"

„Ist da nicht pures irisches Feeling?" ruft Kelvin von hinten in Shannons rechtes Ohr. Dabei kommt ihm ihr betörender Parfümduft in die Nase.

„Wenn das irisch ist, hätte ich gerne mehr davon. Das ist wahre Freiheit." brüllt Shannon in einer seitlichen Kopfbewegung zu ihrem Liebsten.

Am Ende der Strandbucht angekommen, drehen sie um und legen den Rückweg bis zu Brown-and-Beauty im leichten Trab und Schritt zurück. Währenddessen staunt Shannon immer noch fassungslos über das Freiheitserlebnis:

„Wie Freedom uns beide trägt, dieses Muskelspiel und seine Eleganz. Als ob wir Fliegengewichte wären, die ihn gar nicht stören. Das werde ich meinen Lebtag nicht vergessen. Eigentlich habe ich mich ja selber mit dieser Tour beschenkt."

„Nein, nein, dich dabeizuhaben ist wundervoll. Und ich komme auch noch auf meine Kosten: habe gerade nämlich einen Regentropfen abbekommen."

„Och nein, habe doch nichts zum Überziehen. Dann siehst du gleich auf dem Nachhauseweg meinen

Spitzenbustier durchblicken..., als ob du es geplant und den Regen bestellt hättest."

„Ehrlich, ich hatte es gehofft."

Nach einer Weile sind beide durchnässt und Kelvin spürt eine innere Hitzewallung aufkommen bei seinen Seitenblicken auf Shannons zusehends durchscheinende beachtliche, wohlgeformte Oberweite.

„Das ist wie im Paradies. Die Schönste von allen reitet mit mir durch den County."

Als beide wieder bei Nathans Farm angelangt sind, versorgt Kelvin die zwei Pferde und führt sie zu den anderen in die große Koppel, nachdem er Shannon wie angekündigt einen passenden Wollpulli aus O´Brienscher Herstellung gereicht und sie mit einem Frottierhandtuch trockengerubbelt hat. Shannon zieht sich um und probiert den Pulli direkt über, der wie angegossen sitzt und meint mit strubbeligen Haaren: „Scheint perfekt zu passen. Etwas kratzig auf der Haut ist er aber irgendwie schon. So, genug jetzt, wir müssen uns langsam fertigmachen, denn wir haben nämlich noch etwas vor!"

„Hä? Wir haben doch gerade etwas unternommen. Was für ein Vorhaben meinst du denn?"

„Na, wenn ich das so leicht verraten würde, dann wäre ich nicht die Shannon, die für dich für Überraschungen gut ist. Soviel sei verraten: Flynn wird uns hier gleich mit seinem Jeep abholen und dann fahren wir erstmal 90 Minuten. Ich möchte diesen deinen Geburtstag unvergesslich machen. Versprochen!"

„Der ist doch schon längst unvergesslich."

„Ha, warte es ab, ich werde den Tag noch zu steigern wissen..."

Ungläubig schüttelt Kelvin den Kopf: „Diese Frau muss man einfach lieben." Und schenkt ihr einen

Kuss auf den entblößten Nacken oberhalb des Woll-
kragens.

55.

Flynn, Kelvin und Shannon cruisen mit dem Jeep
in östlicher Richtung. Ihr Reiseziel müsste auch
gleich erreicht sein, immerhin beträgt ihre Fahrzeit
ungefähr anderthalb Stunde.

„Hier gleich die übernächste Abzweigung müsste
es sein. Fahr mal langsamer, Flynn.", navigiert
Shannon.

„Wollt ihr mir denn jetzt verraten, wohin wir fahren
und was wir machen wollen?", möchte das Geburts-
tagskind gerne wissen.

„Gedulde dich, du siehst es sowieso gleich."

Sie befahren eine längere Kiesauffahrt, die am
Rand mit rot und weiß blühenden Rhododendronbü-
schen gesäumt ist.

„Was werde ich gleich sehen?"

„Na, schau mal nach vorne."

„Den See und einen leeren Bootsanleger sehe ich
vor mir."

Flynn parkt den Geländewagen neben einem schon
in die Jahre gekommenen Bootshaus.

„Et voilà Wir sind da. Ich helfe euch beim Umladen
des Gepäcks." meint Flynn.

„Umladen? Worauf umladen? Jetzt könnt ihr mir
die Überraschung verraten, nicht wahr?"

„Na klar, hinter dem Bootshaus gibt es noch einen
Anleger. Dort wartet etwas auf uns..." gibt Shannon
jetzt preis.

„Dann nichts wie hin. Will es doch jetzt endlich wissen!" Und schon flitzt Kelvin um die Ecke und entdeckt am Steg ein festgetautes Hausmotorboot. Shannon folgt ihm und erklärt:

„Das ist die „Niall´s Pearl". Der liebe Flynn hat es möglich gemacht dank seiner unzähligen Social-Media-Aktivitäten dieses schöne Hausboot in der Hauptsaison für uns beide zu ergattern."

„Ja, Kumpel, war gar nicht so leicht. Musste mal meine Connections spielen lassen. Du weißt jetzt, wo wir uns befinden, oder?"

„Am See. Durch den der Shannon fließt. Soll das etwa heißen, wir tuckern gleich auf deinem Fluss, Liebste?"

„Genau, das bedeutet es."

„Aber ich wollte dir doch den Shannon zeigen..."

„Warum sollte ich nicht auch mal dir zuvorkommen und hey, du hast heute Geburtstag, da habe ich mir halt etwas für dich einfallen lassen."

„Wie cool ist das denn? Bin echt sprachlos, dann also ab an Bord mit uns und unseren Sachen. Was ist mit dir, Flynn?"

Der winkt aber ab. „Nee, ich bin heute nur der Fahrer. Ich habe vorhin ein Treffen mit Aislinn ausgemacht. Besonders du wirst verstehen, dass ich mir das nicht entgehen lassen kann. Also genießt eure Flusskreuzfahrt!"

„Danke, Flynn. Wirklich vielen Dank!"

Kurze Zeit später ist Flynn wieder aufgebrochen und Shannon inspiziert mit Kelvin zusammen die „Niall´s Pearl".

„Hätte nicht gedacht, dass das Boot so geräumig ist. Da passt ja eine ganze Familie rein."

„Das ist nun für die nächste Zeit unser Zuhause! Unser gemeinsames Zuhause will ich betonen." erklärt Shannon. „Und wir dürfen es beide steuern. Man braucht keine Bootslizenz."

„Dann willst Du bestimmt den Shannon hinauffahren, oder?"

„Genau. Mit dir. Den Shannonfluss. Mit Kelvin – vom nahen Fluss. Shannon – Kelvin. Das hat einen tieferen Sinn, will mir so scheinen."

„Das ist ja mein Reden seit einer Weile. Hihi."

Ein flüchtiger Kuss landet auf Shannons Stirn.

„Davon hätte ich auf dieser Tour gern noch ein paar mehr." frotzelt Shannon.

„Dafür kann und werde ich sorgen."

Die beiden haben ihr Gepäck inzwischen unter Deck verstaut.

„Also mein Kapitän, wollen wir ablegen?"

„Ich mach uns schnell los."

Gesagt, getan. Kelvin löst die Seemannsknoten am Ableger. Das Hausboot driftet langsam weg vom Bootssteg. Wieder an Shannon gewandt:

„Dann wollen wir uns doch mit der Steuerung befassen."

„Angeblich soll das gar nicht so schwer sein."

Sie probieren beide ein bisschen die Technik aus und kommen rasch zurecht.

„Scheint wirklich nicht allzu schwer zu sein."

„So, Schiff ahoi, mon capitaine! Auf in eine neue Welt! In unsere Welt – in unsere Zukunft."

„Gemeinsame Zukunft…" ergänzt Kelvin.

„Ja, soweit das möglich ist. Doch gerade sollten wir das Hier und Jetzt genießen und feiern. Dich feiern."

„Du beschenkst mich echt außerordentlich. Hätte mir heute früh einer gesagt, dass wir heute auf dem

Shannon fahren, ich hätte ihn glatt für verrückt erklärt."

„Ein bisschen Spinnerei gehört zu dieser grünen Insel wohl dazu. Da habe ich mir anscheinend schon etwas abgeschaut."

„Wen habe ich mir da bloß geangelt, frage ich mich?" neckt Kelvin seine Unwiderstehliche.

Das Wetter frischt etwas auf und die Besatzung zieht Windbreaker über ihre Wollpullover. Beide setzen sich auf die Sitzbank hinter dem Steuerrad und lehnen sich aneinander. Kelvin legt einen Arm um Shannon und hält ihre rechte Schulter fest.

„Das ist wie ein Traum, den man positiv erregt durchlebt."

„Finde ich auch. Lass uns bevor es dunkel wird, noch ein wenig die Landschaft um uns herum mit den Augen aufsaugen."

„Du hast Recht. Hier gibt es viel zu sehen. Doch fällt es meinen Augen schwer, den Anblick von dir zu nehmen. Du bist eine Erscheinung – eine wahre Augenweide! Und was für Eine!"

„Na du wieder, du verpasst doch noch die ganzen Sehenswürdigkeiten auf der Strecke. Schau da drüben, zum Beispiel den Schwarm Seevögel." Mit dem Zeigefinger deutet Shannon in die Richtung. Sie kann sich aber auch nicht erwehren, zahlreiche Blicke auf Kelvin zu werfen.

Hm, er gefällt mir wirklich soooo gut. Da habe ich einen tollen Fang gemacht. Hoffentlich mache ich nachher nicht alles falsch... und weiß auch, was ich da tun will...

Shannon errötet etwas an ihren Wangen. Und versucht, ihren Fokus wieder auf die Uferumgebung zu lenken. Auf dem momentanen Flussabschnitt sind kaum andere Boote unterwegs, so dass nur minimale Steuerungsimpulse gesetzt werden müssen.

Die Sonne sinkt zunehmend am Horizont. Orange-rotes Licht spiegelt sich auf dem Shannon und insze-niert besonders im Wechselspiel mit den aufziehen-den Wolkenformationen ein grandioses Schauspiel.

„Zeit, so langsam wieder nicht nur von Luft und Liebe zu leben, sondern richtige Nahrung und Ge-tränke zu uns zu nehmen. Ich habe da ein paar Sa-chen für uns eingepackt."

„Du kannst Gedanken lesen. Ich habe ehrlich rich-tig Hunger bekommen."

„Also dann schmeiße ich mal die Bordküche an."

„Kann ich dir irgendwie dabei helfen?"

„Nein, du darfst dich entspannen. Heute lese ich dir jeden Wunsch von den Augen ab. Ich weiß, der Romantikstreiter in dir will das gerne anders herum-machen. Aber eben, weil ich dich schon ein wenig kenne, tauschen wir heute ein bisschen die Rollen. Wie du auch, gebe ich für meine Liebsten viel, wenn nicht sogar alles. Spätestens auf dieser Insel der Ver-rückten habe ich das gelernt, möchte es für mich übernehmen, über mich selbst hinauszuwachsen..."

„Du bist doch längst eine Große! Eine ganz Große habe ich festgestellt! Brauchst gar nicht mehr wach-sen. Bleib die Shannon, die du bist und die ich kenne."

„Das genügt nicht. Damit würde ich dir nicht ge-nügen. Ich möchte Dir auf Augenhöhe begegnen."

„Also, wenn einer in Sachen Augenhöhe über sich selbst hinauswachsen müsste, dann bin ich es. Du hast einen sehr großen Vorsprung im Leben, liebe Shannon."

„Hm, ... dem kann ich nur in Teilen zustimmen." Mit nachdenklicher Miene macht sich Shannon an die Essenszubereitung.

56.

Das vorzügliche Mahl bestehend aus irischem Wildlachs, Tagliatelle und frischem Gemüse in einer Weißwein-Sahnesauce ist mit Genuss einverleibt worden. Kelvins Geschmackssinn ist voll auf seine Kosten gekommen. Liebe geht anscheinend auch durch den Magen.

Das Geschirr ist rasch sauber gespült und verräumt. Das Liebespärchen macht sich noch eine Flasche Schampus auf und geht erneut aufs Vorderdeck, um zuerst einige Kerzen anzuzünden und sich dann sitzend aneinander gelehnt eine Decke über die Schultern zu legen und die Seele baumeln zu lassen. Shannon hat an alles gedacht. Kelvin betont, wie schön der heutige Geburtstag für ihn ist.

„Und der ist ja noch nicht ganz vorbei..." meint Shannon.

„Ich habe das Gefühl, als ob ich gleich mehrere Geburtstage auf einmal habe, so besonders ist dieser Tag mit dir. Deine Überraschungen sind echt mega! Könntest du das nun jedes Jahr so machen?" bittet Kelvin mit einem Grinsen.

„Das warten wir am besten mal ab... Soll ich Dir noch etwas Champagner nachschenken? Dein Glas ist so gut wie leer..."

„Aber gerne – Liebste..." Kelvin hält inne, blickt Shannon tief in ihre hübschen Äuglein und fährt fort.

„Hier mit dir unter freiem Sternenhimmel auf dem Shannon zu sitzen, empfinde ich als äußerst romantisch und ich bin ein Fan von Romantik."

„Wenn ich mich recht entsinne, und das fällt mir nicht schwer, dann bist du ein, sogar der wahre Streiter der Romantik. Deine Worte, Liebster, haben den Weg geebnet und mein Herz geöffnet. Du weißt, dass ich mich in dich und deine Poesie wahrscheinlich sogar von der ersten Zeile an verliebt habe. Zunächst in einen unbekannten Verfasser und dann mit wachsender Erkenntnis in einen Mann. Aber du bist anders als alle Männer, die ich kenne. Du bist so soft und zart. Und doch nehme ich dir jedes Wort ab. Du hast eine tiefe emotionale Welt. Bitte, zeige mir weiterhin so viel davon. Es ist eine Freude, sie kennenzulernen."

„Aber, Shannon, das gelingt mir doch erst recht durch dich. Von einer echten Traumfrau habe ich die längste Zeit meines Lebens geträumt. Und dann marschierst du in mein Leben... Ich möchte dich abgöttisch lieben und dir jetzt einen Kuss – so wie in den Connemaras – schenken."

„Na los. *Lust ist Leben* wusste schon Novalis. Worauf wartest du? Küss mich!", fordert Shannon.

Darum lässt sich Kelvin nicht zweimal bitten. Wie in Zeitlupe nähern sich ihre Münder an. Sie spüren die Lippen und ihre Zungen umschmeicheln einander. Beide haben die Augen geschlossen. Innig und voller Verlangen drückt sich das Küssen aus. Die Hände streicheln Gesicht und Körper des anderen. Da hält Shannon kurz inne und sagt:

„Ich würde zu gern wissen, was gerade in des Zärtlings Kopf vorgeht. Willst Du mir einen kleinen poetischen Einblick gewähren, lieber Kelvin?"

„Ähm, aber sicher doch. Allerdings war der Auftakt mit einem - Ähm - nicht gerade von erlesenster Poeten-Qualität. Ich will sehen, ob ich das nicht besser kann!" Kelvin stellt sein Glas auf die Seite, kniet sich vor Shannon, nimmt vorsichtig ihre beiden Hände in seine und lässt das Gefühl fließen. Beide bemerken das zunehmende Vibrieren in ihren Körpern. Es sind gute Vibrationen und dieser urromantischen, nächtlichen Kulisse auf dem Fluss geschuldet. Das kann niemanden kalt lassen. Erst recht nicht diese beiden!

Das Wasser um sie herum plätschert an die Bootaußenhülle. Leicht wiegt sich das Boot in den Fließbewegungen des Shannon.

Kelvin ist in Kontakt mit Shannon. Unübersehbar ist er durch die Berührung wie elektrisiert. Seine unzähligen Gefühle, so tief und aufgewühlt wie die irische See, und die dazugehörigen Gedanken bringen ein Leuchtfeuer an Zuneigung in ihm hervor. Seine Poetenseele ist hellwach und lenkt ihn abermals in einen Flow, den er noch nicht kannte...

„Hinreißendes Geschöpf, du! Verbunden durch unsere Hände, Herzen und Blicke. Wie besiegelt. Deine Aura ist vollkommen. Du machst mich vollkommen – fertig – jedenfalls fertig meine Sinne, die hier hypererregt sind. Es gibt viele schöne Menschen, erst recht schöne Frauen, aber etwas an dir, finde ich, macht den Unterschied. Deine honigfarbenen Augen sind zum Eintauchen. Wie oft bin ich schon in ihnen versunken und ihnen erlegen... Seit dem ersten Moment an, dass ich sie erblickte. Dein welliges Haar ist in jeder Form, ob im Wind wehend, strenger als Dutt oder verspielt die geflochtenen Variationen ein Ausdruck dessen, dass du innerlich noch ein echter Wildfang bist. Deine liebliche Nase. Deine verführerischen

Lippen, die einen Klang verlauten lassen, der niemanden kalt lassen kann und Herzen berührt. Dieser Sound mit den dir so ureigenen Atempausen ergreift mich wie die schönste Ballade. Wenn du verlegen wirst, oder die irische Frische erlebst, hast du so herrlich rosige Wangen. Da braucht es gar keines Rouges mehr. Rot werde ich aber, wenn ich nur an deinen Körper denke. Wie ich ihn liebkosen möchte. Den bislang intensivsten Einblick in dein Dekolletee habe ich heute bei unserem Reitausflug genossen. Das hat mich fast wild und scharfgemacht, so angezogen fühlte ich mich von deinem Busen. Wie gerne würde ich meinen Kopf auf ihn legen. Und dein Herzensschlag erspüren, welch Wonne muss das nur sein?!"

„Du, Liebster du, wie kannst du diese Worte nur ernst meinen? Solch Liebelei und Bewunderung habe ich zu keiner Zeit erfahren. Erst mit dir habe ich eine neue Welt kennengelernt und betreten. Und ein Süßer bist du, oh ja. So süß. Und siehst obendrein auch noch verdammt gut aus – für einen Mann. Um es mit den Worten meiner besten Freundin Letitia in Hamburg auszudrücken: Da stimmt das Gesamtpaket!"

„Hey, nun gerätst du aber ins Schwärmen..."

„Und ob. Habe ja allen Grund dazu! Ich habe dich!"

Kelvin rückt noch näher auf seinen Knien an Shannon heran und nimmt ihr Gesicht erst zaghaft, dann zärtlich in seine weichen Hände.

„Shannon!", hier pustet Kelvin übertrieben darstellerisch seine Fingerspitzen. „An dir verbrennt man sich die Finger – so heiß bist du. Ich bin deinem natürlichen Charme erlegen. Du hast mich voll und ganz für dich. Nichts möchte ich vor dir zurückhalten. Gerne möchte ich mit dir die Glücksgipfel der Ekstase und der Zweisamkeit besteigen. Ich werde dir ein treuer Gefährte für alle Lebenslagen sein. Das möchte ich dir anbieten. Das ist das Mindeste, das ich meiner Paradiesfrau darbringen kann. Ich werde im Leben nicht müde, dich zu lieben. Dies kann ich aus tiefster Überzeugung sagen und das gilt soweit mein mutigster Blick in die Zukunft reicht."

„Kelvin, du bist häufig so schnell mit deinen Gedanken und deinen Gefühlen. Wie wäre es denn kurz innezuhalten und mich wieder zu küssen?"

„Ay, ay. Du hast natürlich recht. Ich habe wieder innerlich an Fahrt aufgenommen. Eine Kusspause würde da sicher abhelfen."

Erneut überkommt Shannon und Kelvin eine Kusserregung, die auch Oberkörper- und Hüftstreicheln vorsieht.

„Mmmmh, uuh. Also, wenn ich´s nicht besser wüsste, dann hätte ich jetzt den Eindruck gewonnen, wir wollen uns an die Wäsche."

„Hey, aber das wäre doch jetzt nicht das Schlechteste. Eher das Schönste oder Unvermeidliche, was meinst du?"

„Ach, dir, der Unwiderstehlichen kann ich mich auch nicht länger erwehren. Aber nur, wenn du sicher bist und uns grünes Licht gewähren magst."

„Ja, sicher bin ich mir schon! Inzwischen sogar ganz sicher. Doch das Licht schaltet erst noch auf gelb."

„Wieso gelb? Wieso gibt es hier eine Verzögerung?"

„Warte es ab. Es muss noch etwas für den Einen, den unvergesslichen Moment arrangiert werden..."

Kelvin steht das Fragezeichen förmlich ins Gesicht geschrieben.

„Was hat sie denn bloß jetzt schon wieder vor?" rätselt Kelvin insgeheim.

Shannon erhebt sich und nimmt Kelvin an die Hand und führt ihn vorsichtig über das Vorderdeck nach hinten in Richtung Kajüte.

„Warte bitte hier einen Augenblick. Und vor allem geh bloß nicht weg!"

Darauf würde Kelvin im Leben auch nicht kommen. Es knistert, es prickelt und der respektvolle Vorhang der Privatsphäre schließt sich wohl gleich hinter den beiden...

Lassen wir die Liebenden am besten das Tun, was sie am besten können: Lieben!

57.

„Ich habe noch ein Geschenk für dich, lieber Kelvin!", posaunt Shannon aus der Kajüte. „Nämlich mich!"

Lässig bewegt Shannon ihre Arme so, als ob sie sich im Scheinwerferlicht befindet. Tata! Ihre Haare wühlt sie kurz durcheinander und mit einer Schwungbewegung des Oberkörpers wirft sie ihr langes Haar nach hinten. Sie fährt mit ihrer Zungenspitze über ihre rosa-pinken Lippen und beißt sich leicht in die Unterlippe. Ein lasziver Augenaufschlag von ihr lässt Kelvin aufstöhnen...

„Uuuh, du bist echt total hot, Shannon. Dein Body - so heiß, dass deine Hitze auf mich übergeht. Aus jeder Pore schreit es in mir: „Ich will dich - JETZT - Ich begehre dich."

„Dein Begehren ist auch mein Begehren, Liebster! Pass auf, ich habe hier auf meinem Smartphone eine Playlist für diese Nacht angelegt und lasse sie über die mitgebrachten Boxen laufen. Ich wette einige Lieder wirst du sofort erkennen..."

Die ersten Beats erklingen in der Kajüte und schnell ist klar, dass es sich um Imany´s „Don´t Be So Shy" handelt.

„Willst du mir mit diesem Lied etwas andeuten?" fragt Kelvin seine Traumgestalt.

„Na klar, beachte bitte den Text dieses Sommerhits..."

„Ich kenne den Text..."

„Dann weißt du, was das für uns heißt?"

„Mmhmm! Und ob! ..."

Take a breath
Rest your head
Close your Eyes
You´re alright
Just lay down
To my side
Can you feel my heat on your skin?

Take off your clothes
Blow out the fire
Don´t be so shy
You´re alright, you´re alright

Take off my clothes
And bless me Father
Don´t ask me why
You´re alright, you´re alright

„Unsere Kleider dürfen endlich unsere Körper entblößen. Kelvin, du darfst mich ausziehen..."

Kelvin steht hinter Shannon und streichelt ihren Nacken und beginnt die Kleidchenträger an ihren Schultern langsam herunterzuziehen...

Das kleine Schwarze rutscht ihr vom Leib. Shannon steht plötzlich von einen auf den anderen Augenblick in ihrer Dessouswäsche. Sie schiebt ihre Hüfte noch enger an Kelvin heran, die er mit seinen Händen festhält.

Hold my stare
I'm in command
Do you feel my hips in your hands?
And I'm laying down by your side
I taste the sweet
Of your skin

Sie dreht sich herum, wirft Kelvin einen verführerischen Blick zu und beginnt ihn ebenfalls bis auf seine Hipster auszuziehen. Das Kelvins sichtbare Erregung bis ins Unermessliche steigt, brauche ich dir wohl nicht zu verraten. Kein Wunder, wenn eine Frau wie Shannon in schwarzem Spitzenbustier und -höschen vor einem steht. Sie setzt sich an die Bettkante und zieht Kelvin zu sich heran... Ihr aufragender Busen drückt sich an ihn... Entfesselte, ungezügelte Herzen rasen...

And my heart just raced so much faster
I drowned myself in your holy water
And both my eyes just got so much brighter
And I saw God
Oh yes so much closer
In the dark
I see your smile
Do you feel my heat on your skin?

Sie lächeln sich an. Das Boot schaukelt leicht in der stetigen Flussströmung.

„Shannon, willst du das wirklich? ... Ich will sagen, meine damit, dass du das für mich nicht machen musst, wenn du nicht magst. Ich weiß ja, dass du bislang immer nur mit Frauen geschlafen hast."

„Honey, ich bin mir ganz sicher. Großes Indianerinnenehrenwort!"

Sie küsst ihn voller Inbrunst und Leidenschaft auf den Mund, aber auch an Hals, Ohrläppchen und Bauch.

„Ich will dich wirklich! DICH, DIIIIIIICH!"

„Uuufff. Ich dich auch, mein Shannon-Fluss, du bist ein Strom, aber nicht länger aus Wasser, sondern jetzt strömst du wie flüssige Lava. Deine glühenden Schenkel umklammern meine Hüften."

„Mein irischer Junge, du bist eine Versuchung. Mein Körper will dich an allen Stellen zugleich spüren. Kannst du diesem Wunsch Abhilfe leisten? Och bitte, sei so lieb zu meinem verzehrenden Body."

„Hey, du kannst ja richtig gierig sein. Das gefällt mir."

Das Petting geht weiter und die Zungen und Finger zupfen immer öfter an der verbliebenen Unterwäsche der beiden.

„Weg damit!" kommandiert Shannon grinsend.

Und sofort darauf fliegen Hipster, Slip und Bustier durch den schummrigen Kajütenraum.

„Shannon, du bist „THE BODY". Deine weiblichen Rundungen sind so perfekt, als ob tausende Genies der Romantikbildhauer sie gemeißelt und geformt hätten. Mein Herz rast und mir geht die Hitze bis in den Kopf. Wenn ich beginne mit meiner Hand, die kräuseligen Spitzen deiner Schamhaare zu streicheln, überkommt es mich, ich will dich schmecken. Überall. Deinen intimsten Geruch und Geschmack möchte ich erfahren mit meinen Sinnen. Ich weiß, dass wird mich ganz närrisch machen und ich komme fast um vor Leidenschaft, aber auch vor Glückseligkeit über deine ekstatischen Aussendungen und Reaktionen...

„In mir ich dich spüren mag. Bitte, bitte, bitte, lieber Kelvin lass nicht nur deine Zunge und Finger in meiner tropisch-feuchten Lustgrotte auf Erkundung gehen, sondern dein Mannsspeer darf endlich eintreten, in meinen Hochofen zwischen meinen schwitzigen, sogar pitschnassen Oberschenkeln."

Kelvin macht sich bereit, um an der himmlischen Pforte der Schamlippen mit seiner Männlichkeit anzuklopfen und um Einlass gewährt zu bekommen. Shannon bäumt sich vor Lust und zieht seine Hüften an ihr Becken und flutsch – sind sie eins!!! So schnell kann das gehen. Vor einem dreiviertel Jahr begann diese Liebesgeschichte und jetzt sind sie miteinander vereint – verschmolzen zu einem GANZEN!

„YES, Kelvin. Endlich fühle ich mich GAAAANZ, ganz wuschig und erregt und tiefselig."

„Mir geht´s nicht anders. Du´ssss Genießerin!"

Shannon reckt eine Hand an ihr Smartphone und navigiert folgendes Lied an:

„Das soll unseren Moment perfekt machen. Der absolute Höhepunkt. Jetzt spricht erst..."

I do swear that I´ll always be there. I´d give anything and everything and I will always care. Through weakness and strength, happiness and sorrow, for better, for worse, I will love you with every beat of my heart.

„... und danach singt ebenfalls: Shania Twain. Eine coole, sexy und bildhübsche Sängerin... wie ich finde. Sie ist ein feminines Idol für mich."

From this moment life has begun
From this moment you are the one
Right beside you is where I belong
From this moment on

From this moment on I have been blessed
I live only for your happiness
And for your love I'd give my last breath
From this moment on
I give my hand to you with all my heart
Can't wait to live my life with you, can't wait to start
You and I will never be apart
My dreams came true because of you

„Shannon, meine Träume sind wirklich nicht nur wahr geworden, sondern die Realität – DU – du Wunder, hast alle meine Träume überragt und in den Schatten gestellt... ich, ... ich kann nicht länger meine Erregung zurückhalten..."

„Das sollst du auch gar nicht... Lass raus deinen Samen... dein Ganzes in Mini, soll mich durchströmen."

„Aaarg, Shaaaaannoooonn..."

„Uuuh, Kelviiiiinooo!"

Derweil geht das Lied von Shania weiter, während Kelvins Glied in orgastischen Zuckungen den absoluten, und mit absolut, meine ich auch absolut, Höhepunkt des Tages, des gesamten Lebens erlebt:

From this moment as long as I live
I will love you, I promise you this
There is nothing I wouldn´t give
From this moment on

You´re the reason I believe in love
And you´re the answer to my prayers from up above
All we need is just the two of us
My dreams came true because of you

From this moment as long as I live
I will love you, I promise you this
There is nothing I wouldn´t give
From this moment
I will love you as long as I live
From this moment on

Die Message ist klar. Dieser Moment hat eine unsterbliche Kraft auf die beiden... Sicher in Ahnung dessen, kommt Whitney Houstons „One Moment In Time" aus den Musikboxen.

„Shannon, ufff, das ist ein Akt. Ein Ritt durch den Kosmos, durch den Ursprung will ich meinen. Du beflügelst all meine Zellen, nie mehr das und dich ich will missen, darauf ich will die Flagge der verschmolzenen Herzen hissen!"

„Ha, da ist er wieder, der Kelvin. Die Poetenseele in dir ist wieder aktiv. Ich kann nur wiederholen und unterstreichen, was Honoré de Balzac einst formulierte: „Die Liebe ist die Poesie der Sinne." Und mit all meinen Sinnen bin ich dir verfallen. Sie verwandeln mich durch dein Lieben und deine Worte zum wunderbarsten aller Gefühle."

„Das hast du aber gekonnt gesagt. Hätte es nicht besser ausdrücken können. Ich glaube, mein Einfluss färbt auf dich ab. Ich würde unseren Sex als grenzenlosen und endlosen Ekstasetraum bezeichnen. Wie im Traum, der Engelsflügel zum Abheben verleiht, ist es mit uns. Ich kann es gar nicht mehr abwarten, unseren nächsten Gipfel der Lust zu erklimmen. Ich besteige dich wie einen Achttausender in der Gewissheit, damit eine große Gefahr einzugehen, aber eine Gefahr, die mir nicht zum Schaden gereicht, denn es ist stattdessen die schiere Gefahr, dir endlos und willenlos verfallen zu sein... Da brauche ich kein Jenseits, kein Paradies oder Nirwana. Du reichst für die Unendlichkeit!"

„Hihi, das sind aber große Töne, Herr Kelvin."

„Apropos Kelvin, kann sein, dass du mich eben gerade Kelvino genannt hast? Habe ich das im Akt der Liebe richtig vernommen oder waren meine Sinne irgendwie benebelt und zu berauscht?"

„Ja, ist mir so rausgerutscht. Kelvino ist jetzt MEIN, mein Synonym für meinen Don Juan, meinen Casanova, meinen Zärtling und überhaupt für meinen Streiter der Romantik!!! Ein Mann für alle Gelegenheiten würde ich sagen! Mehr will deine Shannon gar nicht!"

Kelvin, der seitlich neben Shannon liegt und seinen Kopf auf eine Hand stützt, neigt sich zu ihr und schenkt ihr einen Kuss des Dankes auf die Stirn.

In der notwendigen, vollmondnächtlichen Abkühlung der erhitzten Körper erklingt Annie Lennox mit „A Whiter Shade Of Pale". Shannon hat diesen Tag perfekt inszeniert!

Beide denken so ziemlich das Gleiche: *So könnte es ewig bleiben...*

58.

„Hi Lia, rate mal, wo ich gerade sitze!" spricht Shannon in ihr Smartphone.

„Hmmm, keine Ahnung. Aber bestimmt verrätst du es mir gleich, hm?" bittet Letitia am anderen Ende der Leitung in Hamburg.

„Also, meine Liebe, ich sitze hier gerade in den Armen meines Amant, auf dem sonnengefluteten Deck eines Hausboots auf dem River Shannon. Krass, oder?"

„Vollkrass würde ich sagen! Ich weiß nicht, was ich krasser finde, dass du in den Armen eines männlichen (!) Beau liegst oder auf dem Shannonfluss bist. Denn Shannon, dein Name stammt ja von diesem Fluss ab. Wie witzig, dass du gerade da dein Liebesglück erlebst."

„Du sagst es. Liebesglück ist ein passender Begriff für..., für ach weißt du, es ist so schön mit Kelvin. Wir hatten eine leidenschaftliche Nacht und haben dann erstmal aneinander gekuschelt lange ausgeschlafen."

„Was nennt Ihr denn leidenschaftliche Nacht?" will Letitia etwas genauer wissen.

„Berührung und Verführung. Unser Blümchensex ist genau das Richtige für mich. Sanft und erregend zugleich."

„Und das dein Partner ein Mann ist, war das kein Problem für dich? Und obendrein noch beachtliche Jahre jünger als du?"

„Ach, nervös war ich vorher schon etwas. Habe mir einen Kopf gemacht, wie es sein würde, ob ich Kelvin auch noch nackt gefalle, mich richtig verhalte und solche Sachen, ... und in Sachen Altersunterschied halte ich es inzwischen seit gestern wie Blaise Pascal: *Liebe hat kein Alter.*"

„Das dein Kopf da besonders anfangs mitredet, war ja zu erwarten. Aber dann hat es wohl trotzdem prima geklappt. Jedenfalls hast du eine extrem entspannte und ausgeglichene Stimme am Telefon."

„Ja, es war wie ein Märchentraum. Auf dem Shannon im Mondschein. Mit von mir arrangierter musikalischer Kulisse. Und nicht zuletzt hat Kelvin es mir auch sehr leicht gemacht. Und er hat auch wieder seine Poetenader angezapft. Das liebe ich doch so an ihm! Er hat echt unbeschreibliches Talent mit seinen Worten. Und darauf fahre ich total ab. Wenn ich diesen Virtousen erlebe, dann hebt mich das immer gleich ein paar Wolken im Himmel höher!"

„Ich würde ihn ja gerne mal persönlich kennenlernen, deinen Kelvin. Denn wie er es bloß geschafft hat, ausgerechnet dich rumzukriegen, ... da gehört schon allerhand dazu."

„Ja, ich gebe mich nicht jedem Erstbesten daher, sondern nur dem Allerbesten. Im Ernst, für mich muss es auf verschiedenen Ebenen mit einem Menschen stimmen, dass ich mich auch körperlich auf ihn einlasse. So ungehemmt wie du, bin ich da nicht, Lia."

„Na klar, nee, das stimmt, wir sind schon sehr gegensätzlich. Aber das ist wahrscheinlich auch der Grund, dass wir uns so super verstehen."

„Mit Sicherheit!"

Letitia räuspert sich kurz und schneidet danach folgendes Thema an:

„Aber deine Zeit auf Irland ist nun so gut wie vorüber. Wie willst du denn die Sache, also die Sache mit deinem Liebesglück managen? Fernbeziehung oder doch keine Beziehung?"

Shannon schaut in Kelvins Gesicht. Gerade hat er die Augen geschlossen und genießt die wärmenden Sonnenstrahlen auf der Haut.

„Das haben wir noch nicht entschieden. Steht aber ganz oben auf unserer Pärchenagenda. Ich weiß aber so viel, dass ich ihn nicht mehr missen möchte. Seine Nähe tut mir ausgesprochen gut. Überhaupt dieses Jahr auf der grünen Insel hat mir so gutgetan und sehr gut gefallen."

„Wäre es denn eine Option für dich, dort richtig Wurzeln zu schlagen?"

„Habe ich mich auch schon mehrmals gefragt. Doch so ganz will ich auf Germany nicht verzichten. Immerhin ist es doch meine Heimat in vielerlei Hinsicht. Daher zerreißt mich diese Zukunftsfrage doch ziemlich."

„Ja, das merke ich. Wie sieht denn Kelvins Antwort darauf aus?" fragt Letitia.

„Ehrlich gesagt, habe ich ihn das, glaube ich, noch gar nicht so direkt gefragt. Das muss einfach in den vergangenen Monaten untergegangen sein."

„Also hopp, los, worauf wartest du denn noch?! Ihr habt diese Frage schon lang genug vor euch hergeschoben. Frag ihn endlich!"

„Gute Idee. Ich sollte das wirklich nicht mehr länger vor mir herschieben. Dann klinke ich mich mal aus unserer Telefonverbindung aus. Mach´s gut, Lia. In zwei Wochen ist mein Rückflug geplant. Wir sehen uns also bald."

„Macht es ebenfalls gut."

59.

Soeben hat Shannon aufgelegt und kuschelt sich gleich wieder enger an ihren Liebsten. Er umarmt sie und drückt sie sanft an sich.

„Weißt du, die Frage, die dir Letitia zu unserer Zukunft gestellt hat, habe ich mir auch schon öfters vor Augen gehalten. Lange war für mich nicht klar, welche Antwort ich darauf geben könnte. Einerseits bin ich hier total fest verwurzelt. Kenne tausend Leute, bin hier zuhause, weil ich hier geboren und aufgewachsen bin. Mir ist auch klargeworden, dass es für dich ein zu großes Opfer wäre, deine alten Verbindungen in Deutschland nicht wieder so wie früher aufnehmen zu können. Ich kann dich hier nicht einfach dabehalten. Kann mir nicht so recht vorstellen, dass du es über mehrere Jahre in diesem Nest aushalten würdest. Dafür bist du zu sehr ein Stadtmensch. Du würdest zu viel vermissen."

„Ich befürchte zu meinem eigenen Eingeständnis, du könntest mit dem ein oder anderen Recht haben. Ein bisschen Vorfreude auf Deutschland ist schon vorhanden. Doch mein Jahr in Irland hat mir auch total gefallen. Man glaubt es kaum, wieviel Eindrücke und Erlebnisse die Entdeckung eines neuen Landes bedeuten. Die Menschen hier, also so Iren, wie du zum Beispiel, sind anders lustig und gastfreundlich. Sie haben sich eine Wärme im Innern bewahrt. Vielleicht macht das rauere Klima es aus, ich kann´s nicht genau sagen. Es ist mir nur gleich vom ersten Tag auf dieser Insel aufgefallen."

Sie dreht ihren Kopf zur Seite und blickt tief in Kelvins Augen. Die Sonne blendet sie. Sie kneift ihre beiden Seher etwas zusammen.

„Meinst du, unsere Beziehung hat noch nach heute eine Chance? Ich weiß, dass wir zu intensiv fühlen, um eine Beziehung aus der Ferne zu führen. Das kann ich für mich nicht vorstellen und für dich dürfte es auch keine glückliche Option sein."

„Hm, aber du bist mein real gewordener Traum, Shannon, nie würde ich dich allein ziehen lassen. Ich kann dich doch jetzt nicht, besonders nicht nach der letzten Nacht, so mir nichts, dir nichts gehen lassen. DAS ist keine Option für mich! Klar, wenn du mich nicht mögen würdest oder mich nicht gern an deiner Seite haben würdest, dann würde ich nicht so klammern, aber ich habe deine Innigkeit und deine Überzeugung wahrgenommen. Sag mir, ob ich dich glücklich machen würde... oder nicht..."

„Natürlich machst du mich ganz und glücklich. Du hast Seiten an dir, die ich wahnsinnig gernhabe, die mich erfüllen und mich frohmachen..."

„Also, wie du siehst, ist es mit uns etwas Besonderes. Wir wollen und können nicht mehr aufeinander verzichten. Ich jedenfalls habe es schon mehrfach zur Sprache gebracht, dass ich ein echter, moderner Streiter der Romantik sein möchte. Dass ich es bin, gabst du mir eindrücklichst zu verstehen. Ich bin bereit für dich etwas zu opfern. Denn der ergänzende Teil an deiner Seite zu sein, ist ein Geschenk des Himmels. Ich gewänne erheblich mehr, als ich aufgäbe."

„Kannst du dir da so sicher sein? Du bist ja noch nie sehr lange von zuhause weg gewesen..."

„Das ist ein Punkt, der vielleicht nicht für mich sprechen mag, aber meine Intuition sagt mir, dass unsere gestrige Nacht etwas zu bedeuten hat. Das geschieht nicht einfach so... Nicht so jedenfalls, wie es sich für uns angefühlt hat. Es war ein Flug durch

Raum und Zeit und stellt alles auf den Kopf, doch zugleich sind wir verschmolzen und vereint sanft gelandet. Ich glaube unsere Anziehungskräfte sind nicht von ungefähr. Wir sind Teil eines größeren Ganzen, das wir aber nicht ergründen und verstehen können, aber mit unseren feinen, ausgefahrenen Antennen erahnen können..."

Wenn mein Kelvin wüsste, wie nah er mir in diesem Moment ist. Er kann beinah zwischen Welten wandern... Mein Junge, ich freu mich für dich...

„...mich dünkt, soll heißen meine Ahnung sagt mir gerade, du möchtest mich auf der Stelle erneut vernaschen... Aber halte inne, mein Recke, wir müssen diesen wichtigen Agendapunkt, unsere Zukunft, erst klarkriegen."

Kelvin macht einen halben Schmollmund. Seine Augenbrauen ziehen sich zusammen.

„Hey, du musst es mir wirklich abnehmen. Mit dir ist´s mir ernst..."

„Mir doch auch mit dir..."

„Also, warum willst du mich dann nicht in zwei Wochen im Flieger neben dir sitzen sehen?"

„Wie? Du meinst, ...?"

„Ja, ganz genau. Ich meine, ich reise mit dir zurück nach Deutschland."

„Du willst in zwei Wochen mit mir fliegen? Du müsstest bis dahin einiges regeln und organisieren..., wobei ich dir natürlich helfen würde... aber, aber kannst du deine Heimat, deine Familie und Freunde einfach so hinter dir lassen?"

„Nun ja, ich gebe zu, es ginge alles sehr schnell, doch mit den heutigen Kommunikationsmitteln lässt es sich so gut wie nie zuvor in Kontakt bleiben. Und Kinder müssen manchmal auch flügge werden. Ich würde mein deutsches Abenteuer mit dir zu gern erleben."

„Aber würdest du in Germany glücklich werden können? Es ist da schon anders als hier. Du warst zwar schon mehrmals dort, aber hast noch nie richtig da gelebt. Was wenn es dir nicht gefällt oder du nicht zurechtkommst mit der deutschen Mentalität?"

„Ach, ich sehe das viel entspannter und begeisterter. Gerade die deutsche Mentalität hat für mich einen Reiz. Nicht umsonst ist es das Land der Dichter und Denker. Für einen Poeten – wie du mich ja auch gerne bezeichnest – eine wahre Fundgrube an Inspirationen. Da bin ich quasi an der Quelle des Schaffens. Und dann noch an der Seite meiner Auserwählten. Da muss mir einfach alles gelingen..."

Shannon schüttelt den Kopf und kichert. Warum kichert sie denn an dieser Stelle?

„Du bist ein unverbesserlicher Optimist, weißt du das eigentlich, Herr O´Brien!"

„Du wolltest mich und meine „Gabe" doch gerne fördern. Dann tue das und nimm mich mit nach Deutschland. Eine bessere Förderung kann es doch gar nicht geben."

„Du meinst das wohl wirklich so?!"

„Und ob!"

„Auch, wenn du noch keinen Job hast, möchtest du dennoch mein Lebens- und Liebesbegleiter sein?"

„Eben, genau der will ich sein. Shannon, mich hat es infiziert, die Liebe, Deine Lieblichkeit, all das, hat mich getragen in den letzten Monaten. Schau, meine Amorpfeile, die habe ich für dich gemacht, für dich und keine Andere. Mir schwant, dass das erst der Beginn von etwas sein wird, dass sich mir derzeit noch nicht erschließt. Ich weiß nur, ich werde daran wachsen. Das, was du dir doch für mich wünschst. Also, buchen wir jetzt diese beiden Flugtickets oder buchen wir sie?!"

„Hihi, wir buchen! Aber nur, wenn wir hier auch eine anständige Abschiedsparty feiern. Und zwar im „The Golden Shamrock"!"

„Geht klar. Versprochen. Wir werden feiern! Wir feiern uns! Auf die Liebe und das Leben. Wie sagte schon der gute Goethe: „Glücklich allein ist die Seele, die liebt!" Also lass uns glücklich werden. Forever!"

„Auf unsere gemeinsame ewigwährende Zeit!"

Sie küssen sich unversehens und beim Küssen smilen beide...

Was Kelvin da gerade gesagt hat..., wenn er wirklich diese Insel verlassen will, das gibt mir schon zu denken... ist er soweit? Er scheint einen Blick in die Ferne geworfen zu haben... Dann braucht er mich vielleicht gar nicht mehr?? Trennen sich unsere Wege? Kann ich ihn gehen lassen, frage ich mich...

60.

Am Septemberabend vor dem geplanten Abflug haben sich etliche, hunderte Leute vor und im O´Brienschen Pub versammelt. Die Nachricht, dass der allseits beliebte Kelvin Irland für längere Zeit verlässt, hat sich wie der Wind herumgesprochen. Kelvin hat sich in den zwei Wochen seit der Rückkehr des schicksalshaften Shannonausflugs mit vielen Freunden und Bekannten getroffen, um sich zu verabschieden und auch das Versprechen einzufordern, in Kontakt zu bleiben. Viel ist über frühere Zeiten und

Erlebnisse gesprochen worden, darunter waren auch Momente, an die sich Kelvin gar nicht mehr oder nur schwach erinnern konnte. So haben sich seine Memoiren etwas aufgefrischt.

Mensch, waren da schöne Zeiten dabei. Da hatte er viel Spaß und Freude. Im Grunde kann er eigentlich sehr mit seinem Leben zufrieden sein. Bin ich auch. Wirklich!

Hektische Betriebsamkeit herrscht vorwiegend im Inneren des „The Golden Shamrock". In Dauerbetrieb sind die Zapfanlagen für Guinness und andere Getränke. Mitch, mit hochgekrempelten Hemdsärmeln, und Cathleen wirbeln und zaubern für die durstigen Kehlen stets volle Krüge herbei. Cathleen berührt und streift dabei öfters die starken Arme von Mitch, der im Gegenzug einige Küsschen für Cathleen bereithält.

Eine Weile schon sitzen das Kleeblatt-Trio mit Anhang, soll heißen, Kelvin mit Shannon, Vivienne mit Leenie und Flynn mit Aislinn, in ihrer Stammtischnische und unterhalten sich angeregt mit viel Gelächter. Häufiger stellen sich andere - mehr oder weniger bekannte - Freunde mit an den Tisch, um noch ein paar Worte mit Kelvin zu wechseln.

Wenn ich ihn mir so betrachte, dann ist er im letzten Jahr zum Mann herangereift. Ich finde, er hat Klasse! Aber das ist meine sehr subjektive Sicht darauf. Es ist ihm leicht anzumerken, dass er auf Wolke Sieben schwebt – ein verdientermaßen glückstrahlender Schwebezustand eines idealistischen Träumers.

Gegen 21 Uhr erheben sich Kelvin und Vivienne von ihren Plätzen und schieben sich durch das Gedränge zur Bühne und schicken die Musikband, die sowohl Folklore als auch Rockiges im Repertoire hat, in die Pause.

Die Zwillinge steigen auf die Bühne. Vivienne schnappt sich das Mikrofon:

„Hey Leute, wie ihr hier alle im Saal wohl wisst, verlässt mein Bruder uns morgen. Er hat sich für die Liebe entschieden und folgt ihr, wie ich ihn kenne, überallhin. Doch ich weiß auch, dass er uns alle in seinem großen Herzen mitträgt und unser oft gedenken wird. Umgekehrt, lieber Kelvin, werden wir dich hier mit einem weinenden Auge sehr vermissen, doch es gibt auch ein lachendes Auge, denn es ist schön zu erleben, wie du an der Seite von Shannon noch glücklicher bist."

„Ha, bei der Frau wäre ich auch voll des Glücks! Miss Shannon ist doch der Hammer!", hallt aus der Menge ein lauter Zwischenruf, der eindeutig dem liebenswerten, alten Connor zugeordnet werden kann.

Vivienne fährt fort:

„Ja, die Shannon ist hier bei uns zu einer wahren Irin herangereift. Nicht nur ihr Name, sondern auch ihr Spirit bringen das zum Ausdruck. Da die deutsche Kultur bei uns in der Familie stark präsent war und ist, denke ich überzeugt, dass Kelvin in Germany gut klarkommen wird. Und falls nicht, dann haben wir hier in Galway immer ein Plätzchen für ihn bereit, nicht wahr?"

Die Menge antwortet unter frenetischem Beifall ihre Zustimmung.

„Mein Brüderchen plant sogar mehrmals im Jahr zu uns zurückzukehren und nach dem Rechten zu sehen. Um UNS zu sehen. Nein, er ist nicht aus der Welt und wer seinen Besuch nicht abwarten kann, fliegt einfach schnell bei ihm vorbei. Möge dir ein gesegneter, verheißungsvoller und glückbringender Weg bevorstehen, lieber Kelvie! Dies wünsche ich dir im Namen aller!"

Abermals wird es laut im Saal und die Begeisterungsstürme nehmen kein Ende.

Da tritt Kelvin neben Vivienne und legt ihr einen Arm um die Schulter.

„Danke, Vivie, für die lieben Worte. Normalerweise bin ich nicht am Mikro zu finden. Und um mit dieser Tradition auch nicht lange zu brechen, will ich mich ganz kurzfassen:

ihr Lieben, mit sehnsüchtigem Wehmut und mit ausgelassener Freude blicke ich vor und zurück. Danke, dass ihr alle gekommen seid. Das bedeutet mir wirklich sehr viel. Der große Redenschwinger auf der Bühne bin ich normalerweise nicht, aber was ist in diesen Zeiten noch normal?...

Ich habe mir etwas zum Abschied überlegt... ich möchte ein neues Kapitel für dieses Zuhause, für diesen Pub, ja für die ganze Stadt aufschlagen...

... und meine treueste Begleiterin im Leben: Vivie - wird mich dabei unterstützen."

Es wird leiser im Saal und die Menge verstummt schließlich. Kelvin geht langsam auf die Bühnenseite und bleibt vor dem Harfensockel stehen...

Nein, nein, das kann doch nicht sein Ernst sein, oder? Mein Junge, dass willst du wirklich tun... Mir kommen die Tränen, wenn ich welche haben könnte...

Kelvin fasst das übergeworfene Tuch am Harfenpodest und mit einem Ruck zieht er das Tuch weg und die Gäste halten den Atem an.

Ich auch...

Er fährt mit seiner rechten Hand über die Harfe und nimmt hinter ihr Platz.

„Also bereit, Vivie?"

„War nie bereiter, Kelvie!"

Kelvins Hände berühren die Harfensaiten und zupfen ein Intro, das mir noch nicht viel sagt, aber dann erkenne ich die Melodie von Enya... Oh wie herrlich, diese Harfeninterpretation von...

Book of Days, allen bekannt aus dem Sehnsuchtskinofilm „In einem fernen Land".

Und da setzt Vivie mit der Gesangsstimme ein:

„One day, one night, one moment,
My dreams could be, tomorrow.
One step, one fall, one falter,
East or west, over earth or by ocean.
One way to be my journey,
This way could be my Book of Days.

Ó lá go lá, mo thuras,
An bealach fada romham.
Ó oíche go hoíche, mo thuras,
Na scéalta nach mbeidh a choích.

No day, no night, no moment,
Can hold me back from trying.
I'll flag, I'll fall, I'll falter,
I'll find my day may be, Far and Away.
Far and Away.

One day, one night, one moment,
With a dream to believe in.
One step, one fall, one falter,
And a new earth across a wide ocean.
This way became my journey,
This day ends together, Far and Away.

This day ends together, Far and Away.
Far and Away."

Ja, zwar nicht unendlich weit, doch fort, wird Kelvin sein...

Ergriffen sind sie alle...

Die Twin Power spielt eine so herzrührende und verschnörkelte Variante dieses mythisch-erhebenden Songs. Das muss man gehört und gesehen haben.

Am Ende des Lieds: Stille.

Nur vom Schanktresen surren die Kühlanlagen etwas...

Mitch zeigt einen erhobenen Daumen, ist aber mit tränenreichem Gesicht, nicht in der Lage ein Wort herauszubringen. Acht Jahre sind vergangen, dass die Harfe zuletzt gespielt wurde. Ich habe sie zuletzt gespielt.

Hier ist ein Bann gebrochen. Und das wissen auch sämtliche Gäste im Pub.

Shannon ist an die Bühne geeilt und schnell zu Kelvin hochgeklettert und nimmt ihn in die Arme. Die 8-Minuten-Book-of-Days-Variante hat Kelvin selber auch sehr bewegt...

„Das ist das schönste Abschiedsgeschenk, dass du den Leuten und Bewohnern von Galway machen konntest..."

Shannon tritt ans Mikro und ruft:

„Die Harfe von Galway lebt!"

Diese Auferstehung bedeutet das Ende einer langen Periode, bedeutet wohl auch für mich eine Art Ende... Das hast du dir bestimmt schon gedacht, oder?

Und während Shannon ihren Ausruf wiederholt, haben Kelvin und Vivienne sie in die Mitte genommen. Die Arme um die Schultern gelegt rufen sie zu Dritt:

„Die Harfe von Galway lebt"

Irgendwie hat Leenie es geschafft auf die Bühne zu springen und bekräftigt die Rufe mit Bellen.

Flynn umarmt Aislinn an der Taille und nickt schweigend und gerührt zu.

„Die Harfe von Galway lebt!"

Die Menge ruft lautstark zurück:

„Die Harfe von Galway lebt!"

Alle fallen sich freudig in die Arme.

Shannon, umringt von Kelvin und Vivie, blickt sprachlos in ihre Gesichter.

„Aber, aber, seit wann, wusstet Ihr schon, dass die Harfe auferstehen wird? Das ist gigantisch von Euch beiden..."

„Ach, ich wollte etwas hinterlassen, aber etwas das lebt... Und so kann fortan diese Harfe von diversen Musikern gespielt werden. Der Bann ist durchbrochen. Ich habe schon länger mit dem Gedanken gespielt, aber irgendwie nie den passenden Zeitpunkt gefunden bis heute..."

„Ach Kelvin, du bist so ein Toller!" und mit diesen Worten umfasst sie seinen Kopf und küsst ihn innig.

„Küssen, Küssen, Küssen!" feuern die Gäste die beiden an und während Vivienne sich lächelnd zu ihrem Hund herunterbeugt und einen feuchten Kuss von der Hundeschnauze bekommt, schenkt die etwas schüchterne Aislinn Flynn einen gehauchten Kuss auf seine Wange und Mitch - um eine Zentnerherzenslast erleichtert - knutscht mit Cathleen... Und der alte Connor küsst sein Guinnessglas und lacht herzhaft: „Ja moi, ist das ein guter Tropfen!"

Und ich... ich habe erlebt, was erlebt werden wollte. Ich habe erzählt, was erzählt werden sollte...
Unsterblich geworden! Die Harfe lebt...
Ich lebe weiter durch die Herzen meiner Liebsten und jenseitige Klänge gehen durch den Äther...
Dort verstumme ich nie...

61.

Am nächsten Tag hebt der Flieger pünktlich ab. Rührende und tränenreiche Abschiedsszenen hat es erst in Galway und später am Airport gegeben. Mitch, Vivie und Flynn wollten Kelvin und Shannon ungerne ziehen lassen. Aber ihnen ist auch bewusst, dass es nur konsequent von Kelvin ist, seiner Liebe zu folgen. Wären sie an seiner Stelle, dann hätten sie sich genauso entschieden.

Voller Vorfreude und bepackt mit unzähligen Eindrücken haben Kelvin und Shannon das Flugzeug betreten.

Schnell haben sie ihr Handgepäck verstaut und Platz genommen.

Shannon sitzt am Fenster. Kelvin hat ihr den Vorzug gegeben und kann, wenn er zur Seite blickt, gleichzeitig sowohl Shannon als auch Ausschnitte durch das kleine Bordfenster erkennen. Sein Dauerschmunzeln unterstreicht seine gute Laune. Schon bei kurzen Wortwechseln mit ein paar Stewardessen ist seine fröhliche Stimmung herauszuhören. Und Shannon, na die ist sowieso immer noch auf Wolke Sieben. Apropos Wolken. Soeben hat das Flugzeug die Wolkendecke durchbrochen und Shannon und Kelvin bestaunen die Sicht auf die weißen Wolkentürme unter ihnen.

„Ist das nicht fantastisch? Diese sonnenbeleuchteten Wolkenformationen... diese Weite... und wenn ich mein Augenzoom zurückfahre... diese Frau!"

„Haha, du bringst mich wieder zum Lachen, Kelvin! Ich stimme dir natürlich voll und ganz zu, dass du eine unverkennbare, wunderhübsche Frau neben dir sitzen hast, aber mit der Aussicht aus dem Fenster kann sie verständlicherweise nicht mithalten. Doch das macht ihr gar nichts aus." neckt Shannon sich selbst.

„Ja, ja, wenn du nicht immer so danebenliegen würdest, wenn es um dein Bildnis geht. Ich muss zugeben, du hast richtig erkannt, dass ich neben einer bildhübschen Frau sitze, aber die hat aufgrund vielfältiger Qualitäten die Aufmerksamkeit voll und ganz auf sich gezogen. Der Wolkenhimmel kann da leider nur an zweiter Stelle folgen. Aber so soll es auch sein, oder? Gerade bei unserer noch sehr jungen Liebe haben wir nur Augen für den Partner."

„Genau. So soll es auch bei uns bleiben. Ich mag es auch, dich intensiv zu betrachten, bist du mir doch oft noch ein großes Rätsel und voller schöner Seiten – auch für die Optik!"

Diesmal wird Kelvin leicht verlegen und nimmt einen Schluck von seinem Bitter Lemon.

„Sag mal, Shannon-Sweetheart, auf einer Skala von eins bis zehn wie sehr dein Irlandjahr deinen vorher gesteckten Erwartungen gerecht geworden ist."

„Das ist gar nicht so leicht zu beantworten. Und zwar aufgrund der Tatsache, dass in diesem Jahr eine Menge mit mir passiert ist, dass ich gar nicht mehr so genau weiß, was ich vorher noch für Erwartungen hatte. Mir ist, als ob ich vor dem Jahr noch eine völlig andere Shannon war. Ich wollte einerseits Abstand gewinnen – von meiner alten Beziehung – und andererseits Land und Leute dieser grünen Insel grundlegend kennenlernen. Sie haben schon lang eine große Anziehungskraft auf mich gehabt. Abstand habe ich gewonnen, jedoch hat sich bereits nach wenigen Wochen ein Verehrer an meine Fersen geheftet und einfach nicht lockergelassen.", spottet Shannon. „Neben dem gesamten Gefühlswirrwarr, dass das ausgelöst hat, konnte ich aber auch Menschen der besonderen – will sagen, der sympathischsten - Art kennenlernen und auch das Land genauer unter die Lupe nehmen. Also um auf deine Skala zu kommen: Ich vergebe eine Zwölf! Meine Erwartungen konnten mit der Realität nicht einmal ansatzweise mithalten. Es war einfach sooo toll und den größten Beitrag zu diesem überragenden Jahr hast du, mein Lieber, geleistet."

„Es gibt doch so ein deutsches Lied – über Wolken? …"

„Ja klar. Über den Wolken... muss die Freiheit wohl grenzenlos sein... das ist von Reinhard Mey."

„Genau, das meinte ich auch. Das beschreibt das Fliegen ziemlich treffend."

„Stimmt... Ich fliege ganz gerne. Das schenkt eine andere Perspektive auf die Dinge und die Welt unter uns. Was sind eigentlich deine Erwartungen ab der Ankunft in Deutschland?"

„Oha, was erwarte ich denn... Wahrscheinlich gehe ich davon aus, dass wir unser inniges und vertrauensvolles Verhältnis weiter festigen und viel Erleben werden. Dass mir die Deutschen und ihre Mentalität liegen, davon bin ich schon vorher überzeugt. Ich glaube, wir beide und der Kontinent werden eine fantastische Zeit haben. Es gibt dort und an dir reichlich zu entdecken. Ich freu mich ganz ehrlich auf das, mit dem das Leben uns jeden Tag aufs Neue überraschen wird."

„Meinst du, dass du Heimweh bekommst?"

„Ich würde lügen, wenn ich es abstreite. Dafür habe ich in Eire zu tiefe Wurzeln. Aber nach meinem Masterabschluss ist das ein Superzeitpunkt, um ein Abenteuer zu beginnen. Meine Family und meine Freunde werde ich schon schmerzlich vermissen, aber ich finde, das ist ein gutes Zeichen und für die Abnabelung immens wichtig. Und das ist ein Ziel von mir: ein eigenständiges Leben zu führen. Mit meinen eigenen Entscheidungen, und dazu gehören gute und auch mal schlechtere Entschlüsse. Um dich zu werben und mit dir zu gehen, gehören zu meinen genialsten Entscheidungen."

„Ah ja, du Genie!"

„Das sagst du doch immer zu mir…"

Shannon kuschelt sich eng an Kelvin, der mit seiner linken Hand durch ihr offenes Haar fährt und ihren Kopf dabei leicht massiert. Shannon schnurrt wie ein genießendes Kätzchen.

„Ach, das könntest du von mir aus die ganze Zeit machen. Das ist so ein entspannendes Gefühl, wenn du mich so berührst. Obwohl uns ja aufgefallen ist, dass es bis heute immer noch häufige elektrische Impulse bei uns gibt. Besonders, wenn wir in Wallung geraten. Da kommt mir doch wieder ein großes Verlangen in den Sinn… Mir war nicht bewusst, dass ich so hungrig nach Liebe mit dir bin… Kelllllvinoooo… Schnurrrrr…"

„Genieße es einfach, Shannon. Ich massiere dich gerne und bin deinem Gesicht ebenso gerne ganz nah.

Was wird eigentlich dein Umfeld in Deutschland sagen, wenn es mitbekommt, dass du das Ufer gewechselt hast und mit einem halb so jungen Bürschchen zugange bist... Sind da Komplikationen und Irritationen nicht vorprogrammiert?"

„Ja, doch, schon. Aber damit können wir leben. Glaub mir, die Situation vorher, mit Frauen in Partnerschaft zu leben, ist auch nicht immer leicht fürs Umfeld gewesen. Zumindest für ein paar Leutchen."

„Gut, dass klingt beruhigend. Also genießen wir jetzt den Wolkenflug..."

„Mmmmhmm, über den Wolken... ist die Freiheit... wie mit „Freedom" am Strand zu reiten... Es sind atemberaubende Momente... gähn, ...", Shannon wird sichtlich müde. „...mit dir, wollte ich noch hinzufügen. Ich werde gerade so müde. Meine Augen klappen immer wieder zu."

„Dann lass den Schlaf zu. Eine gute halbe Stunde kannst du noch pennen, ehe ich dich für die Landung wecke, sofern ich nicht auch einschlafe."

Der grüne Air Lingus Flieger hat die Wolken überflogen und unter ihm ist jetzt das Meer zu erkennen. Die Liebe zwischen den beiden ist so gigantisch wie ein Ozean. Sie fühlen tief. Sie können mal ganz ruhig und mal ganz aufgewühlt sein. Wie war das doch mit den Beiden: Shannon – Kelvin. Shannon, der Fluss und Kelvin, vom nahen Fluss. Beide sind mit allen Wassern gewaschen. Als ob sie füreinander geschaffen sind. Und das habe ich die ganze Zeit über gewusst. Das habe ich mir für meinen Kelvin gewünscht, hat er sich stets danach gesehnt. Nicht irgendeine – sondern DIE Eine! Das ist ihm gelungen und just in dem Moment, wo ich Dir das sage, sind die beiden eingeschlafen und schlummern den Schlaf

der Verliebten und der Gerechten. Lass uns ihnen un-
vergesslich-schöne Träume wünschen... Mit Träumen
fängt und fing alles an...

EPILOG

Traum II – Himmelfahrt

„Wenn Träume wahr werden…, wenn die wunderbaren Träume, die ich hatte und habe, wenn sie real werden und in der Wirklichkeit noch überragender sind als im Geiste, bin ich unendlich glücklich und bin eins mit dem Ganzen, mit der Welt und weiß, dass mir nichts mehr fehlt. Diese Lücke, die vorher bestand, hast Du geschlossen. Du bist der Mensch, sogar mehr als das, für mich hast Du etwas, dass Dich aus der Menge herausstechen lässt. In dieses Etwas habe ich mich mit jeder Körperzelle und in der Ganzheit meines seelischen Existierens schlicht und ergreifend verliebt. Warum ausgerechnet in Dich? Das kann ich auch nicht genau sagen, aber Deinen offensichtlichen und auch Deinen verborgenen Reizen und Deiner Dich allumgebenden Lieblichkeit kann ich mich nicht entziehen. Selbst wenn Du der Südpol bist und ich der Nordpol, dann wäre ich längst schon – auch ohne den unübersehbaren Klimawandel – zu Dir hingeschmolzen. Dich umgibt ein eigenes nicht immer moderates Klima mit Hotspots, die ungehemmt meine Leidenschaft zum Überkochen bringen. Allein bei dem Gedanken an Deine Nacktheit, Deinen Körper gerate ich in eine Loopingbahn, die nicht schon nach einer Minute wieder aufhört, sondern eine Rekordfahrt in den Höhen der sinnlichen Vollkommenheit bedeutet. Hoffentlich geht es Dir mit mir mindestens so ähnlich, denn ich weiß, dass es für Dich ebenfalls das Höchste im Leben bedeuten würde. Ja, an Deiner

Seite verändere ich mich zu einer wahren Größe und die Poesie in mir erwacht zu einem endlosen und natürlich großartigen Ozeanbecken, das ständig neue Ideen in seinen Tiefen bereithält. Mir kommen daher Myriaden an Dichtungen in meine Poetenseele. Gerne will ich Dir Wege zeigen und Dich dabei unterstützen, auch an diese Quellen der Inspirationswelten vorzustoßen. Es sind Gebiete darunter, die absolutes Neuland bedeuten. Auch für mich. Du treibst mich zum äußersten Punkt des erfahrbaren Universums. Dich auf diese Reise ich mitnehmen möchte. Ich liebe aber auch das Alltägliche mit Dir, es ist schön dabei zu sein, wie Du mit Deinen glitzernden Augen die einfachen Dinge mit einem Glanz verzieren kannst, der nur durch Dein Sein zustande kommt. Du brauchst gar nichts machen, einfach sein, und Deine Umgebung, selbst wenn es eine Mülldeponie wäre, verhübscht sich zu einem lebenswerten Fleckchen, im Beispielfall wird aus der schandfleckigen Deponie ein ansehnlicher, recycelbarer und wertvoller Flickenteppich. Okay, nicht das beste und zugleich ein unromantisches Beispiel. Gerne will ich mehr Romantik in unsere moderne Epoche bringen. Bin mir bewusst, dass es da aber auch Grenzgebiete gibt, die in sich ein Tabu sind. Mein Inneres öffne und offenbare ich zu 100% für Dich. Es gibt dort keine Tabuzonen, denn Du lässt auch mich zutiefst in Deine Seele blicken. Das, was ich sehe, zeigt mir auf Anhieb Deine Einzigartigkeit, die mich so immens für Dich erwärmen lässt. Ja, als Fan habe ich mich geoutet. Fühle mich aber nicht als Außenseiter, sondern als beglückter Insider.

Wir haben beide von der Perfektion geträumt und wollten schweben. Nun sind nicht nur unsere Träume perfekt, nein in der diesseitigen Welt erreichen wir im Miteinander Lebenserfüllung. Ob es ein für immer und ewig gibt, wer weiß das schon, lässt sich am besten im Traum oder in der Phantasie ausmachen, doch ich bleibe bei meiner Sichtweise, dass Du der Nabel der Welt für mich bist. When dreams come true... Mein Versprechen und Bekenntnis: Egal, was kommen mag... Ich bin Dein... solange Du es willst...

Ich gehe durch das Himmelstor über den Wolken... und erkenne Dich!"

Zu Beginn der Reise gab ich mich als geistreiche Erscheinung zu erkennen, doch es handelt sich beim Ich ums wahre Kelvin-Mich. Irgendwie mit ansatzweiser Koboldähnlichkeit, doch das ist an dieser Stelle unwichtig.

Möglicherweise bist Du dahintergekommen, dass ich mich lediglich als Mutter von „Kelvin" und Vivienne zwischen den Zeilen zeigte. Doch die Mutter war nie richtig greifbar, da verstorben.

Greifbar konnte sie auch nicht sein. Denn ich habe mir erlaubt einen erzählerischen Kunstgriff zu tun und mir meine Mutter als geistige Fee vorzustellen. Sehr irisches und keltisches Jenseitsverlangen drückt diese Perspektive aus. Ich habe mir meine Mutter an meiner Seite gewünscht. Dass sie diesen, meinen Traum miterlebt und begleitet. Als feinsinniger Zärtling konnte ich die spirituelle Anwesenheit von Mum förmlich spüren. Der Ire hat ein regelrechtes Verlangen nach Mystischem und Unsichtbarem. Dem bin ich mit meiner Feenmutter hoffentlich gerecht geworden. Es ist schön zu glauben, dass sie ein phantastisches Wesen sein kann und nun, da unsere Aufgabe hier erfüllt ist, wie die anderen erfolgreichen und kraftvollen Feengestalten auffahren darf. Der Ire nennt sie gerne: *The Good, Noble or Little People.*

Es ist oft tröstlich sich diese Wesen in der unmittelbaren Umgebung vorzustellen und zu wünschen. Ich habe mir meine Mutter als begleitenden Geist gewünscht. Jetzt da meine Mission und mein Glück voller Erfüllung sind, kann Mum endlich im Frieden die Himmelfahrt antreten und als Engel zurück in den Himmel kehren, aus dem sie einst versehentlich oder für mich willentlich gefallen war.

Irland ist DAS Land des Sinnierens und Träumens. Ich hoffe, DU träumst auch und baust herrliche Luftschlösser. Wenn nicht, ist´s höchste Zeit damit anzufangen. Meinen Vorwitz, meine Mutter als mutmaßliche Erzählerin vorzuschicken und dabei selbst der eigentliche Urheber dieser Geschichte zu sein, sei mir bitte, bitte von Dir verziehen. Ich wollte es hier besonders irisch-keltisch für Dich machen und immer ein Augenzwinkern an Dich bei einer gewissen Lesart dieser Erzählung dabeihaben.

Danke, dass Du mir bis zum alles aufklärenden Schluss die Treue gezeigt und gehalten hast, und ich lade Dich ein mit mir zusammen zu Träumen und zwar einen Traum für die Kategorie: **Poetentraum**.

It´s genius and always big magic for both of us, when it´s our connected hearts´ desire and fulfilling a real poet´s dream: My dream – your dream ... OUR dream!

Kelvin O´Brien